时光流转爱倾城

SHIGUANG LIUZHUAN AI QINGCHENG

梁夏 著

广西人民出版社

图书在版编目（CIP）数据

时光流转爱倾城 / 梁夏著. —南宁：广西人民出版社，2014.5

ISBN 978-7-219-08761-9

Ⅰ.①时… Ⅱ.①梁… Ⅲ.①长篇小说–中国–当代 Ⅳ.①I247.5

中国版本图书馆CIP数据核字（2014）第 000759 号

监　　制　白竹林
策划编辑　覃结玲
责任编辑　覃结玲
责任校对　梁小琪
印前制作　麦林书装

出版发行　广西人民出版社
社　　址　广西南宁市桂春路 6 号
邮　　编　530028
印　　刷　广西大一迪美印刷有限公司
开　　本　875mm×1230mm　1/32
印　　张　9
字　　数　200 千字
版　　次　2014 年 5 月　第 1 版
印　　次　2014 年 5 月　第 1 次印刷
书　　号　ISBN 978-7-219-08761-9/I・1715
定　　价　25.00 元

目录

第一章　独树一帜的婚礼

我同周与深的婚礼也算独树一帜的精彩。

交换戒指的仪式结束后，我回到新娘休息室换了礼服，刚坐下让造型师为我梳头，就听到有人敲门。

作为伴娘的思思走过去，将门拉开一条缝，问外面的人："什么事?"

罗浩站在那里，我面前的镜子里映出他的脸，可以看见他的眼中有一丝嘲弄之色。

"周与深接了通电话就走了，丢下大厅里的客人，独撑大局的周宁女士看起来要昏倒了。"

他口中的周宁女士正是我的婆婆，周与深的母亲。

我的这位婆婆，作为一位成功的职业女性，这点小场面自是不会放在眼里的。不过说她被周与深的任性给气到，倒是有可能，毕竟是自己的儿子。

我知道罗浩心里的想法，他应该是希望这场婚礼办不成。可是有件事他大概不了解，中国式的结婚，大多都是领证在前，婚礼在后的。

思思立刻转过身来看我。

连造型师也下意识停住了动作，从镜子里观察我的脸色。

我转过脸看罗浩，说：“麻烦你去跟我婆婆说，辛苦她再应付一下，我梳理完就出去。”

罗浩大概是期待从我眼中看出慌乱或是动怒的情绪，我平静的态度让他失望了，他的脸色不太好看。

思思了解我，自然也了解我此时的心态，所以就对罗浩催促一声说：“快去吧，你也帮忙照看一下。”

然后关上了门，回到我身边来。

造型师小心翼翼地看着我，我见她迟迟不动，便对她微笑着说：“麻烦你，梳个简单的发式就可以了。”

因有外人在场，思思的脸色虽然很难看，却还是安静地待在一旁，并未与我聊深入的话题。

在我的认知里，所谓婚礼，从来都是为了应付场面上需要应付的那些人。就好像一场大戏，一对新人扮演着男女主角，用假惺惺的微笑去博得来客的欢心，骨子里其实无比厌烦。

当然，真心相爱的人可能除外吧。

所以同理，没有真心的一场婚礼，便是一出做作的大团圆剧。

原本一切都按部就班，只等最后的喜宴散场，这出戏就可以圆满落幕了。不过以我对周与深的了解，他应当不会轻易任人摆布，所以中途离场这种状况在我看来，一点也不意外。

造型师的动作很快，展现出来的效果却并不潦草，斜绾的发髻插了一支成色很好的玉簪，与我的修身旗袍造型十分配，让镜子里的我看起来十分明艳动人。

我站起身，思思随我出门。

待身后的门掩上之后，她才皱着眉低声问我："你准备怎么办？这一出去可真就要成笑话了。"

我无声一笑，心情并未受到影响，"思思，你忘了我以前说过的，只有我在乎的人，才有本事伤到我。"

与我毫不相干的人，我向来是不在乎他们怎么看我的。

穿过长长的走廊，一路有服务生端着托盘穿行而过，那样匆忙也不忘对我投来同情的目光。

我已经来到正厅门前。

婆婆正站在那里不停地拨着电话，素来端庄优雅的形象已经消失不见。

我走到她身边，轻声唤道："妈……"

她闻声迅速回头，片刻的怔愣之后便眉头紧锁，脸上全是歉疚与担忧之色。

"你怎么出来了？我一直在打与深的电话，臭小子干脆关机了……"

看来罗浩并没有将我刚才的话带到。

我握住婆婆的手，说："妈，宴席已经开始了，怠慢了客人总不太好，与深不在，我自己一个人敬酒也是可以的。"

婆婆显然很意外我会是这样的态度，按照常理，受了羞辱的新娘子没有大吵大闹已是极限，所以她看我的眼神里写满了诧异。

不过我的异常大度却并未能换来她的赞同。

"这也太不像话了，哪有新娘子一个人敬酒的？"

我对她笑了笑，说："没事，我们可以向来宾解释一下，就说与深临时有要紧事去处理。"

我的婆婆是位成功的商人，经营自创的连锁餐厅，结交了不少有身份有地位的人。今日闹出这样大的一个笑话，面子上难看也就罢了，倘若不能好好地收场，日后再与人交往，心中总有一个难堪的阴影。

而我既然已经嫁入周家，就意味着未来很长一段日子，我的一切都是与周家关联在一起的。我在嫁给周与深之前已经在连锁餐厅总部做了几年的公关经理，所以无论从哪个角度来说，我也没有道理让今日这出戏，成为我日后人生路上的一个污点。

婆婆仍有犹豫，我知道她是真心体贴我，不想让我去面对难堪。

“妈，如果我躲着不见，人家才真的会胡乱猜测。即使实际情形再糟糕，那也是关起门之后只属于我们自己家的事情。”

婆婆沉吟了片刻，以她处理事情的能力，眼前的这点状况并不足以令她手足无措，她的犹豫，不过是因为担心我。

可是她见我面色平静态度平和，便知我不是在强装大方，我方才对她说的话句句都切在要害上。事后如何跟周与深计较，那也都是后话，眼前的状况总要先应付过去再说。

“玉林，难为你了。回头见到与深，我一定替你好好教训他。”

教训也许是真的，但我心里很清楚，只不过是些无关痛痒的口头教育罢了。

周与深愿意跟我结婚原本就只是为了顺从母亲，他对我并不感兴趣。若说有感觉，大概也仅是觉得我公关工作做得不错，才会成功拿下婆婆的心，麻雀变凤凰，顺利成为富人家的媳妇。

而我愿意嫁给他，自然也不是因为他这个人，的确如他所认知的那样，不过是为了成为有钱人，从此过上富贵的生活。

在各有所求的前提下，我倒并不希望他因为我而受到责难，那无疑只会让他将怨气转移到我身上来。

所以我随口应付着，并未将婆婆的话放进心里去。

立于门旁的服务生为我们拉开了大厅的门。

里面原本有些嘈杂，全是低声议论的声音，只是在我们出现之后，那些声音开始变得零零落落。一分钟之后，我扶着婆婆站上主席台，底下已经一片安静。

婆婆环顾四下，脸上的微笑不失从容优雅，“与深因为公司突发状况要赶去处理一下，实在是抱歉。我与我儿媳一定会代他多敬在座的各位一杯，当作替他赔罪。”

这当然是很拙劣的一个借口，不过我婆婆这样理直气壮地说出来，已经足够让一些想非议的人失去议论的兴趣。

何况一旁还有平静且得体的我在场。身为新娘的我既然没有一哭二闹，外人也就无从多看好戏。

在婆婆简单的几句寒暄之后，我随着她走下主席台，取了香槟，从第一桌开始敬。

敬前面几桌的时候，满桌客人看我的眼神尚带着几分探究或同情，待到后来，大家见我一路都面带着微笑，且丝毫不见强颜欢笑之态，那种看好戏的雀跃心情想当然也被打消了大半。

酒敬到场中央的一桌时，婆婆牵起了我的手。

桌旁的一位客人也站起了身。

这是我第一次见到孙征。

他的身份其实很难定位。

按照台面上的说法，他是我婆婆周宁的恩人，当年资助了第一笔资金给她开餐厅。可是即使已经过去多年，流言仍遮遮掩掩地被遗留了下来。

按照私下的说法，那钱当然不是白给的，中间不外乎牵扯着一段桃色传闻。

不过这些旧事原本与我无关，我只是对他这个事业有成却又身世神秘的人有一点好奇而已。

看他虽年逾五旬却依旧风度翩翩气度不凡，我在想，以我婆婆并不算倾城倾国的姿色，当年身边还带着个孩子，她是用怎样的手段才让这样一个出众的男人臣服的？

面前的孙征对我露出长辈般的和善微笑，我亦端庄又乖巧地回了他一个笑，礼貌周到地寒暄："孙叔您好，您公事那么忙，还特意从外地赶来参加我们的婚礼，真是过意不去。"

孙征摇摇头，笑起来眼中仿佛也带着暖意，他保养得很好，所以今时今日来看也依旧是一个美男子。

"我不是外人，你同与深的婚礼我当然是要出席的，再忙也会抽空来。"

以他特殊的身份，他却只是神态自然地寒暄着，一句也未提起周与深离席的事，更未以亲近的长辈的姿态来嘘寒问暖，果然是聪明人，聪明得不露丝毫痕迹。

我的寒暄结束了，无声看了一眼身旁的婆婆，刚好看到她对孙征投去一个有内容的眼神。

我将视线移开，对席间的其他客人微笑，举杯敬酒。

此桌坐的都是与孙征有交情的一众客人，其中不乏常常能在电视上见到的知名企业家，都是些很有分量的人。

礼数尽完，婆婆领着我往下一桌走。

此时门口方向却忽然传来动静，抬头看去，待看清来人之后，我想不只是客人会惊讶，连我也有点意外。

周与深竟又回来了。

客人们的议论纷纷显然并不只是针对他一人而已，因为他还带回了另一个人。

那人我自然是认识的。相较于她那一身桃红抹胸小礼服，我这个身着红色旗袍的新娘子，倒真是瞬间就被那四射的光芒给比下去了。

唐佳君，雅格公关公司经理，与周与深的公司一直有密切的业务往来。

只是我有点不太懂她此时出现的原因。如果是想阻止周与深同我结婚，早在我们公证结婚那天她就该出现才是。看她穿得那样明艳动人，也不像是来踢场子的。

我若不是今日的半个主角，遇上这样精彩的戏码，通常都会满怀兴奋地围观一番。无奈受身份所困，总是不能表现得太置身事外，那样会让这出好戏的精彩程度大打折扣。

周与深领着唐佳君，于众人渐渐高涨的议论声中旁若无人地走到了面前来。

我婆婆是见过世面的人，所以即使眼前的状况已经注定让今天这场结婚典礼变成一桩笑话，她也没有失态到破口大骂。

不过脸色却很难看，比我要难看太多。因为她是真生气，我却是为了配合身份才强绷冷脸。

婆婆故意漠视唐佳君，只皱眉看着周与深说：“你的事情都处理完了?”

不过唐佳君既然敢来，自然不会接受这种被无视的待遇。在公关这个圈子里她是我的前辈，应对起这样的场面从来都是得心应手。

她落落大方地对我伸出手，笑容明朗地说：“姜小姐，恭喜你结婚!”

可能是见我一直态度平静，估摸着我未打算责难，所以打算从我这里下手寻找突破口。

我伸出手回握她，“谢谢。之前让与深拿请帖给你，他却说你临时出差无法出席，我心里还遗憾了好一阵子。”

唐佳君回道：“刚下飞机，就打电话让与深接我来。这么重要的日子，我怎么能错过呢?”

我淡淡一笑。

她一身价值不菲的小礼服，可真不适合这句台词。匆匆忙忙中赶来还能以这样精致又得体的形象出现，她是将礼服随身携带的吗？丝质的料子应该容易皱吧。

婆婆终于开口说道：“唐小姐真客气，不过既然是来道贺的，不知道带了什么贺礼来?”

我觉得婆婆很可爱，她连给人难堪都可以做得如此冠冕堂皇。

我想她心里和我想的一样，即使已经颜面扫地，作为主人也仍要维持最后的一点风度，此时若大吵大闹翻脸的话，那才真是丢人。

唐佳君显然没想到我婆婆会突然给她来这么一下，一时被问得噎住了，神情尴尬。

周与深在一旁安静观战，此时他本是唐佳君护航骑士的身份，可是看见美人受刁难居然也没有出言维护。不过这倒是很符合他一贯的行事风格，看似温文尔雅，骨子里却是冷漠且不近人情的，心思诡秘多变，外人通常很难猜出他真实的想法。

我发现，他的目光竟然停留在我的脸上。

短暂的困惑之后，我立刻明白过来。他不会违逆母亲，所以将压力转移到我的身上来，那眼神分明是要我出言表态。

是吃定了我一直都未发难，所以认定我只能一路装好人下去吗？

好吧，其实他猜对了。我要做一个优雅的新娘，与人大打出手的彪悍形象实在很破坏画面。

于是我握住了婆婆的手，劝说道：“妈，我们请唐小姐入席吧。与深既然回来了，后面还有客人要敬酒。”

婆婆显然气未出尽，却又碍于情势和身份，发作不得，于是冷冷地说了句：“都坐满了，哪还有多余的位子。”

孙征在一旁态度平和地说：“就请唐小姐坐我们这一桌好了，让服务生加个椅子。”

他都开口了，婆婆也不好再多说什么。何况一行人都僵持在这里，满大厅的人端着碗盏看戏，也实在不太雅观。

唐佳君会如此高调地让周与深亲自接她来，周与深也愿意丢下客人去配合，不知两人到底想唱怎样的一出戏。只是看唐佳君此时的表情似乎有点余兴未尽的意思，大约是事态的发展未如她希望的那样闹哄哄，影响了她闪亮登场的效果吧。

在座的客人当中不乏媒体朋友，我可不愿因为这样的新闻而上报纸，要上也要风风光光才行。

服务生动作迅速地搬来了椅子，多加一个位置并不会显得拥挤，只是十一个人的坐席有点不伦不类，让我想到了光棍节。

婆婆已经示意我离开。

我看了一眼周与深，微笑。

他嘴角扯了一下，是似笑非笑的神情。我有点搞不懂他这个笑容的意思。

于情于理来说我算是给足了他面子，他应该重重感谢我才是。到哪儿去找像我这么懂事的老婆，没哭没闹还替他收拾局面？

婆婆先一步朝下一桌走去。我们随后。

周与深接过服务生递来的香槟，与我并肩而行。

未走几步，他忽然开口了，声音很低，“你公关的本事快要超过佳君了，着实令人佩服。”

讽刺我？这样的话听起来似乎与“友善”二字挂不上钩。

一向不太搭理我的周先生，居然也会用如此语气同我说话了，我该回敬一声谢谢吗？

“不要这样说，唐小姐是专业公司的业界前辈，我只是个混口饭吃的小员工。”

“若是混饭吃的小员工，就不会抓住任何机会，让自己出尽风头。”他静静地看我一眼，面色平静。

他这样说有点欲加之罪何患无辞，我一直努力维护周家形象，几时出风头了？所以当然要辩驳一下：“这话从何说起？”

周与深微微一笑，那笑容在我看来却是没有感情和温度的。他生得一双漂亮眼睛，陌生人见了通常容易受其表象迷惑，觉得他是个气度温和的谦谦君子。只是我认识他并非一两天了，自认为修炼了能看穿他本质的本事。

他说："还好你我都非娱乐明星，否则今日能上头条的，你觉得会是唐佳君吗？"

我心中了然，果然还是在替唐小姐鸣不平呢。她一番精心打扮登场，我却没有给她拓展戏路的机会，扼杀了她成为焦点的可能性。

这样看我的确是有错的，应该深刻反省一下，公关做得仍不够细致入微。

但此对错只是于我个人而言，外人却没有指责置喙的权利。

于是我无辜地回他："当然了，唐小姐穿得那样明艳照人，只是遗憾未能提前得知，否则就通知今日出席的媒体朋友带上相机来，唐小姐必定会秒杀无数菲林。"

周与深只是淡淡嗤了一声，没有再回我。

身为一间公司的老总，通常只负责重大决策就好，而我是靠口才混饭吃的，如果他在说废话上也能赢过我，那我还混什么饭吃。

事实上，也没有更多的时间来容我们像两个幼稚的小学生那样继续争论，还有正事未完，下一桌已经抵达。看在婆婆的面子上，我们总还要将这出已经被演得七零八落的戏唱至落幕。

等所有的事情都忙完，已是晚上十点多钟。

我们并未与婆婆同住，各自都有自己的私生活，所幸不必上演那种婆媳同一屋檐下住，各自不习惯还要装亲近的悲剧戏码。

周与深自己做房产生意，自然不会亏待了自己。挑了自己公司一处地段与市值都很好的小区，选了一栋楼中楼作为我们的新居。

婆婆与我们同站在门口，等孙征的车来接她，趁着空当，她竟没忘记兑现要对周与深实施一番思想教育的承诺。

周与深对她极其孝顺，我至今未曾见过他出言顶撞她。我在“清平悦”上班这几年，对他这个人也有一些了解。

他大学毕业后不愿到餐厅上班，说是对餐饮行业不感兴趣，向婆婆借了一笔创业资金，跑去与人合伙搞房地产。那大约是十年前的事了，那时候F市的房地产业才刚刚兴盛起来，他的公司算是赶上了大形势。加上他脑筋够灵光眼光也够精准，一路下来，公司顺风顺水发展成了本市同行业中的名企。

婆婆平时教训人，也不是走疾言厉色路线的，她一贯从容优雅，只是多年修炼下来的气场很强，单是面色冷淡地看着对方，用不冷不热的语气说话，就已经足够让人生出怯意。

她看着周与深说：“今天的事，在我这里还没有过去。等你们的假期结束，我等你给我和玉林一个能说得过去的交代。”

周与深安静地站在那里，看不出心中喜怒。

我觉得有点头疼，婆婆这种为我鸣不平的做法，却会成为我同周与深接下来相处的一个负担。

虽然我没有做苦情小媳妇的打算，但若是挂着丈夫身份的那个人天天与你形同水火的话，一直维持战斗状态也是很累的。

按照预期，互不干扰才是我最理想的婚后相处模式。

孙征的车开过来了，他风度十足地下了车，为在台阶上等候他的女士打开车门。

婆婆坐进车里去，关上门，摇下车窗，微笑是赠与我的。

“玉林，今天一天够累了，回去早点休息，有什么事就给我打电话。”

不明就里的人若是见了，一定会误认为我才是她的亲生女儿，周与深不过是个不招待见的上门女婿。

车子驶上马路，渐渐远去，终于只剩下我跟周与深两个人了。

沉默的气氛有点让人窒息，我其实已经困了，所以先开口说：“你不去开车吗？”

他将礼车司机打发走了，我理所当然地认为是他自己要开车。

周与深轻描淡写地回了句：“我有说要和你一起回去吗？”

我是聪明人，愣了一秒就明白了。

唐小姐虽然提前离席了，不代表人家两个人之间的活动就此结束了。

我点点头，“了解。”

我摸出手机，也随即有了我的打算。

“那在唐小姐来接你之前，我们聊聊吧。”

周与深转过脸来看我，眉梢微扬，大约是觉得等候的空当太无聊，所以开始了一个更无聊的话题，“你为何确定我是要跟她一起走？”

周与深这话说得可真是太侮辱我的智商了，都直接将人带到婚礼上来了，难道不是想向外人展示他们之间你侬我侬如胶似漆的亲密关系吗？

不过，我并不打算让他有可以炫耀或将我对比至可怜境地的机会。

“我本来就很确定啊，还是周先生的香巢其实不止一处？”

一口一个周先生，终于见他微微皱眉。

可是，谁有空顾及他的心情，他不是也没理会过我的心情吗？甚至，我觉得他根本有意在刁难我，想让我出丑难堪。

思思说，我这人有个很大的本事，就是能用看似无辜的态度将别人气得半死。

不过因为周与深轻慢的态度弄得我有点不爽，导致我无心恋战，所以打算早早结束了回去洗澡睡觉。

“周先生，作为受法律保护的周太太，我想我有权利请你告诉我，你是只打算今晚不回我们的‘家’……”我故意加重了“家”字的发音，停顿了一下才又道，“还是以后都不会出现在那里？你知道，我的行李都已经搬过去了，为了婆婆的心情考虑，我想即使你决定分居，也应该不希望她知道吧。”

看我多识大体，处处恪守着一名好媳妇应该遵从的守则。体谅丈夫，还照顾婆婆的情绪。

周与深眯眼看我，大约是在揣度我此时的想法是什么，是真正的大方，还是故意在使激将法。

我对他笑了笑，无比诚恳地说：“请务必相信，我只是希望未来我们都能生活得自在一点。你如果不回去的话，我就会有属于我自己的生活方式。或者你现在无法回答我，哪天若是回去，提前给我打电话也是可以的。”

周与深扯了一下嘴角，我觉得他是在嘲笑我。

我表情认真的样子演得有那么糟糕吗？

“在新婚的第一天，你就打算将那栋房子的户主给扫地出门了？”

瞧这话说的，不是他自己刚刚说不回去的吗？随便就被扣了个恶妻的帽子，我也太冤枉了。

“所以我说了呀，你哪天想回去，随时给我打电话。”

说完这些话，我知道周与深在看我，他似是被挑起了一丝兴致，不介意继续在这个话题上跟我纠缠下去。可是，我已经很困了，所以没力气再陪着周与深多聊，得先把自己今晚的着落问题解决才是首要问题。

从手机里翻出思思的号码，拨过去，“思思，你晚上要不要来我这边，或者你方便，我去你那里也行。”

思思在电话那边一头雾水，“姐姐你没喝高吧，我才刚离开啊，正在出租车上呢，你这又是演的哪出？”

我很严肃地跟她说：“叶小姐，我是说真的，请赶紧给我个答复，我现在很困，赶着找个床卧倒睡觉。”

思思在那边半信半疑，回答说：“你来我这里可以啊，反正我一个人住。明天我要起早上班，家丢给你随便折腾。”

搞定了去处，我打算礼貌地跟周与深道个别，只是还未来得及说话，一辆车已经停靠在了台阶下。

车窗摇下，唐佳君侧过脸来向我微笑，风度维持得很得体，脸上并未露出炫耀或挑衅的神色。只有足够自信的人，才会以嚣张外露的气势压人，很显然她对周与深还是很有自信的。

我回了她一个客套的微笑。撇开身份客观地看，她跟周与深其实挺般配的，无论外形上还是工作上。只可惜人跟人之间的缘分却很奇怪，如我这等中人之姿的普通人，也不知为何会那样深得婆婆的喜欢，从我一到她身边工作开始，就一直受到她的诸多照顾。或许，是上天愧觉它曾经对我太狠了，所以才给我送来了翻身的机会？

周与深并未立刻离开，目光停留在我脸上。

我催促他：“不走吗？唐小姐等你很久了。”

他的目光将我上下打量一圈，在这严寒天气里，我虽穿着羽绒外套，里面却是旗袍，一双腿露在寒风中，已经开始打哆嗦了。

他终于问：“需要送你一程吗？”

我倒是未料想他会突然给我来一出良知觉醒的戏码。他亲自接了唐佳君来参加婚礼，于我来说已是最大的侮辱。不过幸在我并不爱他，所以才不屑与之计较。

我的漫不经心是否让他理所当然地认为，我很乐意没心没肺地再去跟他和他的情人共处一室？

我终于失去了耐心，也失去了好脸色，“周先生，你有佳人在等，还是管好她跟你自己吧。我有我的朋友和去处，不劳你费心。”

他想来是没料到我会突然翻脸，微微怔了一下。只是那种神色稍瞬即逝，不露声色一向是他的拿手好戏。可是随即他的反应却是撇嘴一笑。

我懂那个笑的意思。

没心没肺才是我的态度，动脾气就意味着我输了。是自己修炼得还不到位，也怪不得别人嘲笑。

我直接下了台阶，走到马路边等出租车。

时间太晚，出租车很难打。天气实在冷得我有点受不了，所以又给思思打去了电话。这些年我也没结交什么真心朋友，思思的存在于我来说，就是冷时的去处，伤时的依靠，我们俩是很铁的姐妹。

我想让思思把车掉头回来接我，电话接通，没等我说，她已经在那边说："玉林你再等几分钟啊，我已经让师傅把车子掉头来接你了。"

铁姐妹就是这样，遇事不必多言，却总能想到一起去。

唐佳君的车从酒店驶了出来，驶过我的身边。

周与深坐在副驾驶的位置，车窗早已关上。

我看着车子在视线里越行越远，心中冒出一丝冷意。将婚姻视作儿戏，这原本就是我预期的最好结果，因为我不爱周与深。虽然之前有将一切置之度外的决心，但如今不必委屈自己做不喜欢做的事，总是好事一件。

我心里会觉得不舒服，不过是我伤感抑郁的情绪冒出来了，也许是天气太冷夜晚太安静，人才会变得脆弱，孤零零一人站在马路上，忽然有种找不着家的迷茫感。

人生其实可以有很多种选择，我眼前所经历的全是我自己的选择，所以好坏与否，都由我自己承担，没有矫情自怜的余地。

还是冷，我便蜷缩了身体，蹲在马路边上。不用照镜子也知自己此时形象糟糕，肥厚的羽绒服里裹一件丝质旗袍，脸上的妆估计也花得差不多了。但愿不要有巡逻的警察经过，万一将我视作衣着褴褛精神异常的流浪人士带走，那样悲催的遭遇实在不适合此时又冷又困的我。

思思来得很快，车子停在我面前，马达声将我从昏昏欲睡中震清醒了。

她从车上跨下来，一把捞起我，张口就是一句粗话，骂完周与深之后问："怎么回事？你新婚第一天就被扫地出门了？"

我迷糊着钻进车里，车里开了空调，很暖和。

思思在我旁边坐下，带上车门，行车上路。

“说说到底怎么回事?”

我把头靠在她肩膀上，笑嘻嘻地说：“你猜错了，不是我被扫地出门，是新郎官被我给气跑了，留下一栋豪华公寓，说是要看我一个人能怎么过活。”

思思心里为我着急，黑着脸道：“少东拉西扯，说正经的!”

我摇头叹气，“思思，你们家那个小明星，当初就是被你这副凶样给收服的吗?”

思思瞬间被成功转移了注意力，气急败坏地来掐我，“谁家的是小明星了！你这个不上网不看新闻的土包子，知不知道我家江晨现在有多红啊！微博粉丝几百万啊!”

思思在一家传媒公司做艺人经纪人。毕业那会儿是抱着追星的目的混进去的，结果她喜欢的那个明星在她进公司不久后就改签到别家了，她迫于生计只能暂时先留下混饭吃，被分派当一个刚出道的小男生的助理。

思思之前没有接触过媒体行业，能进那家颇具声名的公司完全是因为她哥哥替她打点的。思思的家境和我一样，也有点复杂。她母亲在她十五岁的时候再嫁，哥哥是男方那边的。思思跟现在的家人关系一直不怎么样，属于众人想讨好她，她却偏要对着干的那种。

我之前揶揄她太矫情，她却说：“这世上总有些事是必须留些底线给自己，我一辈子只记住我自己的爸爸有什么错?”

尽管她跟她那个没有血缘关系的哥哥关系一般，但人家对她还是好得没话说。知道她找工作的时候受挫，就暗中替她张罗，让她以一个完全门外汉的身份，顺利进入了她心仪的公司。

思思跟着跑宣传的那位明星，就是江晨。

我对娱乐圈毫不关心，对江晨有所了解自然也是因为思思天天把他挂在嘴边上，想不听都不行。

江晨出道那会儿才十八岁，长得一副斯文俊美的好容貌，他气质清新安静，让人觉得容易亲近。

思思跟着跑了两年的宣传，江晨的经纪人辞职，思思就更换了身份。至于背后她哥哥有没有暗中施援手不得而知，反正思思自己歪打正着入了行，这几年却是越做越得心应手了。

江晨对她很依赖，思思也跟照顾小朋友似的照顾着他，殊不知她也就大了人家几岁而已，开口却是一副老气横秋的样子，总是用老妈子的语气说着我们家江晨怎样怎样。

像我这种不看电视的人也知道，江晨现在很红。去趟超市，买牛奶，包装上是江帅哥的脸；出超市买本打发时间的杂志，看过去，好几本杂志都是他做封面。这还只是我留意到的，未曾留意到的，还有无数场的歌友会，跨年演唱会，各大颁奖典礼。

思思与我能聚的时间少之又少，每次打电话不是在登机就是刚下飞机，永远在奔赴下一个通告的路上。

这一次参加我的婚礼，她也是费了好大功夫才调了一天假出来，明天又要早起工作。

不过她虽然忙忙碌碌很辛苦，我却很羡慕她，因为她生活得快乐又充实。

思思见我半天不回话，伸手碰了碰我，“喂，睡着啦？”

我眼皮打架，迷迷糊糊地应道：“没有……”

她放低了声音，说：“先睡一会儿吧，到了我会叫你。”

无法想象，没有思思的我，还剩下什么。一场如同儿戏的婚姻，我能得到的仅是更好的物质生活。几个关系还算过得去的朋友，却是有罗浩那样的人，常常让我退也不是进也不是。

所以，幸好我有思思，于此时此刻的我来说，已经很幸福了。

第二章　新生活，自此开始

思思第二天早上六点就起床了。

说是今天江晨有个商场开幕的活动，要过去做表演兼剪彩的嘉宾。

我想想自己有一个星期的假期，可是却没有什么计划，为避免太过无所事事闲在家里，我决定今天一整天都跟着思思。

出了门坐上出租车，思思还在警告我："我忙的时候可顾不上你。"

我淡定地回她："放心，本来我也不是为了你去的。你不是说我没见过世面吗，今天我就专门好好看看你家江帅哥去，就只围着他转，只跟他一个人玩。"

思思给了我一个受不了的表情以示嫌弃。

活动是在上午十点钟开始，思思要提前去公司做一些准备工作，再送江晨去做造型。

思思说准备工作要用去大概一个小时，这期间我跑到她公司对面一家叫"福年豆浆"的快餐店，吃了一顿美美的早餐。

冬天的早晨，太阳虽然出来了，天气却异常的干冷，所以我一直赖在豆浆店里等思思的电话。差不多一个小时后她打给我，我才拎着打包的食物走出门，抬头就看到保姆车已经开在了公司大门口，思思站在车边对我挥手。

车子没有熄火，我赶紧小跑过去，跑到思思跟前把手里的东西递给她，“带给你吃的。”

思思伸手接过说：“赶紧上车，约的造型师很大牌，迟到了麻烦。”

我钻进车里，随即看见了江晨。

他微笑着跟我打招呼：“玉林姐，你好！”

看来思思已经跟他交代过了。

我是第一次见他真人，之前在广告或杂志上见他，一直都是清新又温和的形象。不过荧幕前的艺人形象通常很虚幻，多半都是经纪公司包装的结果。

只是江晨是思思亲手带的，品性上我也有所了解，所以对他很有好感。

其实我跟思思同岁，比江晨大不了几岁。但是江帅哥实在生得太稚嫩，穿着朴素的羽绒服牛仔裤，不化妆的样子看起来像个高中生。

我开始理解思思了，这样一个漂亮小男生，在姐姐辈眼中怎么看都觉得是个小朋友啊。

我回了他一个笑，问他：“你吃过早饭没有？我多买了一份。”

车子开动，思思坐到我旁边，已经动手将袋子里的早点拿出来递给江晨，一边唠叨：“我不张罗他哪会记得吃饭，早上多赖一分钟床都是好的。”

江晨有点不好意，笑了笑，挨了教育却是一点没脾气都没有的样子。

我的正义感发作，直接揶揄思思："你不是一样，闹钟叫了几遍差点起不来。现在要不是我张罗，哪有你吃的?"

这回换作思思不好意思了，可见一物总有一物降。

江晨在旁边笑出声来。

思思瞪了他一眼，他乖乖把脸转向车外，一边吃一边憋笑。

思思换过来瞪我，"你有良心没有，也不想想我昨晚是因为谁才晚睡的。"

我憋着笑，说："是，姐姐你很辛苦，我却不厚道地曝光你私底下其实也过得乱七八糟这个事实，真是太不应该了。"

思思直接恶狠狠地警告我："你是想让我把你踹下车去吗?"

"不要，外面温度都零摄氏度以下了，要是冻坏了你还得伺候我。"

江晨在一旁实在忍不住了，扑哧笑了出来。

思思立刻调转枪头训他："你想被踹下去是不是?"

我哈哈大笑，跟思思在一起，再糟糕的心情也能变好。何况还有江晨委屈又无辜的俊脸可以看，这样欢乐的一个早晨，真是太美好了。

车子很快就开到了一间造型工作室门外，江晨紧赶慢赶才把东西吃完，豆浆都没来得及喝一口，起身就要下车去。

思思一把拉住他，"你想被噎死啊? 把豆浆喝了再下去!"

江晨含糊不清又很无辜地回她："你不是说迟到的话会很麻烦吗?"

思思皱着眉直接把豆浆杯子塞他手里，顺带着把他人也按回了座位上。

“你今天有一连串的活动，等下还不知道什么时候才能再吃上饭。”

我在一旁看着，心里有两点很感触。

一是明星外在看虽然无比光鲜，背后却是要付出许多不为外人知的艰辛。像江晨这样一个已经很有人气的明星，在行业里生存，可能照例要看更大牌的造型师的脸色。站在台上看着是360度无死角的完美，但可能那时候他肚子正饿得咕咕叫，笑容却是半分也不允许少的，否则保不准有媒体回头就会写你耍大牌摆臭脸之类的。没有行程的时候会着急，行程多了却是觉也不够睡，红与不红好像也就靠那几年去拼。

二是思思对江晨，真是特别用心。生活上像个老妈子一样照顾他，回头若是迟到了惹毛了造型师，道歉赔笑脸的还不是只有她。

喝完一杯豆浆导致的结果是迟到了五分钟。

我跟在思思他们身后一同进了工作室，主要是垂涎里面的暖气和舒服的沙发。

可是那位据说是造型大师的女人显然因为这五分钟的迟到而心情不悦，冷淡地听思思寒暄几句之后，眉梢一挑看到我这边来，问：“她是干什么的？”

思思面色不改地回道：“和我们一起的工作人员。”

造型师的表情更加嫌弃了，“新来的吧？艺人忙着做造型，她怎么一屁股就坐那里了？不知道要过来照应着呀……”

如果她不是顶着一头过度时尚的火红头发，我一定会认为她的身份其实是思思公司的老总，对我的游手好闲那叫一个看不顺眼。

思思对我使了个眼色，我只好站起身，跟着往梳妆台那边走去。

站在一旁近看，不得不说江晨做艺人的底子实在是绝佳，除了好看的眉眼，连皮肤都细白得让我顿时心生惭愧。真不知思思天天跟这样一个漂亮的孩子生活在一起，是如何做到面不改色的。

思思接活动方的电话去了，等她回来，我将她拦在半途，神秘兮兮地说："我来问你件事。"

思思尚不知是个无聊的话题，以为是造型师趁她刚才不在时刁难我了，就紧张兮兮地问："怎么了，又挨训了？"

我摇头，压低了声音一本正经地问她："你有没有想过，你这样天天跟江晨待在一起，有一天可能会日久生情爱上他？"

思思反应过来，立刻否认道："姐姐我都几岁了，怎么可能还干那种辣手摧花的事？你思想不要这么邪恶啊。"

我仔细看她反应，发现倒真是坦坦荡荡，眼中并未见闪烁之色。还好还好，脑子还是很理智清醒的。

不过我觉得还是有义务提醒她："感情的事谁能说得准，你如果感情有了着落也就罢了，现在一直这样混着，你还真打算一辈子单身，一辈子给江晨当经纪人啊？"

说到这个话题，思思安静了，显然我的话她听进去了。

我们一向了解彼此，所以许多时候我们都会在必要的时候理智地提醒对方许多事。

"而且江晨也不小了，早到该谈恋爱的年纪了。可是你要不要反思一下，自己的生活重心好像太放在他身上了？还是你等他有女朋友了，你再去找自己的男朋友？"我再下一记猛药。

看思思有点迷茫的样子，就知道有些事并非完全不存在，只不过她平时生活太忙，才把一些细节给忽略掉了。

思思眉头都皱到一起去了，看着我有点哀怨地说："我今天真的要忙死啊，你怎么偏还要在这种时候跟我聊这种话题?"

我拍拍她的肩，说道："算了，反正该说的我都说了，你自己要好好想想，回头要是有空聊了，再找我。"

不远处，江晨从镜子里看过来。

造型已经做得差不多了，江晨立刻有了明星的气势，大师毕竟是大师，虽然脾气差了点，手艺还是很不错的。

他并不知道我与思思聊起的话题里有他，只是单纯地从镜子里给了我们一个微笑。那样的笑容，实在是很具有杀伤力的。

思思的眉头又皱到一起了。

我看着她的样子，开始有点后悔自己的多嘴。本来是打算当玩笑来说的，怎知一个没守住就全溜出来了，影响了她的心情。于是我对思思说："为了表达我破坏了您心情的内疚感，今天请务必把我当作您老人家的丫鬟，尽管使唤，我保证绝不反抗!"

思思扑哧一声笑了。

我没想到活动的地点是辉风广场。

因为之前没放在心上，自然没有向思思多问一句。等车子一路开到了广场前停下，望着阳光中那栋褶褶闪光的大厦，我才后知后觉。

辉风广场原本在我眼中很普通，虽然房价一度被炒得很高，但因为我又不会去买来炒房产，所以对它并不感兴趣。只是这栋大厦的开发商，刚好是周与深的公司，所以我才会有所了解。

下了车，思思大步流星走在前，我一路慢悠悠地跟着往里面走，脑子里开始思索一个问题：开业剪彩仪式，周与深会不会也要受邀出席？

分开也没有几个小时，昨晚几乎算是不欢而散，这么快又要见面，我的压力实在很大呀。

不管他，反正商场这么大，我又以江晨公司员工的身份出席，应当是在后台打打杂就行了，并不需要到剪彩现场去。

思思已经领着江晨进了电梯，见我还在后面神游，直挥手，“大小姐快点，上去还有好多事要准备呢！”

我赶紧小跑着进了电梯，对江晨抱歉一笑，他还是一如既往的温和脾气，未对我露出丝毫的不耐烦之色，我更加喜欢他了。

一路上到六楼，一整层是商场的办公区。电梯门打开，已经有商场的负责人在外面恭候了。见到江晨，热情地伸出手来，“欢迎欢迎！休息室已经为您准备好了，请这边走……”

往休息室去的路上，一路都有员工从工作间伸出头来偷看，女性占去了大半，江晨一一报以招牌的微笑。思思也换上了面无表情的脸孔，看起来严肃又专业的样子。

休息室到了，又有人上前来迎接，原来是负责整场活动的主持人。

寒暄完之后，江晨要开始跟主持人对稿子沟通一下活动流程。思思则对那位领我们过来的工作人员说：“请带我去看一下演出的场地，麻烦你了。”

她对我使了个眼色，跟着那位工作人员走掉了。

我为了不打扰到江晨他们，就挑了个角落安静地待着，默默地扮演壁花。

头一次见到主持人和明星幕后对词的场景，听着听着就很想笑。原来很多看似即兴对白的话，都是提前套好的，许多看似不经意展现出的艺人特质，大多时候都是幕后团队有心经营的结果。

我一个外人在场这样听着，觉得尴尬又好笑，鉴于我对江晨的喜爱之情，才很厚道地忍住了。

江晨大约是留意到了我一个人百无聊赖的样子，分神了，对我说："玉林姐，你要不要用我的iPad上网，在我背包里。"

此时我无比深刻地觉得，难怪思思如此死心塌地地为他奔前忙后。根据思思与我分享的娱乐圈小八卦，我知道许多艺人表面美好背后冷脸的不在少数。但江晨这孩子，是真心从骨子里透着礼貌和善良，修养好得不像话。

不过我留意到因为江晨的分神，导致旁边那位主持人的脸色已经有点不好看。

为了不妨碍他专心工作，我笑着回道："谢谢，不过我想起来有点事，要出去一下。回头你思思姐要是找我，就让她打我电话。"随即带了门走出来。

坐上电梯下到三楼，商场其实已经营业，我可以在里面闲逛几圈打发时间。

只是没逛一会儿我就溜了出来。

这个时间段几乎没有客人，一整层几十名营业员敬业地站在那里盯着你一个客人看，那感觉显然比待在江晨的休息室还要糟糕。

没有去处，我只能在楼层的玻璃护栏边站着发呆，顺带看一看楼下偶尔经过的人。

结果看着看着，就看到熟人了。

周与深。

他果然是要出席的。

一行人随行在后，他与一名看着像高层的中年人并肩走在一起，往电梯方向去了，并没有看见我。他今日一身银灰西装，看起来比昨天结婚穿的那身可帅多了。

收了心思转身要走，却忽然听到有人在叫我："玉林？"

来人在我身后位置，所以声音里带着几分不确定。可是我却对这个声音再熟悉不过，以至于我有几秒钟的犹豫，犹豫着是该拔腿跑掉，还是从容优雅地转过身去。

而那个人没有给我更多思考的时间，他已经走到我的身后来。

我只好被迫选择了后者，优雅地咧嘴，微笑，"你好，陈先生。"

陈家扬，我的前任男友。

周与深的出现尚在我预料之中，只是我实在料不到陈家扬也会在这里。不过随即我又想通了，他一定是跟着江少仪来的，或是代表她出席的。

陈家扬确定是我，也露出了微笑。

这样的笑容很标准很公式化，我想他这些年跟在江少仪身边，谈生意做买卖，对待客户用的一定都是这样的笑容。

我们终究变成了陌生人。

"你是陪你先生来的吗？"他问我，看样子已经知道周与深今天有出席。

只是他这句话一问出来，我就暗觉不妙。

该如何回答他？承认或否认，都会让我很为难。

陈家扬是我有生以来唯一真心喜欢过的人，但当年却是我先跟他提的分手，话也说得很难听。那时装作骄傲地离开，如今自不愿在他面前丢了面子和自尊心。何况他如今借着江少仪的帮扶也混得不错，我可以在任何人面前服软装可怜，只有在他面前不行。

只是我若承认与周与深同来，撒了一个谎，后面也许就要用更多的谎来圆。

我还在权衡着如何回答的时候，他又开口了，脸上仍带着微笑，“我刚刚有跟你先生打过照面，他正与雅格的唐小姐在一起。”

我愣了几秒随即反应过来。陈家扬的笑容背后，原来藏着看好戏的冷嘲热讽。

我也笑了笑，平静地回道：“我是和我先生一起来的，唐小姐应当是他随行的工作人员吧，我没有太留意。”

不知道周与深的花边新闻在业内到底有多高的知名度，只是看陈家扬刻意提起唐佳君，就表示他是知道这件事的。

陈家扬打量一眼我的衣着，牛仔裤高领毛衣加厚厚的羽绒服外套，显然我的这个谎撒得并不高明。

即使如此，我仍不想在他面前失了气势。也许骨子里，我对他仍是有些感情的，毕竟我们拥有过我这二十多年来最美好的一段时光。

越是这样，越不想让他看轻了我。

何况话既然说了，就再无收回的余地。所以我对他说：“不耽误你忙，等一会儿我们酒会上再见。”

未等他再说话，我已经迅速转身离开。

今日运气不佳，才会遇上如此尴尬的事情。看来热闹果然是不能随便凑的，若不是缠着思思非要跟来，哪里用面对这样的为难事。

自讨苦吃。

一路都在心里埋怨自己，却也没有忘记正事。

待走出了陈家扬的视线，我立刻掏出手机，给周与深打了过去。

那边响了几声便接通了，听筒里传来的却是唐佳君的声音，一派的公事公办，气势十足，“你好，请问是哪位？”

不知我的号码在周与深的手机上是怎样来命名的，亦不知唐佳君是不是真的不知道是我，但她现在不是我有心情理会的对象，我直接回道：“我是周太太，请让我先生接电话，谢谢。”

她若不知是我，我当然也可以装作不知是她。

唐佳君在那头愣了一下，没有立即回话，是在思量着怎样应付我吗？

我催促道：“我有要紧事要找我先生，麻烦你快一点。”

反正周太太的身份我并不在乎，所以将它塑造成高高在上、咄咄逼人的形象，惹人厌也无所谓。

唐佳君最终转交了电话。

周与深的声音在那头传来：“哪位？”

我直接说：“我是姜玉林。我现在在辉风广场三楼营业部的安全通道旁，有急事找你，你能不能来一下？”停了几秒，见他未有答复，我又说：“或者你走不开，告诉位置，我也可以去找你。”

周与深大概是有些意外我的突然出现，沉默不过是在考虑应对我的方法。

然后，我听到他说："不用，你等在那里，我过去。"

挂断电话五分钟后，周与深出现在了我的面前。

我坐在楼梯上，他的皮鞋出现在我的视线里，我抬起头看了他一眼。

他的神色看起来尚算平静，并不是我预期的一副厌烦态度。

"你怎么会来这里？"

"跟朋友过来玩的。"

"找我来，有什么事？"

我看着他衣冠楚楚一副社会精英的样子，脑子里忽然冒出一句话：人家大老板，一秒几十万上下的。所以现在应该是拨冗来见我的，我要识相地省掉废话，直接说理由。

我将陈家扬的事简单跟他说了一遍。

他挑眉看着我，"所以你找我过来的意思是？"

他那么聪明的人，明明就不用我解释吧。

"我们之间是否应该达成这样一个共识，在必要时候，总要携手应付一下该应付的人和事。"顿了一下，我继续说，"不止应付给外人看，如果又出了什么流言蜚语，我想婆婆那边，你应该也很困扰如何向她解释这件事吧？"

在我眼中，周与深最大的命门，应该就是婆婆了。

果然，搬出婆婆压阵，他没有再刁难我，答应得也爽快。又可能是他还有一堆正事等着做，并没有过多的时间来陪我闲磕牙。

"我在六楼开会，你不嫌乏味的话，就跟着来吧。"

他转身先行，我一边感叹着他真上道，一边随后跟上。

一路跟着周与深，重新回到六楼，走廊尽头的会议室门半掩着，里面果然坐了不少人。

唐佳君正好拉开门走出来。

见到我之后，并未露出诧异神色，我想从刚才电话挂断到周与深接我的这段时间里，足够让她用来整理好自己的情绪。

她礼貌地同我打招呼：“你好，姜小姐。”

可见一声“周太太”对她来说，称呼起来仍存在难度。

她随即转向周与深说：“进去吧，大家在等你。”

原来周与深竟丢下一屋子人跑下去见我，真让我有点我受宠若惊。不知是不是受了我在电话里说的“有要紧事”所诓，他现在一定是想掐死我的心都有了吧，苦于维持形象才生生忍住。

周与深看我一眼，对唐佳君说：“Eva，你帮忙招呼一下玉林。”

唐佳君的目光再次转到我的脸上来。

我微笑着说：“不用，你们忙，我自便。”

周与深看了一眼手表，说：“大约还要开半个小时。”

“好的，我在外面等你。”

周与深进会议室去了，唐佳君还是执行了他的指示，走去工作区向一名工作人员打了招呼，才进会议室里去。工作人员立刻起身过来，领我去休息区兼泡茶招待我。

我看着在我面前缓缓合上的门，突然在思索一件事，唐佳君的身份，是否已经晋升成了周与深的私人助理？这样的会议，她会随同出席，自己公司的工作也不必做了吗？

当然这些都不关我的事，我不过是太闲了才胡思乱想。

手机突然响了起来。一看号码，是思思打来的。

“你跑哪儿去了？”思思有点急。

我解释道：“我不想打扰你家江帅哥工作，只好一个人跑出来玩了。你忙你的，不用管我，我这么大一个人又丢不了。”

思思看来十分忙碌，忙说：“那好，你自己照顾好自己啊，等我忙完了再给你电话。”

电话那头已经传来了嘈杂的人声。

“知道了。”

挂断电话，我继续坐在空荡荡的休息区里发呆，还是不由自主地想起了陈家扬。

我在想，人这一辈子，至少会有一段感情是愿意付出真心的。何况那时候我们都那样年轻，读着书，以为外面的世界也如校园一样只充斥着鸟语花香。

那时候的陈家扬书读得不错，性格温和，文质彬彬，还有点文艺浪漫的小情怀。

我二十岁那年女生流行做一种手编的塑料星星，我快过生日的时候他连夜自己动手编了二十颗，第二天送给我，被我嘲笑了一番，但那二十颗星星，至今还放在我一本上锁日记的外壳里保留着。

虽然已经分开这么多年了，但仔细回想起来，他似乎仍是唯一的那个，可以让我情绪起伏的人。我以为我如今已经心如止水了，但仍被他影响。

真糟糕。

好不容易才恢复的心情，又变得低落了。

直到会议室的门再次打开，周与深走出来，站在我面前，我抬头看他的表情还是呆呆的。

周与深大约是注意到了我的神情有些异常，皱眉道：“脸色这么难看，你确定要跟我出席等一下的酒会吗？”

我回了神，赶紧道：“当然了！”

难得他如此配合，我话也说出口了，怎能半途临阵退缩？

唐佳君站在一旁，上下打量我一眼，说：“酒会开场还有一段时间，姜小姐要不要趁着还有时间去楼下换身衣服？人也会显得更有精神点，时间还来得及。”

她想得确实周到，只是有点过了。何况她该知道的，我没有理由接受她的这份体贴跟周到。所以我笑了笑，对周与深说：“不用了吧，我这一身衣服既不脏又不破，应该没什么问题。”

说话的时候，我一直看着周与深脸上的表情变化。我在等他表态，我觉得无论他是向我妥协还是向唐佳君妥协，那画面应当都会很有趣。

结果他居然只是简单说了句：“走吧。”

哼，耍什么酷。不过至少态度上，他是选择了向我妥协。

看来婆婆的地位终究还是比情人高的，唐佳君大概不知道她其实并非败在我手中，所以脸色才会那样难看。

我跟着周与深下楼去。

剪彩活动在一楼举行，用栏杆隔出了一方舞台，已经铺上了红毯。

江晨正站在舞台上，听着主持人的安排，与台下的观众做着互动。

舞台周围被挤了个水泄不通，大半都是得了消息前来的江晨的粉丝。那些年轻的女孩子，为了能近一点接触到偶像，在那里被挤得东倒西歪毫无形象可言，还是一脸狂热的表情。我远远看着，心中免不了有些感慨。究竟这样的追逐与付出，值不值得呢？明星的光环虽然闪耀动人，但当真值得一群陌生人那样无怨无悔地一味为之付出吗？

江晨在台上神情担忧地劝着："大家不要挤，注意安全哦！"

我有些释然了，如果追星的对象是这样一个男孩子，还是有些值得的，至少他身上有闪光的品质，以善良来温暖他的粉丝。

剪彩活动就安排在江晨的表演之后，时间已经接近。

我看到了思思，对她挥挥手。她正站在舞台边忙着给江晨拍照，也冲我挥了下手回应。

周与深不知何时站到了我身旁，问我："你今天就是跟她一起来的吗？"

我有点意外，他不是应该待在贵宾室里等着剪彩的时候才亮相吗，怎么也跑出来了？

"是啊，不过我主要是为了看明星才来的。"

周与深的表情看起来有点意外，看向远处舞台上的江晨，用怀疑的语气问："你也是他的粉丝？"

他那什么语气啊，我一个二十八岁的大龄未婚，好吧，就算是已婚的女士，就不能是一个二十三岁男生的粉丝了？

我目光诚恳地点头说："是的，可是无奈我是一个有粉丝包袱的人，虽然也有着和那群小姑娘一样充满热血的心，却没有跟着挤破头的勇气，所以就只能一个人躲在这里默默地哀怨，唉。"我觉得周与深看我的眼神好像有点嫌弃了，不过我没有理会，继续说道："你们公司以后的楼盘代言，要不要也考虑一下他？年轻帅气又当红，基于我跟他经纪人的交情，也许还能给个友情价。”

周与深终于没忍住，我看到了他眼中的笑意。

“周先生，以后若有这方面的计划，记得联系我。”

周与深说：“好的，我会考虑。”

居然答应了，太让我意外了。

结婚之前，他基本不怎么爱搭理我。这才一日的光景，他为何突然就对我转变了态度？处处都给我面子，难道真是婆婆在背后教训了他，只是我不知道而已？

“如果生意谈成了，记得为我抽个佣金什么的，不能让我白干活。”我顺带也为自己谋点福利。

周与深思考了一下，语气认真地说：“‘清平悦’的员工是允许这样赚外快的吗？等回头我打个电话问一问再说。”

真难得周与深也听得懂笑话，而且还学会说笑话了，是不是应该颁张奖状感谢我啊？

“我是觉得，这种钱让中介公司赚，倒不如让我赚了。”

怕他啊，婆婆才不会对我怎样。

唐佳君也悄无声息地出现了，用公事公办的语气提醒周与深：“剪彩的时间到了。”

真像个贴身秘书。

她在雅格虽然位子坐得高，但也仍是替人打工。不知这几年为何没有跳槽到周与深的身边来，按照她对周与深如此细致入微的照顾，早该荣升成为他的超级助理才是。

不懂。

周与深的内心到底在想些什么，寻常人终究是看不明白的。

很遗憾我也是一个寻常人，所以一直看不透他这个人。就像他对我的态度一样，忽然转变，也让我很费解。

不过此时此刻是没有时间想这些的。

周与深和几位领导模样的人被引领着走上主席台去了，我站在原地，因为剪彩仪式后，还有一场让我头痛的酒会。

江晨也被安排在剪彩的阵容里。

思思抽了空，挂着相机跑到我的身边来。

“你怎么跟周与深在一起?”她直接挑重点问。

“说来话长，回去再跟你交代。等一下的酒会你们会参加吗?”

思思说：“不参加，江晨马上还要去电视台录节目。”

不过她随即明白过来，诧异地问：“难道你要参加?跟着周与深一起?”

我点点头。

“为什么?他要求的?”

“不，是我要求的。”我说，心情有些复杂，“陈家扬也来了，我跟他说，我会跟我的先生一起过去向他打个招呼。”

思思愣了一下，显然对我处理这件事的方法很有意见，“你没事还招惹他干吗?能避就避呗，还敢带着老公去，你以为你老公就是个能让你省心的主?”

周与深的确不会让人省心，但从他刚才对我的态度来看，他显然也没把我当作他愿意费心的人。既然我们不是爱人而只是搭档，基于合作愉快的立场，我想他是愿意配合我演一场戏的。

“没办法，已经这样了，随它去，我权当进酒会是为了混吃骗喝。”

思思鄙视地看了我一眼，说：“瞧你那点出息。”

我当然知道思思这句话里的真正意思，可是我不想面对这个问题。

“都到中午饭时间了，还不许人家饿呀？”

“你就继续装傻充愣吧，对付对付不在乎的人还可以，可是陈家扬他真的已经是你不在乎的人了吗？”

我直接把她往主席台那边推，“赶紧走赶紧走，江帅哥还等着你拍照呢……”

思思白了我一眼，说：“之前谁说要给我当使唤丫头的，现在就光惦记去酒会吃吃喝喝了……”

我不理她，一路把她送回了主席台旁边，顺便冲台上的江晨挥了下手。

江晨看到了，也回了我一个微笑，台下瞬间响起一片尖叫声。

我赶紧闪人，为了一个微笑被这群小姑娘追杀那可就太不值了。

第三章　酒会上的暗涌

剪彩仪式结束之后，我站在远处，看着江晨跟思思迅速离场而去。商场的保安将他们围在中央一路护送，确实是保护大牌的派头。

后面一群女生尾随而去，江晨被夹在人群里，仍然维持着他的好脾气，一直跟粉丝们挥手微笑。

我好像忽然在他身上，看到了一些令我触动的东西。

艺人的完美要用许多假象维系，不管是不是他心甘情愿的，这都是必守的行业规则。

寻常人又何尝不是如此。

行色匆匆的生活里，多少人是戴着面具在生活，掩藏了内心的秘密与慌张，才能让自己看起来像个人样。

所以如江晨这样能做到表里如一的人，我真的很羡慕他。

周与深下了台来，主办方的领导与他同行，即将经过我的面前，谁也未曾留意到不起眼的我。

周与深却在我面前突然停了下来，揽过我的肩膀，微笑着为众人作介绍："这位是我太太，我邀了她一起来参加酒会，她还闹了好一阵子脾气，说是天气太冷，不愿出门。"

我愕然地抬起头看他，他如此反常的举动只让我迅速想到了一种可能：中邪了！

主办方一位领导模样的人立刻笑着寒暄：“原来是周太太，欢迎欢迎！”

我只好一边伸出手来，一边微笑着回应。

再抬头的瞬间，才忽然发现陈家扬就站在不远处，身边站着一位衣着考究妆容精致的女子，是江少仪。

周与深揽在我肩膀上的手丝毫没有松开的意思。

我这才明白了他的用心。

一场戏能为我配合演成这样，即使我之前再怎么在心里埋怨他，此时此刻对他还是有了几分感激之情。

江少仪并非是剪彩嘉宾，应当是来参加开幕酒会的。

她做建材生意，陈家扬作为她的得力助手，这几年更是帮助她将事业做得风生水起。

远远望去，他们那样比肩站着，真是一对璧人。

思思说对了，装傻充愣自我欺骗的心态果然只适用于面对那些我不在乎的人，看着眼前如此美好的画面，我本该冷漠地微笑祝福，但想不到还是会有点失落。

周与深扶着我的肩，半拉半拥地带着我转过身，语气无比体贴地说：“走吧，酒会要开始了。”

众人只当我们伉俪情深，寒暄完之后都识趣地先行走开了。

我心不在焉地往前走着，眉头越蹙越紧，周与深适时的提醒在我耳边传来：“你最好不要在大庭广众之下哭出来，否则连我也救不了你的场。终究已经是过去式，你如今顶着周太太的身份，先前那股张牙舞爪的狠劲都到哪儿去了？”

他说得倒是轻松随意。不懂真心，没有爱过的人，没资格在这里嘲笑我。

“如果你是这样的状态，我劝你还是不要参加酒会了。”

我没有忘记之前对陈家扬说过的话，我的自尊心也不允许我退缩。于是我对周与深说：“不行。早过了吃饭的点，我饿都饿死了，不吃饱喝足就离开怎对得起我一路干等到现在？”

周与深没有再说话，我只听到他长舒了一口气。

他大约是觉得，先前对我的一通担心完全是白费了。脑子里始终记着吃吃喝喝的女人，哀怨忧伤的戏码根本就是浮云。

为了表达我对他的歉意，我很诚恳地对他说：“对不起，但是饿肚子的时候还要演琼瑶戏是很不靠谱的人才干的事，我得对得起我的胃。”

他在沉默了很久之后，终于回了我一句：“你倒是释怀得挺快。”

那是自然，否则真要我当众哭出来不成？真那样我就输了，笑话毕竟不能轻易便宜了外人看，这一直是我的原则。

进会场之前，我对周与深说：“不管怎样，今天的事，谢了。”

服务生已经为我们拉开了门，周与深挂上公式化的微笑，一边微笑，一边用淡然的语气回道：“不客气，以后会有让你回报的时候。”

原来对我也是抱有想法的？我说怎么会这样配合加帮忙呢。

都说无商不奸，尤其是周与深此类道行颇深的商人，不提要求反倒不像他了。

总算回归了他的本来面貌，嗯，那我也放心了。

酒会是躲不过去的一道坎，我只能整理好情绪，努力做到从容应对。

应付这样的场合对我来说并不算难事，即使穿着不搭调的衣服，素面朝天，我仍能将微笑和礼仪维持得很衬身份。

如果不是我的突然出现，原本陪在周与深身边的应该是唐佳君无疑。此时她很识大体地先行离开了，我忽然有些同情她，不知是被周与深施了什么咒，才会如此死心塌地地对他好。

我抬头看身边的周与深，他正风度翩翩地与人寒暄，笑容标准得如同广告里的模特。这种人真是有些可怕，笑得越标准，代表着他的内心越冷漠。

还好我不是他的敌人，否则应付他应该是很费脑筋的一件事。以后我要识趣一点，尽量避免露出锋芒，不再轻易惹他。

周与深靠近我的耳边，低声说："笑一笑，戏要上演了。"

原来是陈家扬端着一杯香槟，走在江少仪的身侧，迎面而来。

据我了解，江少仪应该快四十岁了，不过保养得非常好，加上温婉秀气的容貌，所以与陈家扬走在一起丝毫不会显得突兀。

而且，她是本城商界的名人，获选过省里评选的年度十大经济人物，曾和周与深同台领过奖，所以即使不因为我跟陈家扬的关系，她也完全有理由过来打招呼。

"周总，你好。"

周与深伸出手与她回握，微笑回道："江总，你好。"

她笑着看向我，目光很温柔，让我开始怀疑，我和陈家扬的旧事她是否真的是不知情。

“这位就是周太太吧，两位婚礼时我不巧正在外地出差，错过了，很遗憾。”

我也与她握手，虽然笑起来的样子有点僵硬，但我一直在心里警告自己不能失了仪态。

“江总您太客气了，送了那样厚重的礼，人却未能来出席，我跟与深心里都觉得过意不去，以后若有机会，还请江总赏光一起吃个饭。”

陈家扬立于一旁，周与深同他颔首致意。

“恭喜周总抱得美人归。”陈家扬的样子看起来非常得体，只是这话在我听来，总觉得有一丝别扭。

所以我笑了笑，半真半假地说：“陈经理说笑了，有江总站在这里，谁还敢称美人?”

江少仪是个美人，否则当年不会以贫寒身份嫁入豪门。婚后第十年有钱的丈夫离世，她在一众家族亲朋的围追堵截下仍顺利接手遗产，变身成为今日的成功女企业家。

女人的成功虽不一定全是靠美貌，但美貌却可以为自己加分。这点自知之明我还是有的，如我这等姿色，做公关经理也卖弄不了风情，充其量只能靠卖弄一下嘴皮子为生。

周与深揽着我的肩，目光温柔地看着我说：“陈经理的意思是，情人眼中出西施，何况你在我眼中，本就是费心才求来的美人。”

我有些怀疑周与深真具有看透人心的本事。他应当是觉察到了我不淡定的情绪，语气里充满了火药味，所以在为我打圆场。

他这一番话说得无比肉麻却非常自然，好像他真的已经爱了我很久似的，满心满眼就只有我的存在，可是业内谁不知道他与唐佳君的事情呢。只是大家都是做惯戏的生意人，依然面不改色地说着假话，谁也不会傻到去当面拆穿。

江少仪笑了出来，神情看起来似是非常羡慕我们的夫妻情深。

“看着两位感情这样好，除了祝福，还能说什么呢？”她举起手里的香槟，向我们致意。

陈家扬也举了杯，目光直直看向我。我避开他的视线，将脸转向周与深。我承认我仍修炼得不够，怕见陈家扬那张熟悉的脸，反而是周与深温柔浅笑的样子，此时竟给了我几分莫名安定的力量。

听见陈家扬对江少仪低声说：“这几天你身体不舒服，少喝一点。”

江少仪回了他一个微笑，有爱人在身边体贴关照，当然是无比的幸福。

她听了陈家扬的劝诫，意思意思地抿了一小口，开始同周与深谈起了生意：“周总，贵公司‘锦煦园’的工程即将启动，不知是否会给我们公司一个合作的机会呢？”

江少仪的公司做建材生意，若能跟周与深的公司攀上关系，日后自然有大把的赚钱机会。

周与深笑了笑，轻描淡写地回道：“今天是为开幕仪式而来，我们若是只顾谈自己的合作，辉风的张总知道该生气了。”

其实此类的酒会明明就是各路商家用来联系合作的最佳场所，只是周与深推得轻巧，看起来却像是不太愿意跟江少仪合作。

我有些想不明白。江少仪的公司在业务实力方面一直口碑不错，在本市也算数得上名号的。不知周与深这样的态度，究竟是真心不愿意合作，还是只是在故意拿乔？按常理来说，舍弃这样一个很好的合作伙伴并不是明智之举。

江少仪是个聪明人，当然一眼就看出了周与深的态度。笑了笑，也未再继续纠缠这个话题。

我也不知自己此刻为何会有这样的心态，看着江少仪吃了闭门羹，便觉得陈家扬也受到了难堪。而对于他的难堪，我竟然仍会觉得有些于心不忍。心情的起伏让我难以控制，我得快点逃离这样的状态，于是我对周与深说道："我头有些晕，你能不能送我去休息一下？"

周与深看了我一眼，语气充满了关切："脸色是有点不太好，要不要送你去看看医生？"

管他用什么样的借口，只要能把我带走就行了。我感激地看了他一眼，抚着额皱眉说："嗯，也好。"

周与深揽着我的肩，向江少仪和陈家扬致歉："抱歉，我太太身体不舒服，我们先失陪了。"然后取下我手里的酒杯交给服务生，直接往会场外走。

走出一段距离，我小声问他："不用跟主办方的领导打声招呼吗？"

他只简单地回了句："不用。"

一路都以呵护的姿态，带着我离开了会场。

走出辉风广场的大楼，户外有阳光照着，虽不耀眼，却令我瞬间平静放松下来。

周与深走在我身后。

一直走到广场前的喷泉边，我回身对他说："今天的事谢谢你，送我到这里就可以了。"

他一定还有许多正事等着做，既然戏已演罢，我还是不要继续耽误他的时间为好。

离开了众人的视线，他的表情不见了刚才的温柔情深，淡淡地看了我一眼，说："既然已经告辞出来了，就没有再回去的道理。你气色看起来不太好，我可以顺路送你一段。"

真是发善心了，只是我这个人向来有自知之明，疑心也重，所以别人若是以太过友善的态度对我，会让我免不了心生疑惑。

"周先生，你突然变得这么仗义，让我有点摸不清你的真正意思。若是对我有什么要求，可否现在就提点一下，让我心里也有个数。"

他先前也说了，会有让我还人情的时候，不如趁早让我知道，让我做好心理准备。

他笑了笑，那笑容却更让人摸不着头脑。不真心的笑容，背后通常都是藏着目的的。

"从我同意跟你结婚开始，我母亲就一直是你的护身符不是吗？既然我未打算违逆她老人家的意思，在一些不违反原则的小事上，与你和平共处，会是个不错的选择。"

果然还是因为婆婆。我想了想，马上就领悟了，"所以你的意思是，以后若是你跟唐小姐之间遇到类似需要打掩护的情况，我也应当倾尽全力配合出演对不对？"公平原则，我完全可以理解。我立刻又表态道："没问题，以后若有需要时，给我打个电话就行了。"

周与深不置可否，此时正好他的手机响了，他看一眼号码，接起来。简单聊了几句之后挂断，问我："你接下来打算去哪里？"

我倒是被他给问住了。我要去哪里呢？

新婚的第二天，新房是摆设，新郎官与我只是形同路人的陌生人。唯一能腻歪的朋友太忙碌，我不想再像先前那样继续打扰到她的工作。于是我对周与深说："我自己随便走走，你忙就先走吧，不用管我。"

他看了我一眼，坚持说："若是去市中心，我可以捎你一程。"

人家难得如此大发善心，我若再别扭推辞，倒显得太小家子气了。

我想了想，说："那也好，你送我去'绝色酒吧'吧。"

周与深听到我说这个名字之后，表情看起来有些奇怪。其实我的事对他来说并不是秘密，只是他大约是未想到我还会去那里吧。

我想起第一次在绝色酒吧里遇到他的情形。

那时候我已经在清平悦里上班，但业余时间仍在酒吧里驻唱。他跟几个朋友去那里，那天晚上正好赶上我在唱歌。他的眼睛很犀利，即使我披着长长的头发穿着宽松的格子衬衫，素面朝天地坐在很远的台子上，他仍是一眼就认出了我。

在我唱完一首歌的间隙，他让人送上一张点歌单和一笔可观的小费，我自然要循着服务生的指示望过去。待看清是他，心里瞬间小小紧张了一下。

清平悦的待遇不错，员工却仍然在外兼差，不知会不会第二天回去就要被炒鱿鱼。如果他这位太子爷很无聊地跑去打小报告的话。

后来事实证明，他并不是那么无聊的人，会特地跑去打一个不相干人员的小报告。只是我这个人，向来讨厌那种授人以柄的感觉，所以我挑了一个合适的时机，自己主动跟我的老板周宁坦白了这件事。

万幸的是，周宁女士也很忙碌，并没有过多心思来追究此事。她甚至应付地对我说："没关系，年轻人有个爱好是好的，只要不耽误正常工作和休息就行了。"

不过后来还有许多次，我又在酒吧里遇见过周与深和他的朋友。来来去去一直都是那几个人，可见他这人虽然生意做得风生水起，防范心应当是很重的，并不会有很多可以交心的朋友。

每一次的酒吧相遇，我们都很有默契地装作陌生人。其实原本也就是陌生人，不过是他在去清平悦的几次，在他母亲的办公室里遇见过我，算是点头之交，连话也未曾说上过几句。

只除了那一次的意外状况。不过对他来说是小事一桩吧，转过身便忘了吧。不想了，随他吧。

周与深去取车了，车子开过来，停在我的面前。

我拉开车门，坐进车里。车子发动，上路。

车厢里过于安静的气氛，让人生出几分尴尬。我干脆将脸转向窗外，看冬日暖阳下一闪而过的街景，有点像跳转的电影镜头，容易将人的情绪带入放空的状态里去。

"你如今还愿意登台唱歌？"周与深终是未能打消掉他的好奇心，问出了这个问题。

"已经很少唱了，只在需要救场的时候偶尔帮帮忙，通常这样的情况并不多。"

他没有再多问，沉默地开着车，直到将我送至目的地。

我平静地下车，隔着车窗站在马路沿上，再一次客套地向他致谢：“今天谢谢你了。”

他不冷不热地“嗯”了一声，没有再多言，随手升上了车窗，将车开走了。

我看着车子离去的后影，一抹惆怅的情绪浮上心头来。

每个人的人生都会经历无数个阶段，如今冷漠不近人情惹人厌的我，曾经也有过阳光灿烂无忧无虑的青春年月，在那样的年月里，自然有天真也有异想天开的一面。

例如爱唱歌，想象着会有一日站上更大的舞台，做歌手，唱喜欢的歌，过光芒万丈恣意洒脱的生活。

例如我爱的人，会一直留在我的身边，不一定富贵无比，但都会平平安安健健康康。

至于死亡和背叛，那仿佛根本不可能出现在我的生命里。

有梦想，可惜未做好有朝一日梦想破灭时的心理准备，所以从云端摔下来，摔得再重，也都只能由自己承担。

我好久未曾出现的抑郁情绪，又有了跑回来的征兆。

这样的认知惊得我赶紧转了身，做了个深呼吸，将所有的注意力都放到酒吧那显眼的大招牌上。

这个时间段，酒吧尚未营业，正门是锁着的。

旁边的偏门开了一道缝，走近，并未听见音乐声，看来乐队也没有到。

我安了心，这个时候我虽是无处可去不得已才躲来这里的，却仍有不愿意面对的人——罗浩。

他是乐队的鼓手，我们在一个乐队待了三年，原本会是很好的朋友，如果后来他没有将那份友情混淆成他所说的爱情。

推开门进到酒吧里。一眼就看到了何斌站在吧台后面，低头专心地擦着杯子。

他是酒吧的老板，家境富裕，却在家人“不务正业”的责难中坚持开了这间酒吧，且一坚持就坚持了近十年。

我其实有些羡慕他的人生，少年时不必为五斗米心烦，长大后可以由着性子做自己想做的事。与家里闹翻之后说是饿死街头也不靠任何人，其实还是有一份理所当然的踏实和安心。他的家人当然不会看着他流落街头，他就是知道这样才敢如此随心所欲。

我走到吧台边，他才注意到我，愣了一下，笑问：“你今天怎么会有空来?”

昨天我们才在婚宴上见过，所以这个时候不论任何人见到我，应该都会感到意外。

“刚好路过，就进来看看。”

我扫一眼四周，问：“就你一个人在?”

未来得及听何斌的回话，身后已经传来脚步声。

几个人同时进来，原本正热闹地聊着天，在看到我之后全都噤了声。

是乐队的几个人，罗浩走在最前面。

不想遇到的人，还是遇上了，可见我今天的运气真是背。

大家都傻站着实在很奇怪又很尴尬，于是我只好主动打招呼：“嘿，好久不见。”

这句话完全是脑子放空状态下，下意识溜出来的。

贝斯手杨波也下意识地回了句：“昨天不是刚见过……”

“咳咳……”有人出声阻止他。

也不知几时起我们之间就变得如此尴尬了。那时候，一起排练一起演出一起吃饭喝酒，好得把我当哥们似的，如今到底是身份不同了。

罗浩的尴尬也就维持了几秒钟，他率先从我身边走过，也不理我。

其余的几个人都是罗浩的哥们，碍于罗浩的面子，也不能再待我如从前那样亲近了。虽然还有笑脸给我，却透出一股别扭劲。几个人陆续从我面前走过，留下我一个人傻站在那里。如果不想让自己太难堪，我其实应该识趣地立刻离开。可是我又有些不甘心，不甘心我在心里认定为朋友的人，就这样轻易结束了这份友情。我自认未变，便也不愿接受他们的改变。

何斌出来为我们打圆场，他冲着已经走上舞台的几个人喊：“现在离开门时间还早，都过来喝一杯，我请客！”

罗浩没有理会，其他人看了看他，自然也不好回应。

连何斌的面子都不给了，这个罗浩，还真是较上劲了。

我终于忍不住了，冲着他怒道：“罗浩，你有什么不满大可以说出来，一个大老爷们，少在那儿阴阳怪气的！”

罗浩不理我，对着他的鼓一阵猛敲，毫无节奏章法可言，纯粹就是在泄愤。

我认识他这么多年，对他的脾气也算有几分了解。他不是没干过幼稚的事，只是感情这种事怎能强求，如此浅显的道理他难道就不懂吗？

我三两步直接跨上舞台，夺过他手里的棒子就扔了出去。罗浩气得狠狠瞪我一眼。

我冷笑一声，说："怎样，想打一架吗？知道你能打，打不过你我也奉陪！"

罗浩打架很厉害，不是他打得多有技术，而是他很能扛，痛到死大概也不会哼一声，死要面子的一个人。我不会忘记，刚在酒吧唱歌那会儿，我被客人刁难，他为了我被人揍得满脸挂彩的情景。

"说话啊，要不要打一架？打一架之后，就收起你的幼稚！想跟我绝交，也得先问问我同不同意！"

乐队就我一个女生，若说蛮横不讲理，理所当然只有我有这个特权。

一旁观战的几个人，有人已经忍不住笑出来了。

如此幼稚的戏码，我本是不乐意演给他们看的，不过是为了配合罗浩的幼稚，才不得不牺牲一下自我形象。

吉他手张承出来劝了："好啦好啦，有什么话当面说出来就算了，大家还是朋友，何必搞得像仇人一样呢？"

另外几个人纷纷相劝。

何斌见事态已经缓和，端了两杯酒过来，示意我将其中一杯递给罗浩。

我照做，酒端在罗浩面前，他却僵着脸不肯接。

我用警告的语气说："我数到三，你再不接我可照脸泼了，就当是你喝了。"

罗浩看了我一眼，虽然仍是一脸的没好气，但终是接了过去，一口喝干。

我也喝完我的酒，很认真地对他说："罗浩，我不是一个好女孩，我嫁给周与深就是因为贪慕虚荣，拜金势利。我只想过好日子，衣食无愁，其余的对我来说都不重要。我相信你会遇到一个真正适合你的人，到那时候你肯定会感谢我在今天拒绝了你。”

听到我这样贬低自己，罗浩又不乐意了。他可以站在朋友角度任意数落我，但却容不得别人数落我，连我自己也不行。

“你是怎样的人我们心里清楚得很，周与深那小子得了便宜算他运气好，要是他敢欺负你，哥几个去揍得他生活不能自理!”

我心里感动，嘴上却故意应承道：“好，以后就靠你了，他要是惹我伤心，我就给你打电话。”

第四章　风波顿起

一个星期的婚假就在无所事事中过去了。

回归到正常上班的日子，刚到办公室，婆婆就把我叫了去。无例外是要问一问我跟周与深相处的情况。

她一脸和善地握着我的手，问："这几天有没有到哪儿去玩?"

没有安排蜜月旅行这件事，婆婆是知道的。周与深以工作繁忙为借口，只许诺了三天假期。婆婆于是叮嘱我们开车去附近的城市转一转，短途旅游一下。

我笑了笑，得体地回道："哪儿都没去，与深工作忙，人虽然在家里电话也总是接不停。正事要紧，以后若想旅行，总会有机会的。"

婆婆照例形式化地责怪了儿子两句，末了语重心长地说："玉林，不是妈帮着与深说话，妈只是想把自己这些年来的心得说给你听听。"

我其实大概已能猜出她要说些什么，不过还是装作乖巧地回道："您说。"

"你跟与深都还年轻，人在年轻的时候，放些精力在别的事情上也是情有可原的。只要家还在那里，谁都没有走出去，老了彼此仍会是对方很好的伴。”

我猜得果然不错。

她自己的婚姻不成功，如今虽与孙征在一起，却是没有名分的。我想她一定也认同“感情其次”这个道理，守住一些实际的东西，才是关键。

她会对我说这些话，无非还是在说唐佳君的事情。

虽然在外人面前，她一直表现出很维护我的样子，但关上门后，到底是自己的儿子更值得谅解。

如果我有妈妈在，我的妈妈必然也会这样维护我，哪怕我做错了。不能因为我没有，就指责别人母子情深不对。所以我识趣地说：“妈，您不必担心，我跟与深都有分寸。别的事我也不会多理，我只记得我是周太太就行了。”

婆婆见我如此识大体，十分开心，随手取了办公桌上的一张银行卡递给我，说：“蜜月也没能去，真是委屈你了，拿着去买点自己喜欢的东西，就当是妈替与深跟你赔个不是。”

我接过卡，拿在手里，心想，这不就是我想求的吗？于是说道：“谢谢妈。”

收了卡，又寒暄了几句，我带着笑容离开。

心里的感受到底是什么，从来就不想去理会，我只知道我已经求仁得仁，再不能贪恋更多的东西。否则太过贪心，万一招来老天爷妒忌，收回这一切，那对我来说无疑是场灾难。

我终于为自己筑起了一方世界，如今能让我好好活着的动力，就是让我的世界变得无坚不摧。

刚走进办公室坐下，秘书小刘就跟着进来了，对我说：“玉林姐，刚刚周先生打电话找你，我跟他说你不在，他就让你回来后给他回电话。”

真是稀奇，周与深突然找我会有什么事？

跟婆婆说周与深有在家待三天那自然是谎话，他至今连新居都未去过一次，更别提还要委屈自己整日对着我了。

算一算，我跟他也有几日未见了。

拿起手机看，果然有一个未接来电。

回拨过去，那边接起来，我问：“周先生有什么吩咐？”

周与深在那边问道：“你晚上什么时候下班，我去接你。”

此话一出，更是让我诧异莫名。不过随即想，必然是有事情才找我，实在不必大惊小怪。

“五点半，你要来店里吗？或者你说地方，我自己打车过去也可以。”

他只简单地说：“不用，你在办公室等我。”

挂断电话，专心工作。因为不是我真正挂心的人，所以一整天工作效率都不错，并没有浪费时间去思索周与深找我的目的这件事。

反正怎样的目的对我来说都一样，怎样的事情到了眼前，我也都是一个态度应付。

下午五点钟的时候，周与深就来了。

我办公室的门是开的，他仍是礼貌地敲了两下。虽然他这人性格不怎么样，但礼仪和教养却是没话说的。我抬头看见他，第一反应是皱眉。

“你来早了，我还没下班。”

他穿一身黑色修身西装，因为瘦，越发显得身形修长。男人不一定需要五官长得多好看，关键是身材和气质。只要够高够瘦，配上合身的衣装，便是一副颠倒众生的精英模样。

这样一个人，站出去迷倒一票单纯的小女生是绝不成问题的。幸而他不在餐厅上班，否则以餐厅女性员工比例居多的状况看，他必然是一大祸害。

周与深并未回应我的问话，只是说："我要去跟妈打声招呼，你要一起吗？"

原来提前来是要去见婆婆，我原本不想凑热闹，随即又想起他此话的目的，就反问："你需要我去吗？例行上演一下好儿子与好媳妇的戏码？"

他看着我，显然是不太欣赏我的幽默。

我自讨了个没趣，于是说："你去吧，我还要将最后一点工作做完。"

他也没有多话，转身走了。

往门外看，果然看到外面几个小姑娘凑在一起窃窃私语，一直盯着周与深离开的方向看。

我是个开明的上司，不会剥夺下属欣赏美的权利，对于上班时间开小差的行为，向来选择睁一只眼闭一只眼。

唯有秘书小刘是老员工，见的次数多了，表现得最正常。她进办公室来给我送客户投诉反馈表，小声调侃说："还好周先生不在店里上班，不然大家都该没心思工作了。"

我看了她一眼，说："报表给我，早点忙完早点下班，你不是还要约会吗？"

结束话题最好的方法就是将话题岔开，周与深的出现已经打乱了员工的工作节奏，我不想他也扰乱了我的情绪。

周与深回来得很快，我已经做完了手边的工作，虽然未到下班时间，我还是收拾了东西准备离开。

他挑眉看我，“不打算以身作则等下班了？”

我回了他一个无所谓的笑容，说：“偶尔为之，不为过，你说是不是？”

周与深不置可否。

出了门，竟意外看到了孙征。他的车停在那里，人就站在车旁。

周与深礼貌地跟孙征打了声招呼，就径自下了台阶取车去了，态度冷淡。

孙征也不在意，笑着对我说：“这么快就销假回来上班了？”

对于一个没去处也没朋友陪的人来说，游手好闲混了一个星期已经是很痛苦的事。

“嗯，工作也堆了不少，拖着总是不太好。”

因为跟孙征不算熟，且他跟周与深的关系尴尬，所以我也不知该怎样同他寒暄。

幸好婆婆也出来了，踩着高跟鞋，衣着精致。见到孙征，露出优雅的笑容。

周与深已经将车开了出来，隔着车窗神情淡然地催促我：“走吧，我在市中心定了位子，这个时间段会堵车。”

我向两位长辈挥手告别，坐进周与深的车子里。

车行在路上，我看了一眼身旁的人，他看起来是在专心开车，面色沉静，似乎没有要与我攀谈的意思。

不过我却想早早将话说清楚，若真有事也早点解决，我可不想耽误他跟佳人约会。“你专程来接我下班，应该不是为了请我吃饭吧？有什么事需要配合的话，尽管说，我上次也欠你一个人情。”

车子停在一处红灯口，周与深看了我一眼，脸上是似笑非笑的表情。

我有些讨厌他的这种表情，仿佛总有几分嘲弄之意藏在嘴角，随时会丢出刻薄的话来伤人。

“我就不能请你吃饭吗？”

我看着他，沉默了一会儿，很认真地说：“不能。”

他反问我：“为什么？”

我跟他只是名义上的夫妻，且属于彼此相处不算愉快的那种，突然出现和睦一家亲的状况演的是哪出？

“周与深，老实说，我知道你讨厌我，讨厌这桩婚姻。我也不喜欢你，所以婚礼那天你的反应在我看来才算正常。我很适应你的正常，所以请务必保持你的这种正常。”

红灯过去，车子再次上路。

周与深难得的好风度，并没有因为我的话而表现出不愉快。我从来就没有真正了解过他，因为他也是在复杂环境中长大的人，心思到底藏得多深只有他自己知道。我也没有兴趣去窥探他的内心世界，因为本就不可能是一个世界的人。

“人的想法会随着事态而改变。那时心有抵触才会出现那天的情形。如今既已成事实，何苦再让母亲不开心，不过是做戏哄老人家开心，并不是多难的事。”

我懂了，原来他是为了让婆婆看到我们相处愉快的假象。

跟他虽不是对手，但身边人的出牌章法你若不了解，也是一件很恐怖的事情。我厌恶被人算计，所以平常都以小人之心来防范我不信任的人。

“还当你跟唐小姐出了什么状况，需要我相助，白白浪费我一片想赴汤蹈火的心，可惜了。”我有些遗憾地说。

“你想吃点什么？中餐还是西餐？”周与深不接关于唐佳君的话题，反与我谈论起菜单来。

我有点意外，“你真打算请我吃饭？”

周与深给了我一个很有条理也很冷漠的回答：“你我虽然只是名义上的夫妻，但以后想必会有许多需要扮伉俪情深的场合。想想那日的酒会，为确保不穿帮，总要抽空做一些相处之道的练习，你认为呢？”

我有点犹豫了，周与深则将我的犹豫看作了默许，直接问：“要吃中餐还是西餐？”

我想了想，说：“中餐吧，中餐比较符合我恨不能一百块吃到饱的价值观。”见周与深半扬眉梢看着我，我认真地对他说：“像你这种人是不会理解的。”

他没有接腔，继续沉默地开着车。

跟周与深的晚餐在无趣的气氛中度过。

这基本上是显而易见的结果。

他这人本就是阴沉难测的个性，我跟他也实在找不出可以聊的共同话题。我可以跟思思畅聊一晚上的娱乐圈八卦，而周与深明显是不可能对这个话题感兴趣的。

不过，这期间他向我问起了罗浩。

我也没有太留意，只当是他在婚礼上对罗浩留有印象，此时才会随口问起。

“我们是挺好的朋友，他是个很仗义的人。”

周与深却淡然道：“听说搞乐队的人，经济收入方面不是很乐观。”

我原本正在享受美食，听到他说这句话，敏感的神经再次绷紧。

抬起眼，正色看他，说：“那又如何，难道你想告诉我，穷富与否是衡量交朋友的标准吗？”

周与深知道我的不满从何而来，而他却并没打算结束这个可能会越聊越不愉快的话题。

“交友的标准当然不必以穷富来衡量，但穷或富，却容易影响一个人为人处世的态度。”

我放下筷子，表情严肃地看着他说：“你到底想说什么？”

我暗想，这也许才是他今日找我出来的理由。可是罗浩跟他，根本是八竿子都打不着的关系。

“没什么，不过是就事论事随口表达一下自己的看法，你不必一副备战的姿态，我无意宣战。”

他平静吃着东西，一副不想多谈的架势。我看着心里实在有点窝火。

周与深总是有能耐，让整日抱着吊儿郎当心态的我瞬间被招出一股无名火来。

“我交怎样的朋友，与他人无关。我的朋友哪怕穷困潦倒，只要我不嫌弃，别人也就无权过问。”

他扬眉，并非是道歉的态度，“你自己看得清楚就好。”

我见他一副不痛不痒的态度，随即提醒自己冷静下来。他从未用真心与我相处，我又何必为这样一个人而牵动情绪，太不值得了。

于是迅速整理了情绪，在吃吃喝喝兼沉默中，将刚才的争执翻过去。

对于周与深那句似警告的话，我自然也没有放在心上。

没过几日，我正上着班，突然接到了罗浩的电话。他说："玉林，我打算回老家了，想请你吃顿饭。"

我十分意外，他是从乡村出来的，在F市生活多年，从来没听说过他有回到乡下去的打算。

"你是打算回去待一段时间，还是回去就不回来了？"

他的语气听起来有点低落，"不回来了。"

我于是回道："行，你说地点，是什么状况我们见面再聊。"

他说："不出去了，就在我住的地方，我已经约了乐队的所有人，我自己下厨做饭给你们吃。"

若换做以前，我肯定少不了要嘲讽他几句的，他根本就是个十指不沾阳春水的少爷，做的饭哪里能吃。不过此时当然没有心思再调侃，心里只猜测着他突然要回老家的原因。

下了班，打车直奔罗浩住的地方。

他住在城郊，因为租金便宜。虽然地方远了点，环境却是十分不错的。去他家的路上要经过F市最大的人工湖"天鹅湖"。傍晚时分，从车窗往外看，可以看到夕阳撒在湖面上，一片耀眼的颜色。湖旁有老人带着孩子在散步，是一幕安逸温暖的画面。

我在想，真应该将住处搬到这里来。周与深选作新居的房子够大，地段也够好，只是在高档社区里居住，总是少了几分烟火味，在同一个小区里住上十年，你可能也不会认识你的邻居。

恍惚间，车子已经开到了地点。

罗浩住的地方我还是第一次来，是个比较老的小区。门口的保安亭铁门紧锁，油漆剥落，显然已经荒废很久，我打算找保安问路的计划只能搁浅了。

因为是老小区，楼房上也没有标示是几栋，路上拦了一个居民询问，得到的也只是模棱两可的答案：“应该是这栋吧。”

只好给罗浩打电话，让他出来接我。

几分钟后，罗浩当真就从我面前的楼道口里走出来。有几天没见了，他在家的衣着十分随意，不似去酒吧驻唱时，把自己弄得很帅很有型。

他看到我，对我笑了笑，伸手指指身后，“在三楼。”

我随在他身后上楼，随口问：“大家都来了吗?”

说话间已经上到三楼，罗浩拿钥匙开门，一边回我：“还没，我等下给杨波打个电话。”

进到屋里，竟是出乎意料的整洁，我还以为他这种走洒脱不羁路线的单身汉，住的地方一定也是凌乱不羁的风格呢。

是处两居室，一间做卧室，一间放乐器，没什么家具，但布置得很有几分居家味道。

我从卧室里晃了一圈出来，走到厨房，看到罗浩在切菜，一副家庭煮夫的样子。

煤气灶上在煮着什么东西，咕嘟嘟冒出热气，走近点，香味迎面而来。

我诧异之余少不了要奉上赞美：“你几时去学厨了？菜做得还真是有模有样，这是成心想让身为女子的我心生惭愧还是怎样。”

罗浩利落地切完菜，往炒锅里放油，开火，动作麻利，一气呵成。

“有心学，自然就能学会。”

“问题是，这个有心也需要某个你愿意有心的动力吧？难道是遇上真命天女了？”我半真半假地开着玩笑，偷看他脸色的变化。

只是青菜倒进锅里升起蒸腾的热气，遮挡了罗浩的脸，让人看不清他的表情。

罗浩装作很忙碌，没有回答我的问题。

我不免有些尴尬。也是，他对我的心思，我不是不知，所以这样的玩笑话，的确不适合我来说。

“杨波他们怎么还不来？我去打个电话问问。”

罗浩“嗯”了一声。

我转身回到客厅里，翻出手机拨通杨波的电话。

响了几声之后，对方接起来，等我说完，他却在那边笑嘻嘻地说：“玉林姐，今天我们就不去凑热闹啦，浩哥眼看着要回老家了，自然有很多话想跟你聊聊，我们哥几个可以回头再聚。”

我感觉不妥，可是杨波已经收了线，留下我对着手机皱眉。

原本我心思坦荡，但与罗浩这样两人独处，总觉得有些别扭。

罗浩从厨房里探身出来，问：“他们来了吗？”

我看着他，语气轻松地回道：“大家嫌弃你做饭不好吃，嚷着要去步行街喝酒，不来了。”

罗浩停顿了几秒，走出了厨房，“我再给杨波打个电话，这帮臭小子，我都要走了，请他们吃个饭居然还敢不来。”

我拦住他，说道：“算了，杨波说回头再跟你聚。不来就不来吧，一桌子好吃的刚好便宜了我一个人。”

罗浩看了我一眼，没说话。

我接着说道：“怎么，一桌子菜给我一个人吃，你嫌太浪费了还是怎的?”

他却突然转身跑开了，嚷道：“天啊，我菜烧焦了!”

我站在客厅里摇头笑。罗浩也有他可爱的一面，不要酷装帅不闹小孩脾气的时候，其实还是很值得搭伴过日子的一个人。只是我一直相信，世上人跟人之间的情分，是要讲缘分的。就像我跟周与深，早些年就认识，他算是救过我一命。即使我并非是以身相许以报答恩情，却终是跟他成了一家人。

不管那缘分是不是好的，终究是要有缘分，彼此的人生才会牵连在一起。

罗浩端着菜从厨房走出来，我凑过去看，啧啧称赞：“看着都让人流口水，我之前说你是大少爷的评价，看来得改一改了。”

罗浩笑道：“给你做顿饭就不是大少爷了？本少爷仍然金贵得很，也就是特殊情况才亲自动手，你当谁都有这荣幸吃我烧的菜呢。”

有好吃的在眼前，我哪还有心思跟他斗嘴。都说吃人的嘴软，这个时候我只负责吃，自然是他说什么就是什么了。

吃着饭，我们聊起罗浩突然要回老家的原因。

我是真的不太相信，他会想回到那个有些荒凉的山区小镇去。

“是不是家里出了什么事，才要你回去?”

罗浩灌了一口啤酒，摇头，“不是，不过我爸妈当然希望我回去。我前几天认真反思了一下，觉得这些年在外面漂泊，也没闯出个什么名堂，以后也不太可能有什么作为。不如回家去结婚生子，过踏实的日子。”

听他这样说，倒显得他选择回去是一个理智而正确的决定。

“话说得是没错，可是你在这里生活了近十年，现在决定回去，还能适应老家的生活吗？”

我是害怕与人作别的，许多时候，一旦分开，也许许多年里也不能再见面。

“我来F市那会儿，一身土包子习惯，不也不适应吗。人总会由不习惯到习惯，不过是时间长短的问题。”

他都这样说了，我也不好再说什么，只能敬他一杯酒，“希望以后还能常见面。”

罗浩说：“我有空会回来看你们的。”

我们这边正说着话，忽然传来敲门声。

我下意识说道：“该不会是杨波那几个家伙来了吧？”

罗浩起身去开门。

走进来的却不是杨波，而是几张陌生的脸孔。

我站起身，以为是罗浩的朋友，本想打招呼，却看见罗浩的脸色不太对。他连寒暄的话都没有，这几个人显然不是他的朋友。

来人也看了看我，领头的那人有点凶，不像善类。罗浩未等他开口，就先说道：“我有朋友在，我们的事回头再谈如何？”

对方并不买账，走到客厅里来，离我更近了，然后看了一眼桌子上的菜，啧啧叹道：“日子过得挺滋润嘛，看来你手头也宽裕了，欠我们的钱可以还了吧？”

我愣了几秒钟，消化掉他话里的信息。看向罗浩，他的脸色愈加难看了。

我突然明白过来，“所以，这才是你要回老家的原因吗？”

罗浩不看我，也不吭声。

讨债的找上门来，他想必是欠了钱，才想跑路。

“小姐，你是他朋友，要不要替他还？”领头的那人笑嘻嘻地问我。

“他为什么会欠你们钱？欠了多少？”

“赌啰。也不多，才二十万元。”

二十万元？一个靠驻唱谋生，日子凑合着过的人，竟然在外面欠下二十万元？

“罗浩！”我叫他。

罗浩仍然站在离我几米外的位置，不肯过来。

这种事我不是没见过。在酒吧里驻唱，总会看到世事百态。别想着报警，这些放高利贷的开着投资担保公司正大光明做生意，若想杜绝日后源源不断的麻烦，最好的方法就是早一点乖乖将钱还了。

“玉林，这事跟你无关，你走吧。”罗浩终于说话了。

讨债的头头仍是笑眯眯的，对我说：“小姐，既然你不替他还钱，那就该干吗干吗去吧，免得等下场面太暴力，你一个女人家看不下去。”

以我平日里的为人，当然不会对谁都摆出一副仗义的姿态，但罗浩恰巧是我愿意仗义帮忙的朋友之一，事情既然摆在了眼前，总是要想办法解决的。

我自己根本凑不出这么多钱，也没东西可以暂时抵押，结了婚说是得了套房子，可房产证上写的仍是周与深的名字。

周与深。

我拿出手机，走到卧室里，关上门给周与深打电话。

周与深接得很快，而电话接通我却犹豫了，不知该怎样开口说整件事。

电话那边的人等了一会儿，大约是不耐烦了，开口问："找我什么事？"

我不可能去跟婆婆张这个口，至少一时间能迅速帮上忙的，也就只有他了。

我模棱两可地将要求提了一下。"你能不能借我二十万元，我有个朋友出了点事，有急用。"

周与深在电话那头沉默了几秒，说："你这个朋友，是罗浩？"

我诧异之余，脑子里忽然闪过前几日他对我说的那番话。

"那天你对我提起罗浩，难道是他找你借过钱？"

周与深没有回答，只简单地问："什么时候要？"

这种事，早一点解决总是好的。

"如果现在要，你方便吗？"

"把地址告诉我，我现在过去。"

我赶紧将地址报上，一时也无暇多想周与深为何会如此好说话。

我跟他虽然结了个名义上的婚，但因为之前一直没有深入相处，我对他的一些印象全是出自我主观的判断，那些判断里，或许有些是我过于偏见了。

我脑子里有一瞬间冒出了“他这人，也许没那么糟糕”的念头。

不管怎样，即便我不会因为他今天的义气表现，就将之前对他的全部看法都推翻，但欠他一个人情我会记住，恩和怨总是应该分明的。

在等待周与深到来的时间里，与几个陌生人同处一室绝对不是什么好过的事。

因为知道对方不是善类，所以心里对他们多少有几分畏惧。如果往深一点想，一屋子人只有我一个是女人，若有人想起什么歹心，单凭罗浩一人之力是无法保护我的。

所以我强装镇定地对罗浩说：“你跟我来一下，我有话问你。”然后转身进了卧室。

罗浩犹豫了一下，跟着进来了。

那群看似恶煞一样的人，居然没有出言阻止，这让我提到嗓子眼的心稍稍放下。

伸手将门关上，落了锁，勉强觉得安全一点。

刚好也借着这个机会，向罗浩问一问整件事的详细经过。

罗浩只是沉默，不愿多谈。

事情发生得突然，我以前也未经历过这种事，先前的恼火也被担忧的情绪代替。虽然罗浩一直像前卫青年，但赌和毒这两样，他是从来不碰的。所以我一直都觉得，他是一个内心有着清醒认知的人。如今出了这样的事，不至于对他失望，但总让我感到很意外。

“你是偶尔赌过一次，还是已经滥赌成性了？”

罗浩站在窗户边抽烟，语气里听得出悔意，“之前心情不好，只赌过几次，可惜运气太差，都输了。”

他说的“之前”让我忽然想到，我筹备婚礼期间，杨波曾打过电话跟我说，罗浩那几日过得很颓废。

绕了一圈，想不到责任竟然出在我身上。我有些头痛地按了按太阳穴。

“不管怎样，事情既然发生了就要解决。一朝踏错家破人亡的例子你不是没见过，赌的危害性有多大相信不必我多说。只希望你能引以为戒，以后再不要让自己落入这种窘迫又危险的境地。为不值得的人不值得的事毁了自己，就太亏了。”

我相信他能听懂我最后一句话的意思。

前因不必再去细究，事已至此，但愿把钱还清后，一切就真的过去了。

过了不知多久，只觉得客厅里的那群人出乎意料的安静。

罗浩决定要出去看看，我想拦他，他已经开了门出去了。

也是，如果那群人真要拿我们怎样，一扇门是拦不住的。何况人家的目的只是收钱，未收到钱之前，伤害我们对他们来说没有任何的好处。

想到此，我先前的恐慌情绪已经少了许多。不过我一直待在卧室里没有出去，一边不停地看着手机，期望周与深的电话快一点打过来。

手机却始终也没有响，可是终于传来了敲门声。我直觉是周与深来了，松了一口气，拉开门走出卧室去看清楚。

门已经打开，门外站着的正是周与深。

他并未走进来，我走出卧室的同时就听到他语气冷淡地问罗浩："玉林人呢？"

我赶紧回道："我在这里！"

周与深看到我，才走进屋子里，直接朝着我走过来。

他空手而来未带任何东西，我心中泛起疑惑，正想开口问他，忽然从门外又走进来几个人。

竟然是警察！

电话里周与深满口答应，我有一瞬间还对他心存感激，没想到他所谓的帮忙，竟然是报警！

他已走到我的面前来。

我看到罗浩的脸色已经完全变掉，要债的那几人也都慌了神色。

我气急败坏，指责周与深："谁让你报警的！"

他神情冷淡地看着我，丝毫愧疚的神情都没有。

不对！

他怎会知道这里发生的事需要动用到警察？我在电话里明明只是跟他说我有个朋友急用钱而已。

"你让警察来是什么意思？"

他撇了下唇角，笑得颇玩味，"难道你们这里发生的事，不需要报警处理吗？"

客厅里，来的几名警员什么话也没说，直接准备将人带走。

罗浩往旁边靠了靠，却有个长得很魁梧的警察看了他一眼，说道："走吧，难道还要我拷上才肯走？"

罗浩的脸色更难看了，力持镇定地说："我……我为什么要跟你们走？"

警察瞪了他一眼，皱眉道："装什么装？为什么你自己心里还不清楚吗?”

我被眼前的事情弄糊涂了，赶紧走上前去，想为罗浩解释：“警察同志，你可能搞错了，他跟前面那几个人不是一伙的。”

警察没有理我，而是看向我身后的周与深，直接道：“我先走了，回头再联系。”

周与深点头致意，说：“今天的事麻烦你了，改天我请你吃饭。”

警察同志哈哈一笑，说：“是以朋友的名义请啊，不然被人家扣上受贿的帽子，那我可就划不来了。”

周与深也淡淡一笑，说：“没问题。哪天你休息，打我电话。”

我还想再说，警察已经推着罗浩出门去了。

而最让我诧异的是，罗浩竟一句分辩也没有，就那样乖乖跟着走了，这根本不是他平时会有的做派。

原本拥挤的客厅一下子空了，只剩下我，跟我身后那个在我看来冷漠又冷血的人。

我只能找他要答案，也必须找他要答案！

第五章　谁都有秘密

我转过身，做了个深呼吸，在事情没有弄清楚之前，我努力让自己做到冷静。

“你现在是不是可以告诉我，这到底是怎么一回事？”

周与深说：“你那么聪明，会看不明白吗？”

我心里的火已经烧到嗓子眼了，可还是要拼命地往下压再往下压。暴跳如雷是最低端的吵架方式，不过是白白丢了自己的脸，让对方看笑话而已，我不会那样做。

“周与深，我没有你以为的那么聪明。整件事虽然是我求你在先，但你若不肯真心帮忙，大可以不理会就是。现在事情发展成这样，你是否应该给我一个合理的解释？”

周与深静静地看着我，我知道此刻我的脸色必然十分难看。仔细回想，之前几次交锋，到最后都是我先情绪失控，落入了败势。他却永远是一副轻描淡写的姿态，看着我失态出丑。

“我可以告诉你整件事的来龙去脉，只是如果你所笃定纯粹的友情，是隐藏着丑陋的目的，你确信你还愿意听吗？”

我皱眉看着他，觉得他是在危言耸听。“我要听。”我坚定地说。

“罗浩来找过我，要我给他一笔钱，说是封口费，否则他会将你当年在酒吧的一些事抖出去。他大约是连续剧看多了，思维方式也如里面的人物一样愚蠢幼稚，他认定有钱人必然会愿意破费些钱来平息这种伤及面子的事，所以他很自信我会乖乖就范。”周与深一脸平静地说。

我反驳道：“你知道他是在诓你对不对？所以你没有给他钱。”否则就不会有今天这一出。

“不管他是不是在诓我，我都不可能答应他的要求。”想当然这才是周与深会给出的答案，我并不意外。

“那刚刚又是怎么一回事？”

“他从我这里碰了钉子，开始打你的主意。找一帮人装作是要债的，试图从你手里骗一笔钱。”

“你怎么会知道那些人是他找来的？你又凭什么确定罗浩跟他们是一伙的？”

我宁愿相信罗浩在忌妒的心态下，才跑去找周与深麻烦。

周与深看着我，沉默了几秒，并未直接回答我的问题，“你不必管我是从什么渠道知道的，事实就是如此。你若质疑整件事，可以等到探监时，自己当面问罗浩。”

其实不必等到那时候了，再冷静一回想，刚才罗浩被警察带走时一副认罪的表情，就已经说明了一切。

或许在我拒绝罗浩的时候，我就已经失去了那份我自以为坚固的友情。若是置身事外来看待这件事，像我这种给不了爱情却还试图强留友情的行为原本就很自私，世上的好事，怎么可能都让我一人独占呢？想得也太美了。

今天的这件事，再次印证了一个道理：这个世界上，没有什么是永恒不变的，情义这东西，说着很美好，看着很让人振奋，一旦放进现实生活里，却是最不堪一击的东西。

我再次想起前几日周与深突然找我吃饭，说过的那些模棱两可的话。原来那时他就试图提醒我，只是我固执己见，所以他便也不再坚持，置身事外地看着今日事情的发生。

周与深的态度，所给出的反应，总是无法用常理去解释。比如他待我冷淡如陌生人，而明明可以不理会的事情，他却又不嫌麻烦地插手管了。为什么？

他冷淡如常的眼睛里，没有答案。

我觉得头有点疼。乱七八糟的事一股脑地发生了，许多事都超出了我原先的预料和所能承受的范围。我跟罗浩朋友一场，最终却是以这样的方式收尾，这是我不想看到的。就像是原本所依仗的东西已经不多，此时却仍不可避免地坍塌了一块般，心灰意冷也不足以形容失去那一段曾经带给我温暖力量的友情的感受。

我转过身出了门，扶着楼梯一级一级往下走。

周与深此时已不在我关心的范围内，我只是觉得出了这样的事，应该给思思打个电话，听听她的大嗓门也是好的。

我拿出了手机，拨了号出去，可是不知为什么突然觉得眼前一黑。晕倒，什么也感觉不到，这对此时的我来说，也许是一件好事吧。

我在医院的病床上醒来了。

目测是一间私人诊所，我在里间的床上躺着，外间的对话声仍能清楚听见。

起先是一个略显陌生的男人在说话："不是跟你说过，不要让她再受刺激吗？要是病再犯了，以后就是直接送来我这里，我恐怕也搞不定。”

然后是周与深的声音：“是我处理得不够妥当。”竟然是略带悔意的声音。

我微微一怔。清冷孤傲的周与深，怎么会有这样的语气跟态度？

“我一直跟你说，抑郁症这东西很麻烦，想彻底恢复也很难。不能受太大的刺激，情绪也不能有太多的起伏。她如今好不容易恢复成现在的状态，你可别让之前的努力白费……”

我有抑郁症。是啊，我差点忘了这件事。

抑郁症最早病发时，是在阿婆去世后的那半年。

那时我仍坚持每天晚上去酒吧唱歌，待在热闹的地方对那时的我来说是一种解脱。在喧闹嘈杂的环境里，我才能暂时忘记一些事。

可是那时症状已经很严重了。有一次一个客人将我叫到包间里，试图灌醉我对我动手动脚，我鬼使神差地敲碎了啤酒瓶，然后捡起一块碎片，当着那客人的面，重重划在了手腕上。

血滴滴答答落下来，我将血流不止的手腕放到透明的酒杯前，看着殷红的血沿着杯子缓缓流进杯子里，掺着酒的颜色，是一种说不出的凄艳光芒。

然后笑嘻嘻地对那客人说：“想过瘾，喝这个吧。”

那客人早吓得跑出了包间。

我一点也没觉得疼，起了身，走出包间，一路往外面走，一时也忘了要去哪里。那时候脑子是混沌的，不会去管自己做的事是对是错，只是觉得心里痛快极了。

当然也更不会去在乎血还在流，一路滴滴答答落在走廊的地毯上。

直到有个人，拦在了我面前。

我如今已经想不起来，他当时有没有对我说话。我只依稀记得他眉头紧皱的样子，然后他将我送去了医院。

后来手腕上缝了二十多针，如今还留有蜈蚣一样的一条疤在。所以我命大未死，严格说来是周与深救了我一命。

他将我送去医院，等我缝完针，思思赶来医院，他就走了。连垫付医药费的戏码都没有，医药费是思思给的，在医院守着我的人也只有思思。

所以我觉得那天他只是刚巧路过碰上了我，因为毕竟算是认识，总不能见死不救，于是才勉为其难地送我到医院。

这件事对他来说，不过是一件转身就忘，微不足道的小事。所以，刚才他跟另一个应当是医生的人之间的对话，让我有些想不通。

周与深怎会知道我曾经得过抑郁症？

何况我的抑郁症早已治愈，我的医生也不是刚才那个说话的陌生人。

太多的疑团，让我开始思考，等一下是直接找周与深挑明问清，还是静观其变再说。

外面的两个人又说了一些话，无非是与我的病情相关，需要注意些什么之类的。

然后，里屋半掩的门被推开了，周与深走了进来。

我在门被推开的下一秒，条件反射地闭上了眼睛。

我选择了装睡，纵然心里有再多的疑问，也不能在此时去求答案了。

我听到脚步声离我越来越近，周与深走到床前的位置，停了下来。

我莫名感到一丝压迫感，大约是因为他刚才说话的态度，已经影响到了我面对他时的态度。他知道我曾经不堪回首的过去，没有对状况频出的我置之不理，这样一个人，我如何还能只将他当作陌生人来看。

我没料到他会突然开口说话。

“我不知道该以怎样的方式来处理才是正确的。也许林飞说得对，最好的方法是要么远离，要么就站到最近的位置上。只是我无法确定，哪一种才是你愿意接受的。”

说完这些，他就沉默了。

我无暇去想他口中的林飞是谁，我所有的精力都放在努力装睡这件事上，他说的这番话，完全扰乱了我的心绪。有什么事，是故意瞒着不想让我知道的？

旁边的人催促他说：“你该走了，算算时间，她朋友也差不多要到了。”

“嗯。”周与深应了一声，仍没有立刻走掉，因为我没有听到离去的脚步声。

“有任何状况，马上给我打电话。”还是周与深的声音，终于随着脚步声，渐渐消失在门外。

我仍然没有睁开眼睛，看来选择装睡是一个正确的决定，否则不会有机会听到周与深后来说的一番话。

但是听到了这番话，也只是让我变得更加困惑。很显然周与深隐瞒了一些事，而在我的记忆里，却丝毫有用的线索也没有寻到。

今天真是发生太多事了，头比想象中疼，看来一时并不适合想太多事情。

我的朋友马上就会来接我，不用猜也知是思思，我的联络电话里面，可以一通电话就被召唤出来的，除了思思再没有别人。

思思果然在大约十分钟后，推开了病房的门。

推门的时候是轻手轻脚的，大概是以为我睡着了。

我翻过身去看她，她走到床前来，跟我大眼瞪小眼对视了一会儿，确认我没什么大碍后，噼里啪啦就一通训斥："你怎么回事啊，不是嫁给有钱人了吗？怎么不鲍鱼参汤把身体养好点，反倒病倒了。躺在这里病怏怏的样子看着就让人闹心！我正赶着通告呢，接到电话都吓死了！"

这种时候当然要装可怜告饶。"姐姐，我是病人，我头还疼着呢……"

思思见我愁眉苦脸一副难受样，这才暂且饶过了我。

"玉林姐，你好一点了吗？"

又有一个人从思思身后冒了出来，吓了我一跳。

居然是江晨。

"你怎么也来了？"

思思说："他刚下通告我就跟他说，我着急要来看你，来不及先送他回去，所以就直接把车开来这里了。"

我觉得过意不去。艺人每天行程满档本就辛苦，我却导致他结束工作了也不得休息。

"抱歉，这么晚了，还让你跟着跑一趟。"我转而埋怨思思，"你可以自己打个车来的。"

江晨笑了笑，说："不关思思姐的事，是我听到你病了，就想着应该来看望一下你。只是赶着过来，没买什么东西……"他挠了挠头，说到这里，开始苦恼起来。

他刚下通告，还带着妆，一副光彩照人的明星形象，但他身上却没有那种疏远骄矜之气，实在是亲民得很。说话时也无比诚恳，真是一个没架子的人。

看他一副内疚的样子，我就更不好意思了，连忙说："哪要带什么东西，大明星亲临病房来看望我，这要是传出去，我得被多少人羡慕嫉妒恨啊。何况我没病没痛也不用住院，这就跟着你思思姐回家，真要是买了东西来，就该成累赘了。"

思思伸手摸摸我的额头，不太放心地说："真的不用住院观察一下吗？我听医生说，你是突然昏倒的，你可是好久都没这样过了……"

我推开她的手，掀了被子下床，一边穿鞋一边说："你看我这样像有事吗？医院又不是什么好地方，没病还硬待在这里，那不是真成有病了？"

那位先前一直只闻其声未见其人的医生再次出现了，站在病房门口，我抬头刚好看到他。

他对我笑了笑，斯文清瘦的一个人，看起来跟周与深差不多大。周与深这么晚将我送来这里，而这里依然有医生会诊，此人想必是周与深的朋友。

"你好，我是林飞。"

原来周与深口中的林飞，就是眼前的这个医生。

"林医生，我觉得我没什么问题，应该不用留院观察之类的吧？"

“当然。”

思思还是不放心，“那怎么会突然昏倒呢？”

林飞回道：“根据她送来时的状况，我判断是血糖过低导致的昏厥。我想她应该很长时间没有吃东西了，加上疲劳过度，才出现了那样的状况。”

血糖过低？我心中暗暗发笑。都说精神类的疾病忌讳受刺激，他是怕言语过于直白影响到我的情绪吗？

不过被他一说，我倒真开始觉得饿了。中午只吃了一个面包，晚上在罗浩家，光喝酒菜也没吃两口，说低血糖犯了也是有可能的。

我对思思说：“我饿了，我们出去找个地方吃点东西吧。”

思思见我精神不错，又有了医生的保证，便也收起了担忧，扶着我的胳膊出门。

“林医生，今天麻烦你了，耽误你到这么晚。”我站在门口，诚挚地说道。

林飞看起来没有丝毫的不耐烦，“不客气，这是作为一名医生的分内事，何况我跟周与深还是朋友。”

道了再见，跟思思走到路边等江晨把车开过来。

车子不是上次的那辆保姆车，而是一辆黑色的轿车。

“江晨会开车？”我有点意外。

“男孩子有几个不喜欢车的，他十八岁就考到驾照了。”

说话间，江晨已经把车开过来了。

我跟思思坐到后车座，思思不放心地对江晨说道：“你不是说今天起得太早困死了，开车可以吗？不行就我来开。”

江晨对她比了个OK的手势，已经发动了车子，驶向主干道。

思思累得靠在椅背上，脸上是掩不去的倦色。

明星经纪人这个职业，真不适合她这个年纪的女孩子，太耗心神。整日那么忙，休息时间永远不够，更别提还有时间去谈恋爱。眨眼的工夫，宝贵的青春就熬掉了，爱情也就错过了。

思思问我："你想去哪儿吃？"

我心思没在吃上面，而是压低了声音问她："要不让江晨先回家，我俩自己打车吧。"

思思摇头，"他录一个节目从下午五点录到现在，也没好好吃过饭。这会儿我们去找吃的，要是把他给丢下，他还不得跟我们急……"

我还没来得及再说话，江晨就一脸笑容地开口了："玉林姐，你想吃点什么？"

我想了想，说："这个时间估计也没多少店还开着门，我们就一路开吧，遇上哪家就哪家。"

找到了一家二十四小时营业的中餐馆，点了好多吃的东西。

江晨看来是饿坏了，一半东西都是他点的。

我没什么胃口，思思的心思也不在吃上，坐下之后就询问事情的经过，我简单说了一下。

思思听完气得杏眼圆瞪，"罗浩也太混账了，这种事都干得出来！"

连在一旁埋头吃得很香的江晨，也忍不住抬起头说："比我演的电视剧还厉害。"

我苦笑，这种事谁愿意发生在自己身上。

"我也有责任。我既然拒绝了他，就应该自觉跟他断绝来往。”

思思不赞同我的话，“玉林，你做人有一个很大的问题，就是对自己在意的人就会无原则地宽容。他要是不再拿你当朋友，又何必来参加你的婚礼？做出这么荒唐的事，我看他是想钱想疯了。”

“不管怎样，他现在进了公安局，毕竟朋友一场，我觉得还是应该想办法帮他一把。”

思思说：“你好好养养你病歪歪的身体吧，少管这些闲事。”

“思思，我在酒吧那会儿，他没少照顾过我。”替我挡酒，跟客人起冲突，结果被人揍得鼻青脸肿，那几年里多的是这样的事。

“那你能怎么帮？他自己做错了事，可不是谁说句话就能解决的问题。”

“人是周与深弄进去的，回头我去找他谈谈，看有没有解决的办法。”

思思摇头，“不知道你是怎么想的。说实话，我原本不待见周与深，但就这件事而言，他算是帮了你。否则你真打算送上二十万元给罗浩？你欠他什么了，要这样任他予取予求的。要是你自己的钱也就罢了，还昏头到跑去跟周与深借钱，你不是说不想跟周与深有牵扯吗？那你以后打算拿什么还人家啊？”

我知道思思说的都很对，如果我够理智，我可以说罗浩是咎由自取，不用理会他的死活。可是，我要是真撒手不管，我觉得以后肯定会后悔。

无论如何，总是要跟周与深好好谈一谈。

周与深的公司位于城西，公交车晃晃悠悠就走了近一个小时才到。

我站在楼下给他打电话。

阳光中暗灰色的墙体玻璃反射着人影，九成新，看样子建成并不久。

电话响了很久也没有人接。

不接电话无非两种可能：在忙，或是懒得再理我。

不管是哪一种，我既然来了，未达目的自然不甘心就这样走掉，来回一趟，公交车费还要四块钱呢。

收了手机，往里走。

坐在安保室里的保安不认得我，起身拦住了我的去路。

我向他表明身份，他诧异之余，虽然没有出言质疑我，但看得出眼中有打量之色。

“请稍等一下，我给周总办公室那边打个电话。”

听起来是周与深的秘书接的电话，两人简单沟通了一下，保安转过来问我：“请问您贵姓？”

我说：“姓姜。”

没有再出现更刁钻的询问，还算顺利，得到了放行。

搭了电梯上到五楼，站在前台说明来意。

前台管接待的员工是个年轻小姑娘，愣了一下，说：“稍等，我给李秘书打个电话。”

不一会儿，李秘书出来了，见到我后，对我露出微笑。

我跟她应当没有见过面，又或许婚宴她有去，只是我没有印象。

“周总在开会，可能要请您稍等片刻，请跟我来。”

我也微笑，“好的。”

身后有窃窃私语自前台位置传来，听得并不分明。我是外人眼中的周太太，头一次在公司露面，会被人围观也是意料中的事。

不过不必听清也能猜出大概内容，周与深那样的老板永远不会缺少话题，没有的故事也能被添油加醋演绎成一出精彩绝伦的八点档剧集。何况他跟唐佳君的事不是秘密，谁知道在我之前，唐佳君是不是已经以女主人的身份在这里出没呢。

秘书将我带到了周与深的办公室，推开门，让出路。

我站在门口扫了一眼，说：“周总不在，我是不是应该去别的地方等他?”

李秘书看我的眼神闪烁了两下，我立刻意识到了自己的失言。

“呃，我的意思是，他既然不在，在他办公室等怪无聊的，我是否可以参观一下公司?”到这个时候也只能用这个借口搪塞，虽然参观公司的行为，看起来有几分炫耀身份的意思。

李秘书自然也是个玲珑剔透的人，无论心里在想什么，面子上当然不会做出让人尴尬的事。她笑着说：“好的，我找个人带您参观。”

原来还不给人随便参观啊。我心想，看着公司楼也不高，规矩倒是不少。

我也不好意思再有异议，唯有笑着点头。

好在一层楼面积也不大，何况办公地方根本没有什么值得参观的，十分钟之后，我对领着我转悠的小姑娘说累了，回到周与深的办公室门前。

门是开着的，李秘书已经不见踪影，显然是回去开会了。

这一次我没有犹豫，直接走进了周与深的办公室。

他的办公室不算很大，但有一面墙镶着近半面墙壁大小的玻璃窗，因此室内光线非常好。

我脑子里冒出周与深站在窗前，看着楼下车来人往安静沉思的画面。

有脚步声从身后传来。

我直觉是周与深回来了，转身看过去。

站在门口的那人却让我微微一愣。

又是唐佳君。

似乎每次我找周与深，她都会在场，难道真是已经跳槽到这里来上班了？

她站在门口，一副正巧路过的姿态。

“周太太，你好。”

我心里暗自一笑，不再是姜小姐了吗？其实我并不习惯别人称呼我“周太太”，但此时我在意的不是这件事，而是骄傲的唐佳君为何会妥协了？我可不认为，是上次我的那句调侃对她起到了作用。

“你好。”且以不变应万变好了。

唐佳君笑起来的样子看着真温柔，有些女人生就的好容貌天生就是用来秒杀陌生人的。如果她不是以周与深情人的身份站在这里，我或许会好好欣赏她。

只可惜一路下来已有几次交手，她当然不会是表面看起来的那般温柔可人。做公关工作的人，笑里藏刀向来都是拿手好戏，我能看出她笑容背后的冷漠，因为我也是同类中人。她不是省油的灯，我同样不会对不相干的人假以辞色。若有人站在面前挑衅，又哪有不战总退的道理。

“你来得真不巧，周总正在跟我们公司开会，续签来年的合作合同。”

续签来年的合同？我这时间挑得可真是不凑巧。

“我知道。你忙吧，不耽误你工作。我找与深也就是谈些家里的事，不算特别重要。”

唐佳君笑了笑，那笑容当然是有几分僵硬的，却没再说什么话，转身走了。

虽然未让唐佳君占尽优势，但我心里堵的一口气还是未能完全出掉。

其实这些憋屈我本不需要来面对，只要一直跟周与深的生活保持距离就是了。都是罗浩惹出了一摊子烂事，害得我不但要来登门找人，见了面恐怕还要摆出低声下气的姿态。毕竟是有事求人，再清高也且先识相地收敛一下吧。

第六章　难得的温馨和睦

过了大约半个小时，周与深终于开完会回来了。

那时候，我正坐在他的位子上，无聊地用手机上网。他走进来，我抬头看他，没有起身让位的意思。

他也未露出介意的神色，将手里的文件放下，问："找我有事？"

我反问道："没事就不能找你了？"

他眉梢微微挑了一下，竟没有生气。换作以前，在我反击的情况下，他通常都是皱眉冷脸的表情。

"我不认为你大老远跑来，只是为了找我闲聊些不重要的事。"

哟，唐佳君这么快就告状了。

我看着他，很认真地说："其实我是为了坐一坐你的位子，体验一下坐在领导位置上的感觉。"

周与深的目光停在我脸上，是打量的神色。

我猜，周与深的耐心快要耗光了吧。

"还是你的位子，寻常人不给坐，某些身份特殊的人才给坐？"也不知为什么要继续幼稚地去惹他，大概是因为唐佳君先前惹得我心情不爽，我还有怨气没散尽，此刻罪魁祸首就站在面前，所以不服气让这件事轻易翻篇，我向来小气得很。

小气的结果，导致我一时间把正事都给忘了，忘了是来求人的。

“佳君刚刚对你说了什么？惹得你一副开战的姿态又摆出来了？”

哼，他倒是挺了解唐佳君的。

“不是找你告过状了吗？告状这种事，难道不应该做到事无巨细，小事化大才对，我信任唐小姐的语言表达能力绝对没问题。”

“你确定你来没有别的事，就只是为了找我吵架？”

想起罗浩的事，我稍稍收敛了气焰，正要开口，门外有人走了进来。是唐佳君。

唐佳君的目光只看着周与深，说：“你几点能走，我去会客室等你，刚好可以把总结报告写一下。”

周与深看了我一眼。

我微笑，面不改色，眼都未眨一下地说：“我来找你，是想跟你说家里进小偷了，我的行李被翻得乱七八糟，也不知是怎么进去的。单身一个人住在那里，唉，想想还真有点担心。你是不是应该回去看一下？”

我觉得周与深看我的表情，是在研究我这个谎言的真实性。我觉得如此拙劣的谎话根本骗不了他，但理直气壮的态度还是不能少的。

周与深很快回过神来，转过身对唐佳君说：“家里有事，你不必等我了。”

我倒不认为周与深是相信了我的鬼话，跟先前几次一样，他应当仍是忌惮于婆婆的压力，何况他心里清楚，若非有正事，我必然不会主动来找他。

唐佳君顿了一下，笑着说："好，那我先走了，等你忙完了给我打电话，我等你吃晚饭。"

这仍然是一个挑衅，挑战人的忍耐极限。

大概真是我心态的问题，如今总觉得唐佳君做的事说的话，很容易就激起我的反感。

我的脸色一定有点难看，所以周与深才没有去送唐佳君。

他收拾好手边的文件资料，叫了秘书进来，吩咐了一些事，然后对我说："可以走了。"

我有点意外，"你这么早就下班？"

周与深扬眉，"你不是说家里出了事，要我跟你回去看看吗？"

我皱眉道："你不会没看出来，那只是我胡乱瞎扯的一个理由吧？"

周与深双手环胸，脸色看起来没之前那么和善了。"理由是够拙劣，但我还是选择相信了。人身安全这种事，你最好少拿来开玩笑，喊太多成狼来了，以后若是真出了什么状况，只怕没人会去救你。"

如果这不是一个"狼来了"的故事，他就会义无反顾地跑去救我吗？

罗浩的事，虽然是他出面解决，但如果当时困住我的真是坏人，以他直接报警的行为，又哪是将我的安危放在了考虑的范围内？

不必多讨论这个问题，答案只会让人不愉快，所以我明智地选择谈另一个话题。“我来找你，是为了罗浩的事。”

周与深一点诧异之色都没有。

“罗浩的事，你要找的是警方。是想探监还是找律师为他辩护，应该去的地方，都不是我这里。”

话说得不留一点情面，脸上也再不见先前的和颜悦色。

我早该知道，周与深从来就不会是一个好说话的人，大概是之前几次相处，他给了我好脸色，于是我就有了得寸进尺的念头，抱着试探的小心思，以为会有侥幸的结局出现。

我果然还是高看自己了。

可见周与深先前那几次的好态度，不过是他一时高兴，与我根本没什么关系。

“必要的话，我会去找律师。只是那天见你跟那位警察认识，我才想着来托你走走关系。”

周与深冷嗤了一声，眼中有嘲弄之色，“我该说你没有常识还是说你天真？警察只负责拘捕嫌疑人，何况就算我跟他关系熟，你想托怎样的关系？请他放人还是请他销毁证据？你认为我或是他会有这通天的本事？”

我被他堵得一时说不出话来。

“玉林，你看起来很精明，其实太天真。你以为罗浩仅涉嫌诈骗罪吗？何况如果单是你这件事，罗浩一句‘朋友间借钱’就可以解决了，警方若是来找你对证，你会否认吗？你巴不得要作伪证吧。你以为你真心对待的人，对方就一定会将同等的诚意回给你？罗浩背地里都做过哪些事，你要是有兴趣，可以去探视他的时候好好问问他！”

听完他的这些话之后，我有点懵了。

周与深会说这样的话，我不会糊涂到以为他是在信口开河，只是他究竟知道多少事，却又不肯告诉我。

“你是不是调查过罗浩？你到底知道些什么？”

周与深竟没有否认，“我是调查过他。他要是不先来招惹我，我也没那闲工夫留意他这个人。我还是那句话，你自以为美好的友情，背后可能藏着很多让你无法接受的阴暗面。我可以都告诉你，只要你有勇气听。”

我犹豫一下之后的决定是，我不想听，至少不想从周与深的口中听到。他咄咄逼人的态度已经让我变得很狼狈，我不想继续在他面前狼狈下去，一点傲气都不剩。

“不用，如果真有什么，我也等着罗浩自己跟我说清楚。既然你不能帮忙，那就算了。”

我从椅子上站起来，因为心里乱，所以脸色想必也很难看，随即往门外走。

周与深却伸手拉住了我。

“还有什么事？”我问他。

他皱着眉，脸色也难看。可能我在他眼中是很可笑的一个人，他才会不留情面地嘲笑我。而我来找他这件事，原本就是欠妥当的一个决定。

“你现在打算怎么办？”他竟然又这样问。

既然不愿帮忙，帮不上忙，又问这做什么？

“不知道。我会想一想，想明白了，再去想办法。”

“我给你个建议，你若是真在乎这段友情，就从现在这一刻放手，什么都不管，什么都不必知道。等以后罗浩从监狱出来，你还能继续跟他做朋友。”

我试图挣开他的手。“我知道我的固执没有道理，但这样的建议，我现在听不进去。”

他却没有松开手的意思，“我可以为你介绍最好的律师，可是你一旦决定插手这件事，就意味着所有的事情真相你都会知道。你最好想清楚，别最后弄得自己狼狈又无法收场。”

我沉默了。我承认在这件事情上，我原本就缺乏主见，此时被他这样一说，更是没有清晰的思路好让我做出一个正确的决定。

就在我脑子乱哄哄的时候，周与深却突然说：“我们一起走，妈打电话来了，让我们回去吃饭。”

“婆婆没有给我打电话。”我有点意外。几时打的电话，我怎么不知道。

“给我打了。”

他伸手取了桌上的车钥匙，抓着我的那只手仍然没有松开。

我用眼神示意他放手。

周与深松了手，却说：“不要想借口推托，一来妈很少自己在家做饭，长辈约了我们，没有推托的道理；二来，如你之前所说，必要的时候，我们要做到相互配合。”

难得见他说这么多话，虽然语气强硬，却明显有想说服我的意思。好像我很任性，他一松手我就一定会跑似的。

“我只是觉得，手拉手这种事还是等到了婆婆那边再做比较合适，在你的下属面前，总没有演戏的必要。万一传到唐小姐耳朵里，害她吃醋，我可是担待不起。”

“人家都走远了，你何必还自己找不痛快？”

周与深的一针见血让我很不快。“我是在为你考虑。想必今天我已经惹得唐小姐很不开心，你又没有及时去哄她，如果你跟我再起什么夫妻恩爱的传闻，到时候你岂不是很难跟她交代？”心情好了些，刻薄劲就又冒出来了。

“怎么交代是我的问题，不用你操心。走吧，妈在电话里说，要去超市买几样东西带过去。”

真奇怪，每每提起唐佳君的事，周与深总是不肯接招。四两拨千斤的功夫倒是修炼得炉火纯青，轻描淡写得好像他不是当事人一样。

也许是因为他觉得那是他的私事，与我并不相干，所以不必浪费口舌来与我讨论吧。而如果我再喋喋不休地继续说这件事，倒显得我好像很在意他似的。

罗浩的事仍是我心里的一个疙瘩，但明显已经不适合拿来与周与深继续讨论。他在这件事上固执得不留丝毫情面，若想解决这件事，他也绝不是可以拜托的人。

讨好婆婆也是必须要做的事。

她是我如今所拥有生活的倚仗，我即便再没有心情应付，也要强作开心地去跟周与深扮演一下夫妻和睦的戏码。好在这样的戏份也不多，一个月也演不了几回，对我来说并不是什么为难的事。

婆婆住的地方跟我们的新居分处在城市的一南一北，开车过去要花一个小时。

若想母慈子孝，给彼此空间是很有必要的。要是天天同一屋檐下相处，难免就会生出许多矛盾来。

我们到的时候，婆婆正在厨房里炒菜。穿着居家的衣服，头发绾起，温柔贤淑的好母亲模样。

我站在玄关处换鞋子，她从厨房里探出头来，对着我微笑。

我有一瞬间心里被温暖的感觉充斥。

这种温暖的感觉已经离开我许多年了。小时候，我下了课回家，书包往桌子上一扔就往厨房里跑，阿婆总会一步探出身来，边笑边阻拦说："别进厨房，弄得一身油烟味。"

如今家里的厨房虽然油烟味少了很多，但那种居家的烟火味道，所展露出的温暖气息却是一样的。

周与深站在客厅冰箱前问我："要喝点什么？"

婆婆探着身子举着手里的铲子对他示意，"给玉林喝玉米浆，我之前特地去超市买的。"

周与深取了饮料拿在手里，挑眉看我，"你爱喝这个？"

原本是不爱喝的，小时候跟玉米有关的东西都不爱，吃得太多了。因为家境不好，阿婆在门前的土坡上辟了一块地，种许多的玉米，成熟了就收起来堆在家里，我们两个人可以吃很久。

当阿婆去世以后，那些曾经不爱的东西，都成了珍贵的回忆。连带着只要是相关的东西，不爱也变成了爱。

婆婆知道我爱喝这个，是因为有许多次我跟她一起去应酬客户，她见我总是点来喝，之后就记在心上了。我作为公关经理，她却允许我不喝酒，有时候碰上客户灌酒，她也会用各种婉转的方法替我挡掉。

这样看，其实婆婆待我真的是好到没话说。

我其实也都知道。我只是自私自利惯了，已经不太习惯将外人给我的那些温暖，放进心里去。

我换好了拖鞋，走进客厅，接过周与深手里的饮料，嘲弄地笑了笑，说："是啊，多梦幻的口味，比较适合用来装良家妇女。我应酬都喝这个，楚楚可怜地跟客户说我不会喝酒，客户也信了。周总你场面见得多，想必也知道，装小可怜向来是公关应酬的必杀技。”

周与深嘴角勾起一线弧度，我看清那好像是个微笑的表情。

我猜他大概也适应了我的这副德行，见怪不怪了。自私刻薄难相处是我的缺点，很难改掉。他可能不喜欢但也不能拿我怎样，所以不得已也没办法，大家就且在必要的时候互相忍耐一下吧。

打开饮料喝了两口，走到厨房门外问婆婆：“要帮忙吗？”

虽然我的厨艺根本拿不出手，装模作样的询问还是要做一做的。

婆婆果然不让我伸手。“不用，你跟与深在客厅里看会儿电视，再炒两个菜就好了。”

我只好又走回客厅。

周与深已经打开了电视，脱了西装外套跟领带，只穿着灰条纹衬衫，姿态闲适地跷着腿坐在那里，用遥控器选台，是我从未见过的一面。

安静，居家，不似原来总是一副成功人士的冷峻模样，好像突然从高高在上的云端，踏入我们这些凡夫俗子的世界里来。

原来他也会看电视嘛，虽然看的是新闻台，但播的正是一则美食的新闻。东西是有多好吃，让他那样盯着眼睛也不眨一下。

过了一会儿，他大概是觉察到了我在看他，转过头来看了我一眼。我匆忙避开视线，抬头装作研究墙上的挂画。

本来是很和睦的氛围，直到周与深发现了放在沙发靠垫下的一个男士公文包。

我不知道那是谁的东西，却看到周与深的脸色微微变了一下。

婆婆的家里出现男性物品，我随即反应过来，想必是孙征的东西。

看周与深的反应，婆婆应当是没有告诉他今天孙征也在。

我也不知道为什么立刻有了扮演和事佬的念头，大概是今天的好气氛难得一见，我不想最后是以周与深黑着脸离开来收场。

所以我赶忙走到他旁边坐下，压低了声音说："别翻脸别发脾气，想走也等我吃完饭，我很饿啊。"

周与深看我一眼，他知道我是故意用插科打诨的话来试图缓解气氛，只是究竟买不买账，我却无法从他冷淡的表情看出来。

"我走我的，你要是想留下，回头自己打车回去不就行了。"

难道他真的要走？

"是你把我带过来的，还请顺便再把我送回去，等我吃完饭再走。一名单身女性深夜打车横穿整座城市，你觉得安全吗？"

他仿佛不为所动，"担心安全，晚上就干脆不走了，跟妈住，明天刚好一起上班。"

我没了耐心，"你这人怎么这么固执？"

他挑起半边眉梢，面无表情地说："想搭顺风车，态度还敢这么横？"

我用两秒钟消化他话里的意思，这样回答，就是肯留下来，等着我一起走了？

"在劝说的过程中采用软硬兼施的策略，以前没少拿来对付客户。嗯，其实我是很长时间没上班，就想试试业务水平退没退步来着。"

周与深面色缓和了许多，看来是被我说服了。

我心里的担忧却仍没有完全放下来。

谁知道等下孙征出现后，周与深会以怎样的态度来面对他。

我不知道自己插手管这件事到底对不对，只是因为刚刚才念起了婆婆对我的好，至少在这一刻我对她是心存感激的，顺带着就不想看到她为难失望。难得周与深也肯卖我这个面子，所以等下无论场面如何，我都会尽力让气氛不那么尴尬。

玄关传来开门声，孙征推了门走进来。

我站起了身。

几乎是同时，婆婆从厨房里走了出来。

她应当是怕出现尴尬的场面吧，因为她一直在偷看周与深的反应。

再洒脱的父母，一旦跟儿女对峙，几乎永远都是落败的那一方。因为父母对子女的那份在乎，远比子女对父母的那份在意，要多出太多。

我也有点小心翼翼，礼貌地向孙征打了声招呼。

倒是孙征，大大方方地微笑着，回应道："嗯，你们来啦，路上不堵车吧？"

很温和很慈祥，就像一个平凡的家长。

我回过头去看周与深，却意外地看到他也站起了身，礼貌地向孙征点头致意，"孙叔。"

孙征回了他一个微笑，将手里提着的购物袋递给一旁的婆婆，"我也不懂哪个牌子的酱油好，就按营业员的推荐买了。"

我有些意外。像孙征这样的人，那样的身份跟气度，竟也会做如此琐碎的小事情？

婆婆笑着解释道："我好长时间没做饭了，家里什么都缺。记性又不好，总是忘东忘西的。"

孙征跟我婆婆都不是那种居家过平淡日子的人，可是眼前的画面却又如此的温暖幸福。

周与深的排斥虽然可以理解，我却觉得他早已是成年人，不知为何还如此的固执又守旧。有什么比自己在乎的人幸福更重要呢？

我一心想让和气的气氛维持下去，就说："孙叔您应该给我们打个电话，我们之前才去了趟超市。"

孙征笑道："你妈不乐意看到我像个闲人一样坐在那里，不过是想找个借口使唤我一下而已。"

婆婆接了袋子，用眼神对我示意了一下，意思是要我做好"维和"工作，然后转身进厨房去了。

孙征走进客厅里来，坐在一旁的沙发上。

我工作时的好口才，在这一刻有点使不上力。实在是因为身份尴尬，我也没有处理过这样的场面，不知道该怎样来应对。

几个人都安静地坐在沙发里，装作专心致志地看着新闻。

直到周与深开口，说了句："滨湖区那边不出一年，房价就要翻上一倍。"

孙征表示赞同。

然后两人就房地产行业的一些专业性问题有一搭没一搭地聊开了。

说的那些内容我一句都听不懂，我连这座城市平常地段的房价都不知道，又怎会听懂他们说的那些东西。不过我总算松了口气。

周与深的态度比我预想中平和，孙征的姿态也比我预想中从容大方，想象中剑拔弩张的画面并没有出现。

婆婆很快就炒完了菜，我进到厨房里帮忙往饭厅端，婆婆悄悄问我："他们俩还好吧？没冷言冷语地争起来吧？"

我连忙汇报："没有没有，两个人对房地产行业的看法一致，谈得很投机呢。"

婆婆松了一口气。

我忽然觉得她也挺不容易的。

看着事业有成，儿子出众，伴侣优秀，本是被所有人羡慕的一个女人。可是家家都有难念的经，单是应付这看似微小的一件事，就足以让她累得够呛。

我看着她解围裙的时候一直捶腰，心里一软，说："妈，我要有机会，会多劝劝与深的。"

婆婆温和地笑了笑，说："好，与深的脾气拗，要辛苦你了。"

入席。一桌子竟然满满十个菜，作为连锁餐厅的老板，婆婆的好手艺自是不在话下。据说当年她未遇到孙征之前，就曾在夜市做过小排档的生意。只是她许久没有下厨，忙出这么多菜，累是必然的。

我给她倒了杯红酒。婆婆接过去。

周与深不喝酒，等一下还要开车，却也给孙征倒了一杯红酒，递上。

十分难得一见的和睦场面，温暖得有点不真实。

饭吃过一半，婆婆忽然说："你们俩还没度过蜜月吧？打算什么时候去？眼看着天也热起来了，趁夏天到之前出门比较好。"

一口玉米浆卡在了喉咙里，我半天才咽了下去。

怎么突然提起这件事来了。我从未想过我跟周与深会有这样的行程，他不会同意我也不愿意。不过我更担心的是，眼下该怎样回应这件事。

看了一旁的周与深一眼，这种事当然要由他来应付。

他慢条斯理地吃着东西，看起来比我淡定多了。

“我下周有个案子要出差，会去杭州待一个星期，如果玉林不介意，可以跟我一起去。”

婆婆不高兴地道：“这像什么话，你这到底算是去工作还是去度蜜月的？你一工作起来，哪里还有时间陪玉林？”

我眼睛转了转，发现周与深在看我，看样子是在等着我表态。

我很识相地换上诚恳的表情，连忙说：“没关系，我觉得去杭州挺好的，都说那里风景美，我一直都没机会去。与深忙的时候我可以自己先一个人去转转，等他忙完了再陪我也不迟。”

婆婆仍是不太满意，不过见我这样说，就说：“行，不过要是与深敢怠慢了你，你就打电话跟我说。”

我笑着答应，心里却在想，周与深的道行果然深。这样一来，该避的也都避开了，他忙他的我玩我的，互不干扰，何等圆满。

自打结婚以后，日子是过得越来越舒坦了。婚假放了一个礼拜，这才没上几天班，蜜月假期又来了。本来也谈不上多热爱工作，有假期可放，心里自然是很高兴的。

嗯，回头我可以问问思思她最近有没有时间，一起休息几天，跟着我出门玩去。

第七章　思思的春天

给思思打电话，汇报了一下我即将去杭州的事情。

结果得到了一个让我无比开心的消息。

思思虽然没有休假时间，但她人已经在杭州了，并且短期内都不会离开。原因是江晨接拍了一部新剧，这一个月内都会在杭州取景拍摄。

也就是说，只要我愿意，至少有一个月的时间可以跟在思思身边混吃混喝。

这个消息让我实在很开心，于是我立刻跟周与深提了一个要求，说我要一个人先去杭州。

周与深问及理由，我简单跟他说了一下，他也没有提出什么异议。我的朋友他基本上都不认识，只有思思他算是比较熟悉。一来见过也不止一次了，再者思思每每见他从不曾给过好脸色，这大概也是让他印象深刻的原因。

周与深只是说："我过几天就会去，到了给你打电话，你的手机要保持开机状态。"

我虽然很想一个人自由自在地玩，但对于配合做些表面功夫的事，我还是心里有数的。跟婆婆那边请假就更容易了，她对我向来宽容，如今结了婚成了一家人后，她对我更是没理由的偏袒。不过我还是用有些低落的语气说：“难得有机会跟我朋友碰到一起，聊聊天再散散心，这样的机会也是十分少的。”

婆婆见我这样说，自然二话不说就答应了，只说：“你好好去散散心，反正出门旅行，当然玩得开心才是关键。”

于是我收拾了简单的行李，心情愉悦地奔赴杭州而去。

罗浩的事情不是忘记了，只是我受了周与深那些话的影响，权衡了一下，觉得自己没有勇气也没有必要因为一些不好的事情，而让自己的心情和生活变得乱七八糟。所以我为罗浩找了律师，将能安顿的都安顿妥当，至少目前能为他做的，我都做了。

其余的，只能看他自己的造化了。

飞机抵达杭州的时候是下午，现如今气候一年比一年反常了，才四月天，气温就已经高得不像话。大太阳照着，毛线外套已经不用穿了。

一下飞机我就给思思打了电话。思思对我总有一百个不放心，生怕我迷路走丢，直懊恼说她实在走不开，不然一定去机场接我，然后叮嘱了我一堆注意事项，顺带报了她的地址。

我嘲笑思思的唠叨，照顾江晨照顾出职业病来了，我都这么大的人了且又不是第一次出门，怎的就把我当成一个六岁小孩了？

机场离市区有点远，车子开在市区的时候途经一间西点店，我顺带打包了一些吃的东西。

思思所在的位置并不在市中心，而是一处偏郊的风景区。

里面有个人工湖，湖畔景色宜人，绿柳枝沿湖岸长了长长的一排，看起来春意盎然，甚是好看。

江晨正在拍一个镜头，和女主角站在不远处湖边的木质露台上，俊男靓女正演绎着纠葛的情节。

我也看到了思思，她正站在一群工作人员中间，穿着简单的T恤牛仔裤，头发一看就是随手乱抓了事，一点形象都没有。

我悄悄走到她背后，伸手搭上了她的肩膀。

她被吓了一跳，待看清是我之后，表情立刻换成了嫌弃。

“来了也不好好打声招呼，你几岁啊，吓我一跳。”

一边说着，一边接过我手里的行李包，说：“走，东西先送到我们的保姆车上去。”

我跟着她走出人群，往车边走，顺势提起手里的食物在她眼前晃了晃。

思思倒是没有两眼放光，但是她说：“你这算是买对了，江晨刚刚还跟我说肚子饿，我也没空去买。回头他看到这些东西，要开心死了。”

我想了一下穿着西装造型帅气的江帅哥，对着一包食物眼冒金光的样子，不厚道地笑了一下。

等放好了东西往回走，我没忘记对思思提意见：“你怎么也不注意点形象，没见片场大半都是男人，你把自己整得靓丽点，没准就遇到真命天子了。就你现在这副男人婆的打扮，哪个男人会多看你一眼，长再漂亮也是白搭，何况你长得还一般。”

思思斜了我一眼，说：“我又不用像你一样，靠脸蛋吃饭，我都是走淳朴路线的好吗？”

一段时间没见，我们边走边打趣着。

等我们走回拍摄现场，江晨的一个镜头已经拍完了。

他左看右看大概是在找思思，我对他挥了挥手，他看清是我后，立刻露出了很开心的笑容，三步并作两步走了过来。

“玉林姐，你到啦!”

我笑着说：“是啊，我好奇心重没见过拍电视剧是啥样子，所以跑来打算跟着你们混几天，你不嫌弃吧?”

思思瞥了我一眼，一副鄙视我假客气的表情。

江晨连忙回道：“怎么会！其实拍片现场挺闷的，思思姐一个人在旁边待着，经常都等到快睡着了。你来了刚好可以跟她聊天，她接到你电话之后可开心了。”

思思将吃的东西递上，说：“你玉林姐买的。”

江帅哥果然欢呼一声，笑得比花还灿烂。剧组很抠门，不给饭吃的吗？瞧把他给饿成什么样了。

思思一眼看穿我的心思，气定神闲地说：“他就是肚子不饿，看到吃的也基本这个样子。”

江晨从袋子里拿了两个小蛋糕，问我说：“玉林姐，我能不能拿两个去送人?”

我点头道：“当然了，你思思姐不吃，都是你的了，随你送谁。”

思思却皱了皱眉，脸色微微有些变化。

江晨没有留意她的神情，只是神情愉悦地转身走了。

我只当是思思小气，说道：“又不是什么好东西，都拿去送人也不值几个钱，你至于摆出一张后妈脸吗?”

思思的脸色仍然不怎么好看，目光一直跟着江晨的背影望过去。

我心里疑惑，也跟着看了过去，才发现江晨要送的人，正是刚刚跟他拍对手戏的那个女生。

女人的直觉让我立刻反应过来，会让一个人主动向异性献殷勤的原因通常都逃不过他喜欢人家。

江晨，这是遇到喜欢的人了？

我转过脸来，看着思思，“江晨喜欢那个女生？”

思思也收回目光，看了我一眼，说：“现在的小孩真是不矜持，才在一起拍戏几天，就看上眼了。你知道人家什么背景什么来历吗？就一厢情愿地献殷勤。”

我有些玩味地反驳她：“你不是说江晨没有谈过恋爱吗？已经是一个二十三岁的男孩子，会对异性动心很正常吧。喜欢一个人有必要把一切都弄得清清楚楚才能行动吗？相处的过程中就慢慢了解了。何况，谁说谈个恋爱就一定要谈出结果来，等你什么都弄清楚看明白，黄花菜都凉了。你有没有觉得你的反对，或者说反感，立场有点站不住脚？”

思思沉默了一会儿，说：“一来公司不赞成恋爱，再者他还年轻，又是走偶像路线，一旦爆出恋情，对事业总是会有影响。”

这样的理由，同样牵强得站不住脚。

艺人就不谈恋爱了？难道因为所谓的事业，就一辈子不恋爱也不结婚？思思是圈子里的人，怎会不懂如此浅显的道理。

“你说出于工作考虑太假了，我看你真正介意的，是江晨有了喜欢的人这件事。”

思思蹙着眉看我。

我继续说：“不过也能理解，你把他看作自己很重要的人，现在的状况让你有种东西被抢走的感觉，心里不舒服是正常的。”

还有更尖锐的问题，不过我不想在这个时候跟思思讨论。看得出来此刻她的思绪是比较乱的，而有些话适合在人清醒的时候再说。

“思思，我跟你说过很多次了，赶紧找个男朋友，你也要有你自己的生活，就像江晨迟早会有他自己的生活一样。就算是亲姐弟也不可能绑在一起一辈子，何况你们只是工作关系。”

思思席地而坐，草坪谈不上干净，不过我也跟着坐了下来。

她沉默了好一会儿，才说：“你说的有道理，我迟早要有自己的生活，除非这辈子真打算单身了。”

我拍拍她的肩膀，语气轻松地说：“哟，大龄单身女青年终于想通了。”

思思白了我一眼，说：“其实我本来就打算跟你说的，剧组里有个人在追我。”

我这才没联系她几天，这么快就有情况了？

“是谁是谁？快指给我看看！”我兴致勃勃，一副八卦的表情。

“导演。”

我赶紧去看远处那个坐在监视器后面的人。

戴着鸭舌帽，看起来年纪也不大，很瘦的样子，不过长得不难看。

“真的假的？条件看起来不错嘛。”

思思的表情看起来却是没什么特别兴趣的样子。

“一聊才知道，跟我是老乡，于是有时候收了工就会在一起吃个饭，算是混熟了。他有一天问我有没有男朋友，我说没有，他就说那你看我怎么样。你说这套路是不是很俗？”

我不以为然，“怎么会俗，猜来猜去玩暧昧那是电视里演的情节，现实生活里遇到这么直接的一个人你早该偷笑了，否则你继续耗着，耗得起吗？”

思思不置可否，我却来了兴致。

思思的个人问题一直是我很挂心的事，可是她却总是慢吞吞懒得理的样子。如今好不容易给人看上了，那人看起来条件还不错，不赶紧趁机把她推销出去，怎么对得起我为她操的那些心。何况早点让她谈上恋爱，也许对江晨的那份注意力也就被分散了。

“今天收工你就约他一起吃饭，我要近距离考核一下。”

思思有点不太愿意，“今天有点累，何况你不也坐了很久的飞机，怎么还有精力折腾啊？”

为了她的事，这点折腾都扛不住能算是铁姐妹吗？

“别找借口了。你既然把这件事告诉我了，迟早要安排我去见见，当然要赶早不赶迟。万一我觉得你们不合适，也能早给你些客观的意见。”

思思拗不过我，只好答应了。

喜欢思思的那个导演叫俞哲，思思给他打电话的时候，说得十分含糊，目的是不希望他答应。谁知道他却一口答应下来，并且主动订了饭店。

不过今天剧组也没有因为导演有约会而提前收工，凌晨的时候俞哲的电话才打了过来。

那时候我跟思思正在酒店的房间里看电视。

思思没有继续跟着剧组熬夜，差不多六点钟就领着我回酒店了。我有点担心江晨那边需要人照顾，她却说："剧组多的是人，他真有什么事也不是找不到人帮忙。何况他现在有人可以聊天，你没见他休息也不到我们这边来，我们俩还在那里陪着闲耗干吗？"

可见思思心里堵的那口气还没有散开，一时使性子也可以理解，我没有再劝她，跟着提前离开了片场。

接完俞哲的电话，思思将手机扔在床上，兴致不高。

我已经打扮完毕了，问她："你给江晨打电话了没？"

思思皱眉说："给他打干吗，剧组又不是没给他饭吃。"

还是一副余气未消的样子，如果她带着这张脸去见俞哲，那情况可不太妙。

我在床边坐了下来，很认真地说："思思，你一把年纪了，别做赌气伤神的事，到头来伤到的只有自己，划得来吗？关于爱情甚至是婚姻，是跟真心走还是现实点，当然可以随你高兴。但若以我的立场来看，我劝你现实点。现在，俞哲就是你应该选择的现实，就像我一样。"

思思不吭声。

我继续说："你其实跟我还不一样，你比我幸福多了，因为俞哲喜欢你。"

思思大概心不在焉，反问道："你怎么知道周与深就不喜欢你。"

我被她突然冒出来的这句话噎到了，半天才说："不可能。"

一个人喜欢另一个人时的表现会有很多种。不管是主动示好还是悄悄示好，在面对对方时，都会是一副想为对方做尽所有事的姿态，如江晨或是俞哲。

而周与深，我总觉得他应该是讨厌我的。何况他的身边还有唐佳君，他不会放着那样体贴又出色的一个人不珍惜，他没那么傻。

思思见我不说话，以为我生气了，就立刻站起身，岔开话题说："等我洗把脸，这就走。"

收拾完毕，出门。

俞哲在酒店的大堂等我们。

他应该是回房间洗了个澡，衣服也换了。穿着简单的衬衫牛仔裤，没戴帽子所以能看清整张脸，竟是个长相俊秀的人。他笑起来也很有亲和力，一点架子都没有。

我已经对他很有几分好感，若是这样一个人和思思在一起，还是很靠谱的。

我们一行三个人往门外走，俞哲问："江晨呢，还没下来吗?"

我看了看思思，思思则说："你订的饭店在哪儿，远不远？这么晚了会不会已经关门了？"

俞哲被她岔开了话题，也没有察觉，只是笑着回道："是一家朋友开的店，我跟他打过招呼了，不用担心。"

饭店离酒店不远，是一家装修精致的私房菜馆。老板看起来和俞哲差不多大，一身型男派头。

等上菜的时候，思思的手机响了，是江晨打来的。

江晨应该是在询问我们的行踪，思思回道："跟俞导在一起吃饭。"

我因为坐在思思旁边，隐约能听到电话那头的抗议声："你们怎么能这样啊，吃饭都不叫上我……"

江晨原本也只是在半开玩笑地抱怨，不料思思却硬邦邦地回了句：“我们还不能有私人约会，干吗非得叫上你？”

江晨大概没料到她是这态度，不知道回了句什么，思思就把电话挂了。

我一直对思思使眼色，连俞哲也看出了她的不对劲。

俞哲只当她跟江晨闹了什么别扭，打算当和事佬，“你跟小孩子赌什么气啊，我来打电话，告诉他地址让他赶紧过来。你今天走得早，我看他晚上盒饭也没吃几口，估计现在也饿了。”

他说着就要拿手机，却被思思阻止了，“不用，他那么大的人了，饿了自己会去找吃的，不用管他。”

俞哲看了看我，我只好说：“现在让他赶过来，我们菜差不多也吃一半了，何况挺晚了，算了吧。”

菜都还没上，当然不会出现那样的状况。俞哲是个聪明人，自然听得懂话里的意思。他没有继续坚持，只是席间不停地看思思的脸色，而思思则一直显得有些心不在焉。

结果一顿饭下来就只有我跟俞哲在聊天。不过这也算是我吃这顿饭的目的了，观察一下他到底适不适合跟思思交往。一番攀谈下来，我发现他真的是一个很不错的交往对象。

性格沉稳，既不浮躁也不恃才自傲。家里条件也不错，父母已经从国家话剧院退休了，算得上是书香门第。跟这样一个人交往甚至结婚，会很踏实吧。

思思的人生，明显要比我幸运许多，只要她肯好好把握。回头我得劝劝她。

吃完饭回酒店，结果一出电梯，就看到站在我们房间门前的江晨。

他冲着我笑，却是小心翼翼地看着思思。

思思冷淡地看了他一眼，开门进房间去了。

江晨赶紧压低声音问我：“思思姐怎么了？”

我看他一脸忙然的样子，实在不知道该如何向他解释，只好打马虎眼说：“女人的脾气通常就像六月天，时晴时阴是不需要理由的。你别管她，明天睡一觉起来就好了。”

江晨显然很担心，他也不是没看出来思思在生他的气。他只是不明白，思思好端端的为什么生他的气，在那皱着眉苦思冥想，“我记得我今天没得罪她，工作上也没出什么问题，她下午的时候还好好的……”

“大概是我说什么话得罪她了吧，你只是被无辜殃及的。别操心了，赶紧回房间休息，明天还要起早拍戏呢。”

江晨虽然还是觉得心里不踏实，奈何如今在剧组赶戏，睡眠时间本就是少之又少，如果再继续耗着，会影响他明天工作时的状态。

不过走之前他还一直在念叨：“玉林姐，如果思思姐有什么事情你记得告诉我一声。晚上也多劝劝她，希望她明天见我时已经恢复常态了。她要是不理我，我实在不知道该怎么办了。”

我看着他走的时候脸上还带着忧色，心里不免有些感触。

江晨有喜欢的人，这本是件好事情。思思也有人追，情况乐观的话，说不定终身大事就定下来了。如果江晨没那么依赖思思，而思思只是纯粹地把江晨当弟弟看，一切就会是个顺理成章的大团圆故事。只可惜这些如果只是假设，未来会怎样，谁也不知道。

我跟在思思身边混到第三天，午休吃饭的时候突然接到了周与深的电话。

他说他已经在酒店了，问我几时过去跟他会合。

我有些意外，他来得比预期要早。

我如今在思思这边照样吃好住好，实在不愿意离开。他说的那家酒店位于西湖旁边，虽然是个出门就能观景的好地方，但因为周与深要开几天的会，我如果此时过去，就意味着我只能一个人去外面瞎逛。孤身一人逛景区这种看起来很凄凉的事情，我可实在不愿意做。于是我对周与深说："等你什么时候忙完工作了，告诉我，我再过去找你吧。"

何况思思的事情并没有完全解决，我心里还惦记着要撮合她跟俞导演。

那天晚上回房间，我跟思思聊了很久，该说的不该说的都说了，再不点醒她，只怕她会越陷越深，最后无法自拔，那时候就麻烦了。

思思没有再对江晨冷言冷语，还是和以前一样将他照顾得无比周到。只是一遇到江晨和那个女生在一起，她就会避开，似乎仍然不太愿意接受这件事。

思思跟我说，那个女孩子她不喜欢，性格太过娇滴滴，像个公主，跟江晨并不适合。

我其实也这么觉得，可是人家小姑娘长得温温柔柔，情窦初开的男孩子大约就喜欢这种类型，与我等大龄女人的欣赏眼光自是不同的。不过我不看好，却不表示不鼓励江晨恋爱。哪怕经历一次失败的恋爱，对他来说也是一种成长。

私底下我也跟俞哲聊过，跟他说思思的性格，教他应该怎样出手才比较有效果。

俞哲在我的指导下，每每做的事情总是很得思思欢心，几天下来，思思好像真的对他产生了一些好感。

照这样的情形下去，应该会皆大欢喜的。原本我就认为思思对江晨的感情，独占的情绪要多一些。虽然可能一时接受不了他喜欢别的女孩，时间久了，习惯了也就看淡了。何况还有对她很好的俞哲一直占去她有限的那点休息时间，她也就没有更多精力去理会江晨的事。

剧组的生活，头几天因为新鲜还觉得很好玩，久了发现的确像江晨说的一样，枯燥乏味，且毫无规律可言。经常不能正点吃饭，我闲着也是闲着，没事就经常跑景区外面买各种各样好吃的带回来。

江晨一如既往，总是会拿些去给那个女生。小姑娘收了几回东西之后，大概是江晨跟她说了，她就很有礼貌地过来道谢。

思思对她的态度谈不上热情，这多少有些不妥，因为经纪人一般要八面玲珑为艺人将所有关系都打点好。人家小姑娘一口一个“思思姐”地叫，有点想讨好的味道。思思应付地回两句话，总能找到借口走开。

几次下来，江晨也就看出来一点端倪了。而他此时可以求助的人，理所当然只有我。

他一脸担忧地问我：“思思姐是不是不喜欢安茹？”

我看着他紧张的样子，看得出来他非常在意思思的态度。只是这种时候，即使他再在乎思思的意见，哪怕思思提出反对，他也不可能一下子就收回对那个安茹的感情吧。这对他来说也是不公平的。所以我只好说："你思思姐大概是不太愿意看到你现在谈恋爱，不管会不会曝光，应付起来总是会比以前麻烦。她的立场，你也要理解。"

江晨听我这样说，眉头紧锁，看起来有些沮丧。

"我也知道会很麻烦，但是……唉……"

我拍拍他的肩膀，劝道："别愁了，你并没有做错什么。虽然你是明星，但迟早也是要恋爱结婚的。你要是感觉缘分来了，就好好珍惜。你思思姐只是因为苦恼应付许多事，心里有些烦罢了。该怎么处理还是怎么处理，你别因为她给你脸色看而生她的气就行了。"

作为一个清楚所有来龙去脉的旁观者，我只能这样来做劝解工作。江晨的心思一直单纯，所以不必将所有事都让他知道。

有些事，不在既定的轨道上，让它回归到正常的轨道上去就是了。

接到周与深电话后的第三天，他的电话再次打了过来。说是有个半公半私的宴会要参加，希望我能跟他一起出席。

他既然主动提出要求，这就意味着其实除非我有天大的事，否则还是配合一下比较好。何况最近一段时间，他对我的态度一直不错，我也不能将"互相配合"只当口号喊喊。于是我爽快地答应了。收拾好行李，暂时要跟思思告别几天。

周与深在电话里说，他会开车过来接我。

思思从片场抽空跑回来，陪我在酒店大堂里坐着等周与深出现。

我原本是想再劝劝她，可想想，又觉得该说的话都已经说过了。实际上感情的事，不一定是所有的当局者都迷糊不知事态，而是即便知道，心也依然无法被理智控制而已。

所以我只是用轻松的语气，对思思说："我觉得俞导演真的不错，如果我没有结婚，连倒追他的心都有了。你好好把握，争取在这里解决了你的终身大事，最好一回家我就能喝上你的喜酒啊！"

思思笑了笑，说："哪有这么快，我可不玩闪婚那一套。如果是打算过一辈子的人，就更需要慢慢地好好相处一段时间，这样才不至于结婚后因为各种期望幻灭，而换来一堆怨气和矛盾。"

原来思思是抱着这种心思的，不过这至少说明，她已经认可了俞哲。嗯，回头要给俞哲通风报信。

"你自己心里有数就好。反正我也不会去多久，过几天我就回来了，有什么事你给我打电话。还有就是，对江晨小朋友好点。你前几天不理他，瞧把他给急成什么样了。"

思思不以为意地说："你这才跟他相处几天，这么快就倒戈跟他成一国的了？少啰唆，赶紧走，你的那位周先生已经来了。"

我经她提醒，回头朝酒店大门口看，果然看到了周与深穿过了玻璃旋转门走进来。

思思为我提起了行李包，说："你要有什么事，也给我打电话。"

周与深已经走到我们面前来。他今日未穿西装，是一身休闲打扮。看起来心情似乎不错，脸上有浅淡的微笑。虽然那笑容是送给思思的，应酬的礼仪味十足，但不得不说，他笑起来的样子还蛮好看的。

思思见周与深态度如此，也不好再拿冷脸对他，回了他一个微笑，说："玉林这几天在我这里休息得不好，周先生此时领了人回去，请务必多照顾一些。"

周与深回道："好的，我会好好照顾她。"

我伸手要取我的行李包，思思却直接递给了周与深。

唉，这家伙，明知我跟周与深之间的真实状况，还摆出一副娘家人高高在上的姿态。

可是周与深竟也伸手接了过去，动作显得十分自然，脸上也未见有不悦之色。

思思送我到门口，看着我坐进周与深的车里，她还站在原地挥手。

我从倒车镜里看着她渐离渐远的身影，忽然觉得她孤单的样子让我有点伤感。

也许这才是生活，不会像童话故事一样，每个人最终都能获得一个称心如意的圆满结局。大多时候你只能向生活妥协，可能跟不那么喜欢的人结婚，也就那样相伴过完了一生。

思思如果和俞哲在一起，虽然会备受爱护，但总还是那句话：纵使举案齐眉，到底意难平。心中留有的遗憾，是会悄悄在心里存留一生的吧。

周与深大约是见我一直不说话，主动打破沉默，"我来之前，妈交代说，如果你有想去的地方，就让我们多停留几天。"

其实细想一下，我还真没有特别想去的地方。杭州风景天下闻名，只是对于那些有历史文化感的景点，像我这种心中并无什么情怀的人，再有底蕴的东西在我眼中都是一个样。

"我想看江晨他们拍戏。"我半真半假地说。

周与深也未因为我的不识好歹而不高兴，只说："连着看了几天，还没有看够？"

我想了想，说："我本来想打着去剧组玩儿的名号，带你也去见识一下。周总，请问有兴趣投资吗？听说投资影视行业很挣钱哦，还有现成的当红明星给你做电视剧的男主角。"

周与深有点好笑地看了我一眼，说："按你之前的形容，江晨最近的发展势头应当不错吧，还需要你这样为他打广告吗？"

他真是不了解我。这叫作洗脑效应懂不懂，我当然不指望他会立刻做出承诺，我打的算盘是，以后若是真有合适的工作，江晨必须是他脑子里冒出来的第一人选，这样就够了。

"我只是觉得江晨的条件真的很不错，拍偶像剧太合适了，多拍几部这也是造福广大观众的好事情啊。"说得冠冕堂皇又理直气壮，我不当经纪人是不是有点可惜了？

"我记得之前答应过，若有合适的工作，我会考虑。"周与深采纳了我的建议，结束话题，看来是不想像我这般无聊，继续说些有的没的。

车子停在一处红绿灯口的时候，他看了一眼我身上的衣服，问："离宴会开始的时间还早，要不要送你去买件衣服？"

我习惯性地想反击，心想：他怎么跟唐佳君一个样，总是对我的穿着一副挑剔姿态。但是转念一想，既然都答应了要配合他的行动，我若又在这里没事找事地别扭着，那未免太矫情了。于是说道："好，那你送我去商场吧。不过我先声明，我也不知道商场在哪里。"

周与深当然也不知道，不过他打完一通电话之后，就已经把什么情况都摸清楚了。

我看着他挂掉手机，脱口问：“唐小姐这次又是随行而来吗?”

周与深放好手机，重新开车上路。他似乎对我的这个问题不太感兴趣，所以选择了沉默应对。

我撇了撇嘴，心想就知道会是这样的结果，总拿唐佳君的事挑衅他，不知他几时会终于忍不住爆发。可是每次却又总是忍不住，看到他就想起唐佳君，不提一提，浑身都不自在。

我这大概是典型的没事找事干，闲的。

第八章　先生，你暗恋我？

在商场换了一身很淑女的行头，.挑战极限，连鞋也换了双拔高五厘米的细跟凉鞋。揽镜自照，是一副陌生的精致模样，出席宴会虽不会艳压全场但也不致会让周与深丢脸了。

我对效果颇为满意，转过身用眼神询问周与深的意见。

他只是说了句："不错，就这件吧。"说完便转身付账去了。

也是，他身边有唐佳君那样的美女作陪，若对我表现出惊艳的反应，那才是奇了怪了。何况我也不期待那样的结果。我只当今日应酬也是工作的一部分，配合周与深演好戏，让外人看不出丝毫破绽，这才是我需要伤脑筋的。

酒宴地点在西湖边的一间高档会所，去的路上，周与深对我交代一些细节："宴会的主人是我们这次合作方的领导，听说你也在，要我务必带上你一起参加。"

我有点想不通，如果他不说，对方怎知我人也在杭州。还是这类的宴会，带上太太参加会为他的形象加分？想想也是一个家庭安定幸福的人，总会让人觉得更踏实靠谱一些。

我抱着这种想法，一路上都在想着靠怎样的方法才能装出一副贤内助的模样，以至当我进到酒会现场，得知周与深带我来的真实目的后，十分不爽地在心里鄙视了他一下。

酒会规模不算大，原来是周与深这次要合作的那位客户的女儿过生日，邀了亲朋好友来，人虽不多，却是十分温馨的一个场面。但越是这样的场合，周与深领着我出现的行为才愈发显得奇怪。

直到酒会的主人公，那位打扮得十分娇艳美丽的何小姐站在我们面前时，我才看出了一些端倪。

何小姐自打我们进门，目光就一直停留在周与深的脸上，周与深则以微笑回应，神情是礼貌且疏远的。她转而将目光投向我，那种明显带着审视且缺少友善的眼神让我敏锐地感知到了一个俗套的戏码。何小姐不会是看上周与深了吧？

周与深这个年纪这样的条件，放在外面随时随地都有招惹桃花债的危险，我一点也不觉得奇怪，就是有点讨厌罢了。讨厌他看着挺能耐的，遇到这样的问题却是要靠我这个挂着虚名的周太太出面解决。

不知他是第几次遇见这样的状况，未娶我这个周太太之前，他又是如何解决这些困扰的？找唐佳君出面吗？想到这个名字，我心里又开始觉得有点不爽。

特意看了一眼他的双手，想当然不会看见结婚戒指那东西。我的戒指都早不知道丢何处去了，他的结婚戒指，我估摸着大概也被唐佳君扔马桶里了吧。

何小姐在见到我的那一刻，虽然闪烁的目光显示她多少受了些打击，但如她这样一位有身份的富人家女儿，想必世面也见得多了，对周与深也许心有好感，却也不会情根深种到非君不可的地步。

所以她虽然看我的表情一直谈不上和善，但她的教养还是让她用礼貌的态度对我打招呼：“周太太，很高兴见到你。”

“何小姐，也很高兴见到你。何小姐长得真好看，都说杭州的水土育人，美女辈出，今日见到何小姐便知此言的确不假。”微笑，恭维，话说得再肉麻也没关系，因为即便何小姐听了没反应，于她的父母而言却十分受用。

我在想，周与深为了打消误会，特地带着我前来，目的应当是不希望日后有私事搅进工作里，所以想必他是比较重视这个客户的。这种时候，作为外人眼中的“贤内助”，说几句奉承话套套近乎，这理所当然是我应该做的事。

果然，一旁的何先生跟何太太听到我的话，十分开心，连带着夸赞我同周与深很般配。

寒暄完毕，主人一家三口又忙着招呼新进门的客人去了。

我趁机对周与深使了个眼色，示意他到旁边说话。

走到一处无人的角落里，我压低声音问他：“你的目的已经达到了，我们是不是可以找个借口走人了？”

“我们才进门不到十分钟，若是立刻就离开，似乎不太好。”

我不以为然地看了他一眼，说：“你带着我来的目的，不就是想让何小姐见我一面好对你死心吗？以我刚刚对她的观察，她对你差不多已经死心了。我想你对吹蜡烛唱生日歌甚至还要往脸上糊蛋糕的环节应该没什么兴趣吧，何况你已经伤透美人的芳心，哪里还有继续留下来的必要。否则到时灰头土脸的就是我们了。”

周与深好笑地看着我，是觉得我夸大其词了？如他此类从不看八点档连续剧的人，当然不会明白世道的险恶，不知一个女人若起了报复心，会有多可怕。

“周先生，请严肃一点。万一等会儿切了蛋糕，人家起了报复心，一块蛋糕砸过来，毁了你的形象我是管不着，我这身打扮费了不少功夫，若是最终落得狼狈收场，那也太对不起我浪费的那些时间了。”

周与深收起了嘴角的笑容，思量了片刻，说：“我只是在想，放你在清平悦当公关经理实在有点屈才，可以到我公司的售楼处来，你的一番说辞出去，想必房子就卖掉大半了。”

嘲笑我废话多？若不是他先惹出麻烦，这样的场合我才不愿意来，这些人与我根本八竿子打不着。

“你走不走？不走我可就先走了。”不想再继续跟他抬杠，我直接问道。而且这种场合也别指望能好好吃东西，晚饭到现在还没吃，我肚子饿得咕咕直叫，再耗下去保不准会当场饿晕。

周与深想必也知我的脾气，见我执意要走，就说：“走吧，不过走之前要先去跟主人打声招呼。”

何先生跟何太太出于礼貌做了一番挽留，周与深牵着我的手，面露歉色地说：“我太太身体不舒服，所以想带她早点回去休息，抱歉。”

我暗翻了个白眼，又是这个借口，好像我的身体是有多林黛玉似的。但是表面上，却还要配合他的说辞，做出虚弱蹙眉的样子。

好在人家也不是真心非要挽留，一番客套之后，我们终于离开了那栋灯火通明，热闹非凡的屋子。

出了大门就看见西湖。

入了夜的湖畔，有路灯的光亮一路延伸至看不见的远方去。天气很好，夜幕是墨蓝色的，时间已经不算早，却仍然有许多游人，迎着湖上吹来的风，迈着悠闲的步子，赏着夜景。

都说这里是个似天堂一样的地方，那些或古朴或繁华的景色我没有心情欣赏，但是这样悠游自在的氛围，却让我对这个地方一瞬间心生出许多的好感来。

我在路边等周与深的车开出来。

等着等着就走神了，直到他冲我按了几声喇叭，我才回过神来。

等坐进车里，他问："我们去哪里吃东西，你有想去的地方吗?"

这座城市于我来说是陌生的，吃什么对我来说也不那么重要。心情有一瞬间的低落，大约是因为看见了好几个结伴同游的家庭，大人牵着小朋友的手，慢悠悠从面前走过。平淡的幸福，在眼前这样的环境里，让人无法不羡慕。

"回酒店吧，酒店应该也有吃的。"

周与深有点意外，我刚刚出会所大门时还在喊肚子饿，他大概想不通为何才一眨眼的工夫我就变卦了。

我随口说了句："驾车同游的戏码不适合我们。"

下一秒就发现周与深嘴角的笑容不见了。原本融洽的气氛，我却突然冒出这样一句话来煞风景，也难怪他要变脸，脾气再好的人也受不了我如此的不识好歹吧。

周与深没有再说话，发动了车子，驶入主干道。

我心情不好的时候就容易出言不逊，说的话基本都不太过脑子的。原本并非是要针对周与深，只是话已经说出口了，坏了他的好心情，我心里多少有点过意不去。于是就笑了笑，故意岔开话题，说："你这车是哪里来的？红色宝马，车是好车，就是颜色那什么了点……"

话还未说完，就及时打住了。我的目的是缓和气氛，可不是继续火上浇油地惹他更生气。

不过出乎意料的是，周与深的脸色竟然缓和了许多，语气轻松地回道："是朋友的车。从选车的颜色可以看出主人的性格。以后要是有机会，介绍你们认识。"

会选如此扎眼的大红色，想必是个性格张扬的人。周与深的性格看起来沉静低调，私底下不喜欢与人过多来往，我原以为他只会跟同样低调的人来往，不想他的朋友圈子却是广泛得很，还是他其实有不为人知的一面？

因为住的酒店也在西湖边，离得并不远。车子行驶了十几分钟，已经驶入酒店前的广场。门童迎上来帮忙停车，我跟在周与深的身后，往酒店的附属餐厅去。

就餐的过程中，周与深的衬衫被服务生在放牛排的时候，不小心溅了几滴油渍。他并未责难那个看起来年纪小的男孩。我坐在对面看，总觉得他浑身不自在，我猜他是个有洁癖的人。

吃完后，他说要先为我办入住登记的时候，我说道："还是等你回房换了衣服再说吧。"

跟着周与深回了他的房间，他取了衬衫进浴室去，未关门之前想起来道："妈前几天跟朋友去拜佛，求了两串佛珠手链，你的那串我带来了，在我行李箱里，你自己找一下。"

我原本正站在落地窗前看窗外的夜景，十二楼的高度，正对西湖，是处观景的好地方。听到周与深的话，就应了一声，转身走到床边。周与深刚刚拿衣服，行李箱已经打开了。

我蹲在箱子旁边，陆续翻出了三件衬衫，几件内裤，以及六七双袜子。都叠得十分整齐，摆放得也很有条理，很符合周与深的性格。

想到周与深可能马上就要出来，为避免尴尬，我加快了翻找的速度，三两下一拨，果然在箱子底部找到了一串装在透明袋子里的佛珠。

拿出来，正打算将衣服重新摆放好，一个暗色印花的小首饰盒吸引了我的注意力。盒子看起来很精致，不像是装一个大男人的东西的。

在好奇心驱使下，我犹豫了几秒，拿起了那个盒子。未打开之前却又忽然冒出念头，会不会是他给唐佳君买的礼物?

抱着“反正看一下又不会怎样”的念头，我最终没能忍住好奇心，打开了盒子。

里面装的东西，却让我瞬间愣住了——是一条细细的女式银手链。那是我再熟悉不过的一件东西。

阿婆在我十二岁生日的时候，将她唯一的一对银耳环送去了首饰铺，让师傅改成了一条银手链。因为耳环分量也不重，所以链子很细，样式也是再简单不过的。但是这链子，在我心目中却是最珍贵的东西。

尤其是阿婆去世后，我更是时时刻刻戴着它，从来不曾摘下过。直到两年前那次酒吧事件，我抑郁症发作时割破了手腕，那时整个人的神志都是不清醒的，以至链子究竟丢在了哪里，我怎么也回忆不起来了。后来去酒吧里找了很久，也都没有找到。我只当是被某个客人捡了去，却不知那个人竟然是周与深。

他送我去医院，找医生为我治疗，我为什么就没想到，链子有可能在他手上呢?

或许是因为他那时与我的关系十分疏远陌生，所以我实在找不到他会捡了链子不还我的理由。未见他提起，必然就是没见过的。

这件事已经过去了两年多，这两年多里我们见过无数次面，如今甚至已经做了名义上的夫妻，哪怕他只要有一丁点想归还的心思，这链子也绝不是像此刻这样躺在他的行李箱里。

为什么他会藏着我的东西，却不告之也不归还?

我一直都觉得他的心思深沉难猜，这一次又是怎样一个我无法想通的原因，才能解释他的行为?

周与深不知何时已经换好了衣服，站到了我面前。他看了一眼我手上拿着的手链，再看看我，表情平静得不见丝毫心虚的迹象。他说道:“是两年前酒吧那次，我送你去医院，因为要缝针，所以医生摘了它暂时交给我保管。”

“你的意思是，你是暂时替我保管，只是后来一直忘记还给我了?”

若只是这样，他又怎会用如此精致的盒子装好保存，出差也随身带着?早有很多机会可以将东西还给我。太牵强的解释，我不说，他也明白这是说不通吧。

“周与深，你是打算给我个解释，还是想放任我胡乱猜测一通呢?”我半是开玩笑地问他。

我能感觉得到，如果继续追问这个问题，也许会出现一些超乎我承受范围的真相，可我还是下意识想追问出答案。

“我想一想，应该怎样解释这个问题。而你，可以在我未给出答案之前，胡乱猜测一通。”

这样的回答未免太狡猾，不是跟没回答一样吗？他这个人，行事向来随他自己的性子，外人很难左右。回头他若是给我来一句我忘了，我又能拿他怎样？

但是，我也没有蠢到当真猜不出一丁点真相。一个男人会藏一个女人的东西，藏了很久也不归还，离家时还会随身带着，最显而易见的理由无非是因为喜欢那个人。

可我无法找到他其实是喜欢我的理由。也许我应该感谢他的模棱两可，虽然人都有探知真相的本能，但并非所有的真相，都适合戳穿了，摊开来讲。

如果周与深此刻用很深情的语气对我说：“因为我喜欢你。”我是哈哈大笑三声还是该装疯卖傻地回他一句：“唬谁呢！”

都太戏剧化，如此窘迫的场面，能不发生就最好别发生。我开始想着用怎样的方式来化解眼前的尴尬，又不会显得太刻意。

思思的一通电话，简直像救世主一样拯救了我。

电话接通，我还未来得及询问，就听到思思在那边说：“江晨拍戏受了伤，现在在一附院。我跟他说了点事情，结果现在的场面我扛不住了，你能不能来一下？”

我一听到江晨受伤了，立刻追问伤情，好在并不算严重，只是手划伤了，缝了针，此时在医院里打吊针。

思思的语气听起来很疲倦，必然是真的扛不下去了，才会这么晚还打电话向我求助。

“好，我这就过去。”我答应道。

周与深问：“是你朋友出什么事了吗？”

我因为担心，所以只简单解释道：“是出了点事，我现在必须马上赶到市一院去。”

周与深也未再追问，只说：“我开车送你去。”

深更半夜，我又赶着出门，所以也没有跟他客气推辞。

周与深取了车钥匙，跟着我一起出了门。

市一院有点远，庆幸导航系统不错，所以几乎没有绕弯路就赶到了地方。

周与深未打算跟我一起上楼去，站在医院大厅里，他简单嘱咐我道：“我就不上去了，在楼下等你，有事我们电话联系。”

我担心他明天还有工作，就说道：“要不你先回去吧，有思思在，我应该不愁住的地方。”

周与深分析得比我细致周全多了，“如果江晨要通宵打吊针，你留下陪护也不合适。你先上去看看情况，若有事情，就给我打电话。”

我想着他说得也有道理，何况我此时心思已不在这些事情上，就没有再继续坚持。

跟他匆匆道了别，在咨询台问了具体病房位置，搭了电梯上楼。

我按着值班护士的指示，找到了病房。

推门进去的时候，就看到江晨半躺在病床上，手上正打着吊针，很安静。日光灯照在脸上，愈发显得他脸色很苍白。

思思独自站在窗边，背对着江晨。外面那么暗，她当然不会是小资情怀发作，只是为了看夜景。过于安静的气氛，说明他们曾经起过争执。

江晨先看到了我，低低打了声招呼：“玉林姐，你来了。”

思思听到动静，转过身来，脸色是凝重的，连笑容也没有，只是说：“你来了。”

我走进病房里，先询问江晨的病情。“你伤哪里了？严重吗？”

江晨示意我看向他未打吊针的左手，说：“拍戏的时候没注意，手臂上划了个口子，缝了几针，不严重。”

思思皱眉，走到我的身边来，习惯性的训诫语气又冒出来了，“缝了二十多针还不严重？”转而对我说：“你不知道他多能耐，下午的时候就受伤了，自己偷偷用一块不知哪来的破布捆一捆，就以为没事了。要不是吃晚饭的时候我发现他在发烧，他大概还真以为自己能扛得住。这么热的天，伤口要是感染了，医生发个住院修养的命令下来，你就让剧组停工等你一个人呀……”

我见江晨被她说得表情愈加沮丧，便打断思思的话：“好了好了，人家好歹是病人，你怎么跟个后妈似的唠叨个没完？”我又对江晨说：“你思思姐是心疼你受伤，话说得重了点，你别往心里去。”

江晨看了思思一眼，说：“我知道。”

思思却冷哼了一声，说：“我可真没有心疼他。受了伤还咬牙扛着，这种事多男人啊，有美女在一旁，他就是疼死了也绝不哼一声，免得有损在人家姑娘心目中的形象……”

我打断思思：“又不是对付敌人，你随便教育几句就够了，犯得着较真吗？”

思思脸色阴沉，不再吭声了。

我看看江晨，再看看思思，一时间也不知道该怎样劝解他们才好。尤其现在的状况，虽然没有捅破，但明显已经牵涉到感情。而感情的问题，向来是当事人自己解决比较好。我虽然清楚前因后果，却没有立场去对别人的感情指手画脚。

还是江晨先打破了沉默，用求助的目光看着我，说："思思姐说，她不打算继续做我的经纪人了，等我这部戏拍完，她就回公司去辞职。"

我看着他真挚忧虑的眼神，其实很想告诉他，有些事该来的终究要来。可说了给他听又能如何，有些人的想法不是别人能轻易改变的。

我看向思思，思思则说："你也知道我跟俞哲的事情。如果不出意外的话，我是想跟他好好处下去。以后若是真的走到一起，无论是我辞职在家当全职太太，还是跟在他身边随剧组各地跑，经纪人的工作已经不适合我。"

思思的分析说得很理智，我相信她是真的认真考虑过这件事了。

如今的状况，不过是江晨无法接受这个事实，才会像个小孩子一样闹着情绪。受了伤也不说出来，细究一下，他为什么会受伤？他拍的并不是武打剧，想必是心不在焉才出的状况吧。

我知道江晨是想向我求助，如同思思自己方寸大乱时也想到要找我来。并不是我这个旁观者有多厉害，不过是他们两个此时都在找一个让自己心安理得的理由而已。江晨想继续心安理得地留下思思，而思思已经想着去过一份属于她的生活。

我扮演不了万能的上帝，我只能扮演一下知心姐姐的角色。

我对江晨说："江晨，你想过吗，这种分离，你迟早有一日要面对它。"

江晨一脸傻气地问道："为什么要分开，又没有闹矛盾彼此相处不下去。就算思思姐结了婚，也一样可以工作不是吗?"

思思皱着眉，说道："是我自己不想干了，天天跟着你全国到处跑，伤神伤身，除了耗费了我的青春，还能有什么?"

江晨被她的话噎得半天没再吭声。

我以为他是被思思的话伤到心了，却又听到他突然说了句："你明明是因为讨厌安茹才这样的。"

他说得很小声，思思却像是被踩到了痛脚一样，表情瞬间变了，语气变得更严厉了，"我就是不喜欢她怎样？没理由你喜欢的，全天下人就都要跟着你喜欢吧？我又不是你的那些粉丝，凭什么生活都要围着你转？何况你都知道忙着谈恋爱了，又有什么理由阻碍我谈恋爱?"

"好了好了，不是想找办法解决问题吗？怎么还吵起来了？都赶紧给我打住!"说完，我转而看着思思，很认真地说，"你更年长，总要比江晨成熟一点。与其在这里做一些无谓的争执，不如想一想，这件事到底要怎样解决才不会有人受伤。"

思思苦笑道："这种事，怎样解决都肯定会有人受伤。"她转而对江晨说："江晨，你应该明白，我们都会有各自的生活，我不可能一辈子跟在你身边。像现在这样，你有了喜欢的人，未来你会跟你喜欢的人结婚，而我也将要有属于我自己的生活。"

江晨看着她，没说话，所有的委屈、抗议都写在了脸上。

我在一旁看着，也不知该说什么好。天下无不散的宴席，道理谁都懂，能坦然接受的，却是少之又少。分离的时候再难过，终究也会平静地接受，不过是时间的问题。

江晨靠在床上，把脸撇到另一边不再看思思。而我，却清楚地看到有眼泪顺着他的脸颊滚落下来。这一幕若是让他的粉丝看到的话，不知道要心疼成什么样子。

思思眉头紧锁，只能叹气。过了好久，她才说："反正你安心拍戏，就算我要辞职，也不会说走就走了，至少会等到你的新经纪人完全接手了工作，我才离开。"

思思到底是妥协了，江晨对她来说，是如至亲一样的重要，所有关于他的感受她都很在乎。不过这样的处理也是对的，总是要给江晨一些缓冲的时间，否则对他来说，真的有点残酷。

我也连忙跟着说道："你思思姐如果现在马上辞职，一时半会儿也找不到满意的工作，所以在她找到下一份工作之前，我不会让她辞职回家当米虫，我会努力监督她的。"

这样的保证实在没什么权威性，但是江晨此时已经没有人可以依赖，所以我此刻大概就是他眼中仅存的救命稻草。他看着我，很认真地说："玉林姐，你要说话算话。"

"肯定算，你是知道的，你思思姐最怕我了。"

我和思思对看一眼，能看出她眼中的无奈。

我笑着对江晨说："把你思思姐借给我五分钟，我带她到外面去进行一下思想教育，你有事就按铃。"

江晨知道我有话要跟思思说，笑容很勉强，但还是很温顺地说："好。"

跟思思出了病房，带上了房门。

走廊里亮着白炽灯，冷清空荡。

我跟思思在门旁边的长椅上坐了下来。

思思一直皱着眉，看得出来，她虽然因为不忍心伤害江晨而承诺继续留在他身边一段时间，内心却充满了矛盾和挣扎。

我问她："江晨的事，你跟俞哲说过吗?"

思思反问："为什么要跟他说？辞职是属于我工作上的事，离开江晨是我私人的决定，这些都是我自己个人的事情，没有必要跟他说。"

我知道她这种抵触情绪源自哪里。虽然她已经做好了接受俞哲的打算，但内心对他毕竟未真正亲近起来，所以在她看来，俞哲仍是个外人。不过她理解错我的意思了。

"虽然你现在不喜欢让俞哲介入到你的私人生活里，但以江晨现在对你的感情和依赖程度来看，单是你辞职这件事，他就一定会使用各种借口不同意。而你明显无法做到对他狠心，所以这样的事情，不如让俞哲来做。让江晨明白俞哲能给你后半生的幸福，这份幸福重要到你应该为之舍弃一些东西。"

思思犹豫了。她只是没有完全爱上俞哲，所以本能地抗拒俞哲闯入她的私人领域。可是如果她已经决心要跟他好好发展，江晨这件事，就是她需要迈过去的第一个也是最重要的一个坎。

"可是俞哲又会怎么想，我担心事情只会弄巧成拙。"

俞哲会怎么想我不知道，但我相信以俞哲的聪明，即便看出了个中内情，也只会假装不知。

"我觉得，如果你决定以后跟俞哲走下去，那就让他参与到你的生活，这会是对他继续追求你的最大鼓舞。当然不是什么话都需要说，只要让他知道，你决定为了他而放弃现在的生活。江晨那边的问题，他至少会尽力去处理。”

表面上看，我的建议无比世故势利，实际我真正想做的，却是希望能促成思思和俞哲走到一起。

思思揉着额头，看起来很疲惫。

我有些担忧地问她：“你还要在这里继续陪着江晨吗？我看你也累得不行了。要不然我留下来陪你，我们可以轮换着休息。”

思思接着问：“对了，你这么晚了还来我这里，周与深没有说什么吗？”

我看看她，说：“实际上是他开车送我过来的，现在人还在楼下等我。”

思思诧异了一下，有点不太相信，随即却又露出了然的表情，“哦，原来是这样……”

我知道她的意思，反驳道：“没你想的那么复杂。不过是之前他刚欠我一个人情，既然有机会，就顺便让他还了。”

思思摇头，说：“玉林，起初你刚结婚的时候，我对你的婚姻真是一点也不看好，因为我觉得周与深那样心思难测的一个人，你根本不是他的对手。但是通过这段时间你们之间的相处来看，我却觉得，事情好像也不是想象的那么糟糕。周与深是怎样的一个人不重要，对你而言，重要的是，他会以怎样的态度来对待你。目前看来，很显然他对你比预想中要好很多。”

连思思这样的旁观者都有如此的认知，我又岂会当真一点感觉都没有。尤其今天晚上的“手链事件”，已经是一个很好的证明。只是如今困惑我的，是周与深为什么会喜欢我。我实在找不出一个合理的解释。

我是真有些怕，在我已成模式的生活里突然闯进一个人，打乱让我心安理得的生活步调。

“头疼，现在不想理会这些事。”我心里有些烦躁，每每觉得失去安全感的时候，我都是习惯性地先逃避。躲不躲得过，也先躲了再说。

思思说：“既然周与深还在等你，你就赶快跟他回去吧，早点休息。找你来就是想让你安抚一下江晨的情绪，看得出来他还是挺信任你的。我这边应该不会出什么情况了，如果有事我会再打你电话的。”

“那好吧，有事就给我打电话。”

第九章　动心到喜欢之间的距离

思思送我下楼。

周与深仍然等在那里，原本坐在大厅的休息区，见到我们下来，就起身走了过来。

思思对他难得一见的温和态度，客气地说：“这么晚还让你送玉林过来，麻烦你了。”

周与深倒真是个性格平稳的人，无论思思以何种态度对待他，他都是一如既往的态度回应，淡淡一笑说：“不客气，也是刚好碰上了。”

我没让思思送出门，跟着周与深走出了医院。

出来之前看了一眼医院大厅墙上的电子钟，时间已经过了凌晨一点，错过了入睡时间，人反而更精神了。

坐进车里，看着周与深安静地发动车子，开动。

他没有开口说话，大约是看出了我的情绪低落跟心不在焉，一路专心开着他的车。

我却忍不住偷偷看了他一眼。

人的心思是很微妙的。原先面对他时，因为心里坦荡，所以从不觉得与他独处会是一件让我感到别扭的事。而现在，因为揣测他的心思，以致我也产生了一些异样的心思。

不过这种微妙的心思，我也不会就这样继续放任它存在，直至成为我的困扰。以我的性格，我只会在未确定自己很安全之前，跟他保持距离。

那么最好的方法就是装蒜，当作什么都没发生过，那条已经被我收回包里的手链，从来就没有离开过我，更没有被周与深捡去后保留了两年多。

“你有什么话要跟我说吗?”

我独自想着自己的心事，所以周与深突然开口说话，吓了我一跳。

“怎么突然这样问?”

他看了我一眼，似笑非笑，“你一直在看我，难道不是有话要说吗?”

他不是一直都在专注地开车吗?居然知道我在偷看他！是他太会一心二用，还是我表现得太明显了?

“没有，只是在想，让你跟着折腾到这么晚，应该向你道声谢。”

周与深只是一笑，说：“说这种话，有点不太像你。”

当然不像我。若是原来的我，可能从一开始，都不会出现他与我相处融洽这种情况，进而导致我和朋友间的私事也让他参与进来。

最初离家时，曾想着杭州一行，我跟他也不会有多少时间相处。在我的认知里，我们各有各的生活，各不相干。

我完全没有预料到手链会突然出现，那样一个小物件，它打乱了我原本心安理得的心境。不过看起来，心思烦乱的人分明就只有我而已。周与深一直是很自然的姿态，随你追问，任你揣测，他却不受任何影响。

想到这些，我有点不平衡了，于是故意说道：“我的意思其实是，坐出租车付了车费我就心安理得了，坐你的车付钱想必你是不会要的，这样我就欠了你一个人情。我这个人，比较喜欢主动权掌握在自己手里，受制于人就会觉得没安全感。”

周与深转回视线留意前方路况，轻描淡写地回了句：“你要是想心安理得一点，就付打车费好了。”

“嗯，先欠着，有零钱就还。”

还是装傻充愣没心没肺的形象比较适合我，做这样的人习惯了，已经不太习惯将真面貌展示给外人看。

周与深继续安静地开着车，我也转过脸，看着窗外的街景，不再说话。

乱糟糟的一天，乱糟糟的心情。只希望回去躺到床上，睡过一觉醒来，所有的事情已经翻篇，我的生活仍然平静安稳如从前，一切就只是一场梦，什么都没有发生。

第二天醒来，尚未起床，就听到敲门声。

开了门，就见一个穿笔挺制服的小姑娘站在门外，露出标准的微笑对我说：“您好，1206房的客人让我来看一下您是否已经起床，并让我转达，他会在餐厅等您。”

我睡觉向来都是直接关机，睡前将房间里的座机电话线也一并拔了，因为一直以来睡眠质量都很差，不愿在睡梦中被人惊扰。

昨晚一夜长梦，梦到被人追杀，躲进一处草棚里，以为躲过了，却转身就被人刺了一刀。可见是昨天一天经历的事情太多了，我潜意识里有了焦虑的情绪，焦虑过度，才会做这样惊悚的梦。

周与深的房间与我就在同一层楼里，但是我方才开机却并未见有他的未接电话。只是时间已经快到十一点了，我的确起得有点晚了。也怪不得周与深会遣了服务生来敲门，这个时间去餐厅，都赶上吃中饭了。

我对服务生回道："请帮我转达一下，说我二十分钟以后会下去找他。"

关了门，走进卫生间，站在镜子前照了照，果然好大的黑眼圈，衬着一双无神的眼睛，憔悴又难看。

偏偏我平日里是不化妆的，行李包里就只带了一瓶护肤霜，潦草的生活态度被思思唾弃了无数回。装备不足，此时想靠化妆来遮盖脸色的计划也只能打消了，索性作罢。

简单洗漱完毕，换了衣服下楼去。

天气不错，踏进餐厅，便见满室阳光迎面而来。

酒店的餐厅，一整面的玻璃墙正对着花园里的喷泉。阳光穿过玻璃投射进来，映得一室温暖。

以接待游客为主的酒店，附属餐厅里通常没什么人，因为大半的住客都是早早起了床，出门游玩，再找一处特色餐厅吃吃地方菜，才算是度过了一次圆满的旅程。所以即便餐厅的菜色再精致，味道再鲜美，也招不来太多的客人。

这样的情形下，一眼望过去，很容易就找到了周与深。

他坐在一处靠窗的位子上，手边只有一杯清水，面前摆着笔记本电脑，想来仍在处理公事，一脸的专注。

天气已经开始热了，他只穿了一件浅蓝条纹的衬衫，衬出他干净清爽的气质。

周与深是好看的，神情专注忙工作的样子又让他展露出都市白领精英的气场，所以这样一个人孤身坐在那里，会招来别人的注意，我一点都不意外。

昨晚才助他解决了一场桃花劫，而此时餐厅仔细数数也不过十几个人的样子，这样都能招来一个面容姣好的美女搭讪，只能说周与深的桃花真是多到有点泛滥了。

我原本已经走至半途，一见此景，抱着不打扰美女搭讪的心思，立刻识相地停下了脚步，打算站在一旁围观一番。

那个美女的开场白我有点嫌弃，因为太没新意了，她问道："介意我坐下吗？"

只见周与深面无表情地抬了下眼睛，说："介意，这是我太太的位子。"

太狠了，多少也聊几句嘛。眼前的美女肤白身材佳，自身条件可是比昨晚的何小姐要高出几个级别。还是因为他其实早就已经看到了我，心里有顾虑？因为他回完话，目光就转到了我这边来，而且表情里似是有几分指责的意思，指责我故意站在一旁看戏，看他笑话。

罢了，周先生不好惹，尤其是生气的样子，看起来还是有几分威慑力的。我笑了笑，走过去。

那个美女也一直在看我，细细的眉梢微微扬起。她大约是有些不太能理解吧，如我这样条件的一个人，怎的就会是眼前这样一个出众的男人的太太。

我走过她身边，拉开周与深对面的椅子，坐了下来，然后抬起头对她微笑，说："都怪父母之命，媒妁之言，这样优质的男人才会惨栽在我手里，罪过，罪过。"

周与深的嘴角微微撇了一个弧度，我想他是早已习惯我这副说话的德行了吧。

美女还是很有风度的，扬了扬眉，踩着高跟鞋，步履婀娜地走开了。

我一直盯着她的背影看，看完之后，心里竟生出一股幽怨的情绪来。哪个女人不爱美，我也想拥有穿起高跟鞋依然能走得摇曳生姿的本事，长发披肩，回眸一笑百媚生。可惜天生少了些优雅的细胞，学也学不来。

待美女已经走得没影了，我才转回头看向周与深。

周与深似乎公事很忙，注意力已经转回他的电脑上，没空留意我。

我托着腮看了他一会儿，直到把他看得下意识抬眼，与我的目光正好撞上。

"菜谱就在你手边，想吃什么就自己点。"

难道我忧郁的眼神就只是让他看出了我是想吃东西吗？

"你吃过了吗？

"你点什么，帮我一起点一份就行了。"

居然也没有吃？难道是为了等我，还是其实他也是睡到了日上三竿才起的？当然，眼下不是关心这些事的时候，我有事情要问他。

"周与深，我能问你一个问题吗？"

他分神又看了我一眼，随口应了声："嗯，什么问题？"

我很认真地问他："你说实话，美女搭讪的时候，你当真一点都没有心动吗？”

难得他很没有气质地白了我一眼，看得出来十分嫌弃我这个无聊的话题。对他来说可能很无聊，但是对我来说却不是啊。我是突然想起思思那种头发随手抓抓，整天穿一件休闲外套的女人都敢嫌弃我。身为一个女人，我到底是有多不合格？

“不是都说，男人都是视觉和感官动物吗？虽说美貌不能保有一辈子，但维持十几年还是不成问题的。仪表出众的女人，不是更得男人的欢心吗？”

周与深听完我的话，终于肯放下面前的电脑，正眼来看我了。“你突然对这个问题这么感兴趣，是打算转行当两性专家吗？”

“周先生，请不要转移话题。”不理他，随他嫌弃，问出我要的答案才是关键。

“每个人的情况不同，所以我无法回答你的问题。”

“如果只针对你自己而言呢？”

他认真地看着我，沉默了一会儿，说：“你到底想问什么，或者是想知道什么，不妨直说。”

我能跟他说，我是好奇他放弃唐佳君而选择跟我结婚的真正理由吗？他当真就只是因为我刚才说的那样敌不过父母之命？跟他接触越久，便越发觉得他实在也不像是个容易妥协的人。

“其实我就是想知道，像我这样的人，在你们男人眼中，究竟是什么样子的。”

周与深不答反问：“懂得反思自己了？”

我反驳道：“没反思啊，我就是好奇而已。反思是以改正为前提的，我又没打算改。”

“既然没打算改，你的问题就没有意义，所以我拒绝回答。”

他的嘴巴简直比蚌还紧。算了，不回答就不回答，我只管将话题绕到我要说的事情上就行了。

“你不说，我自己也能总结。像我这样的人，性格坏脾气怪，嘴巴还不饶人，虽然你不说，但我估摸着也应该是男人讨厌的类型之首了。尤其像周先生你这样的人，怎么看，都是如唐小姐那种类型的女子，才会是你的良伴。”

周与深听完我这些话，双手环胸，靠进沙发里。

他姿态闲适，话也带着几分玩笑的意味，“所以呢，你是打算退位让贤，跟我离婚吗?”

怎么提到了离婚，这才度着蜜月呢，何况这桩婚姻我当初也是费了番心思才谋来的。我不过是想和他划清界限而已。

“手链事件”是我心里的一个疙瘩，我不愿让这件事发展出一个脱轨的结果，我害怕那种控制权不在我手里的改变。

“没有啊，我只是在告诉你，虽然之前我故意惹过唐小姐几次，但那只是我幼稚劲犯了，才会做出不符合我立场的事。这次回去之后，我会记住今天说的话，不会再做那样的事。”

周与深的眉心慢慢蹙到了一起，脸色变暗了。

我想他一定是在不满我的拐弯抹角吧，七拐八弯绕过来了，原来不过还是在说着这样一个无聊的话题。

仍然是那句话，这件事对他来说可能不具有讨论的意义，但对我而言却不是。我已经做好准备，他会变回结婚之初的冷漠态度，冷嘲我几句，或者干脆摔了椅子走人。但是统统都没有，他竟没头没脑地问了句:“玉林，你是不是很怕我?”

我被他给问怔住了。

我怕他吗？

他虽然态度忽冷忽热，但他曾经救过我的命。他虽然身边有个唐佳君，但他却选择了跟我结婚。他虽然看起来根本不愿意搭理我，但他却又在几次与我有关的事情中，都做足了身为丈夫会做的那些事。

这样一个人，太难捉摸，我摸不清他的心思，所以是的，我怕他。而最好的做法当然是，离他远一点。

感情这东西是可怕的，谈感情对我这种人来说更可怕。因为一旦我认定的一份感情再次坍塌了，我大概就真的无法再活下去。

我收起玩笑的态度，看着周与深，字句清楚地说：“是的，周与深，我怕你，所以我希望我们都离彼此远一点。”

周与深的目光直勾勾地盯着我，却是没有说话。他的眼睛黑得像一汪深潭，他向来内敛，所以他若是刻意隐藏自己的情绪，我是半分也窥不出他心中的真正想法的。可是有一瞬间，我看着他紧抿的嘴唇，忽然闪过“我是不是伤了他”的念头。

他沉默了良久，从手边的电脑包里取出一样东西来，递到我面前，“这是回程的机票，你若不愿意跟我一起回去，就改签吧。”

没有等我伸手去接，他就放下了，然后动手收拾自己的电脑和东西，站起身。

我伸手拦了一下，我其实根本不知道要再对他说些什么，伸手完全出自下意识。

“你……不是还没吃东西吗……”

他没有回应我的这句话，也没有看我，只是淡淡地说了句：

“回去之后，如果你不想与我碰面，再碰到需要一起应对的场面，你提前跟我说一声，我会处理的。”他说完话，提起包，就走了。

我一直傻坐在位子上，看着他出了餐厅的门，直至消失不见。

把心里话说了出来，我以为我会松了口气，可事实却是一点也不。我甚至感觉到有一口气堵到了胸口，怎么呼吸都平复不下去。

是哪里不对？是从我发现周与深藏着我的手链开始，还是从他在陈家扬面前维护我开始，还是从他决定跟我结婚开始，就不对了？

其实在踏进餐厅时，我本没有打算对周与深说那些话，却不知怎么说着说着，就转到了那个话题上，还认真了。可是说完之后，周与深丢下我独自走掉，我心里却又是如此的不舒服。

这种感觉，分明就是当初我见到陈家扬和江少仪在一起时，那种低落到根本不想去面对的心情。

户外的阳光依然明亮如常，我的心里却已经是一团乱麻，找不到答案。

我给思思打了个电话，把我跟周与深的事情简单跟她说了一遍。在我思绪混乱缺乏主见的时候，我只能找思思倾诉。

我原本以为她会训我的，因为我觉得我对待周与深的态度，实在有点自私。

可是她没有，她只是对我说：“玉林，你躲避周与深，抗拒与他走得更近，是你习惯性做出的反应。但是你真打算一辈子都以这样的态度，去对待你的生活吗？即使你惧怕改变，难道就真的不愿意再接受改变了？”

我实在无法回答这个问题。

我只知道我是真的害怕改变，所以一直在以自己的方式去维系我想要的安全感。无论别人是错是对，对我是坏还是好，只要是试图改变我的生活，我就会先躲开对方再说。

思思见我不说话，继续说：“你跟我说，你要嫁给周与深的时候，我虽然一点也不看好，但是我却跟自己说，这也许是一个好的征兆呢？否则以玉林的性格，要不是潜意识里已经接受某个人，她怎么可能会让自己的生活跟那个人牵连在一起？玉林，且不论周与深对你来说，是不是合适，你既然已经选择了让他走进你的生活，何不尝试着让彼此再走近一点看看？”

人在面临选择的那一刻，会认为自己的选择是正确的，时过境迁后再去看，才发现有种种问题。那时候想，拥有一份富足的生活对我来说，就是最好的境况。而现在内心里是不是已经开始贪婪地期待更多了呢？

周与深丢下我独自走掉的时候，我心里的那份失落感是非常强烈的。我该怎么办？

思思也无法给我答案，这种事情即使再不愿意面对，也仍然是只能由我自己来面对。

我最终没有将机票改签，因为希望可以在飞机上和周与深遇见。虽然没有想好要跟他说些什么，但我期望着至少我选择与他同行的态度，能让他明白我其实心里是有些后悔了。

但是我并没有遇上周与深，不知是不是他改签了更早的一班飞机走了。

拖着行李回到家里，空荡荡的大房子，我站在客厅中央，愈加觉得这里空洞得可怕。

这是我曾经付诸努力求来的生活，我却在此时想起了思思的话。我未来的几十年，是否都要如一潭死水一样，在这样的房子里，过着一成不变的生活？

头又开始隐隐作痛，我不能再多想下去，也不能再待在这个屋子里。如果再像上次那样晕厥过去，身边连个人都没有，那就糟了。

想一想，我真是活得悲惨又失败。

简单换了身衣服，出门去。

五月的天气，赶上下班时段，末黑的天色下满大街都是行色匆匆的人。公交车夹杂在私家车中间穿行而过，车上的乘客挤得像沙丁鱼罐头。尽管如此，因为是要回家去，所以即使是习惯的生活却也是幸福的生活。

而我唯一能想去就去的地方，就只有绝色酒吧。

下班高峰期，车也打不到，索性步行。走了一个多小时，我才走到绝色酒吧的门口。

踏进酒吧内，没有看到何斌。站在吧台里调酒的是小林，他抬头看到了我，笑着对我挥了下手。

我走过去，在台子边坐下，问他："你家老板呢？今晚不在吗？"

小林笑着回道："在呢，不过刚刚来了一个他认识的朋友，他过去打招呼了。"

我"哦"了一声，无精打采地环视了一眼四周。此时并非是上客的高峰期，大厅里也只稀稀拉拉坐了几桌客人。

小林调了杯我常喝的鸡尾酒递过来，我接过，抬头就看到何斌回来了。

他看到我，有点意外，“你也回来了？”

他这话问得语病也太明显了吧。除了我，还有谁？

我忽然灵光一闪，心也微微一悬，问他：“是不是罗浩也回来了？”

提到罗浩，何斌的脸色有点不好看，只说：“玉林，罗浩的事情你就别担心了，我会照看着的。”他转了话题，问：“杭州怎么样？这一趟玩得开心吗？”

“嗯，还好吧。”我心不在焉地回道。

他看了看我，一副欲言又止的样子。

“有话要跟我说吗？”我问他。

他却摇了摇头，笑道：“没事，你难得来一趟，想喝什么自己点，我请客。”

“嗯，谢了。那你忙吧，我自己坐一会儿。”

酒吧如今的驻唱歌手是个二十出头的女生，听说还在念大学，格子衬衫黑框眼镜，黑而直的齐腰长发，颇有几分我当年的样子。声音也不错，自弹自唱一首英文歌，博得了满堂喝彩。

她那边刚唱完，就看到有个人一步踏上了舞台，向她递出了一朵玫瑰。她看了看没有接，他就直接折了花枝，抬手将花插在了她的头发上。然后也不管人家姑娘什么反应，直接转身走下台来。

呵，倒是够率性的一个人。酒吧里倒是天天不缺故事，这桥段看着有点意思。

那个男生，准确地说那个男人，走下台后，迎面朝我这边的方向走过来。我身后是去包间的必经之路，看样子他是要回包间里去。

待走得近了些，我看清他的脸之后，就生出了此人有点脸熟的感觉，一时却又想不起来是在哪里见过。抑或是他是酒吧的常客，曾经在这里碰见过也不奇怪。

我收回好奇心，专注喝我的东西。

但是那人在走过我身边时，却忽然停了下来。

"嫂子，你怎么在这里?"

我第一反应是他认错人了。从来也未被人称呼过"嫂子"，这个称呼对我来说实在是陌生得很。

他看了看我，见我一副茫然的表情，笑着道："我是周与深的朋友，我叫丁明辉，你们的婚礼我有去。"

原来这才是我觉得他眼熟的原因，他提起，我也似乎有了点印象。

不过也算不得熟人，我只客气地打了声招呼，以为他寒暄完就会走掉，但是他却接着说了件让我很意外的事情，"嫂子，今天是与深的生日，我们一帮朋友聚在包间里面正给他庆祝呢。你既然都来了，那就一起来玩吧!"

能被周与深当作朋友的人，必然是关系走得近的，想必对我跟周与深之间的情况也心知肚明。他没有问我为什么没有跟周与深一起出现，而是孤身一人在这里喝酒，这已经足以印证我的猜测。既然如此，又何必拖了我去凑热闹?

原来今天是周与深的生日，在杭州他本有很多时间来告诉我，但是他并没有，说明他觉得这件事根本无须让我知道。何况再加上之前我跟他几乎算是不欢而散，我想他此刻应当不太希望看见我吧。所以我婉转地拒绝道："不了，你们好好玩。我是来找朋友谈点事，马上就要走了。"

丁明辉却不理我的推辞，自来熟的热情性格让他直接拉着我的胳膊，转身就往包间的方向走。

我有点急了。虽然我是打算找周与深见一面，但绝对不是在一群人都在的场合。

"我……我的事情还没处理完呢……"

"嫂子你也太见外了，跟我们一群朋友打个招呼总可以吧！"

说话间已经走到了包间门口，丁明辉不由分说，伸手推开门，也顺带着将我推进房间里。

包间里亮着灯，沙发上坐满了人，大半是我不认识的，但有个人我再熟悉不过。并不是周与深，而是坐在他身边的唐佳君。

我开始怀疑，丁明辉是不是跟唐佳君是一国的，故意拉了我进来，好陷我于难堪的境地。

坐在人群中间的周与深显然有点意外我的出现，但是他的惊讶也只是一瞬间的事情，他的拿手好戏就是将情绪掩藏在平淡的表情下。也许在那双冷淡无波的眼睛里，他其实正掩藏着对我的厌恶。厌恶这样一个挚友同欢的场面，我为什么会不识相地跑进来。

生日呢，这么重要的日子，当然要跟最重要的人一起过。

是我自己对他说的，唐佳君才是与他很般配的那个人。我既然都这样说了，又有什么立场在看到唐佳君坐在他身边的时候，一股酸气往上涌？

周与深没有给出任何反应，所以唐佳君站了起来。

其他人没有因为这样的场面而露出尴尬不自在的神情。想想也对，婚礼上已经看过的戏码，此时再见只显得了无新意，实在也没什么可不自在的。

唐佳君说："既然来了，过来一起坐吧。"

婚礼那日，我占尽了上风。今日这样的场合，未开口我已经处于弱势，所以她是否正打算着，将之前所受的委屈连本带利还给我？

周与深的生日，邀请了她来，我却连听都未曾听说，这已经是她占的最大上风。

"不坐了，我还有事要办，你们好好聚吧。"

不请自来的情势下，我此时已经足够尴尬。输赢又如何，对我来说没有任何意义。何况我已经对周与深说过，我不会再与唐佳君斗气，那种幼稚的行为也不适合在今天这样的场合里出现。

说完客套话，我就打算转身离开。可唐佳君当然不会那么容易就放过我。

她的声音在我背后传来，"今天是与深的生日，周太太怎么也要敬寿星一杯酒再走吧？"

半是玩笑的语气，我却听出了刁难的意味。我没打算开战呢，可惜她却不是这么想的。

我停下脚步，转过身。

唐佳君看着我，笑了笑，假装想起来道："哦，我忘记了，周太太是不喝酒的。听说即使是公事上的应酬，也都是喝饮料应付，在家中受宠得很呢。"

周与深眉头微蹙，冷淡地看了唐佳君一眼。

唐佳君微微一笑，丝毫没有收敛的意思，摆明了是打算给我难堪。女人的嫉妒心慢慢累积，时间久了，就会蒙蔽了情商和理智。不就是喝酒吗？当年我混迹酒吧的时候，什么样的阵仗没遇见过。

我走到了周与深面前，他只是沉默地看着我。

酒就摆在茶几上，几瓶酒都开了封。我随手拿起一瓶，倒了满满一玻璃杯。

我又往周与深的面前走了两步，笑眯眯地对他举了举杯，说："才知道今天是周先生的生日，我这个周太太的确当得有点失职。来来来，敬你一杯当赔罪……"

酒还没送到嘴边，周与深就站了起来，伸手拦住了我，"心意到了就行了。"

我绕开他的手，嫌弃地看了他一眼，说："你不会是因为酒太贵，舍不得我一个人喝掉这么多吧？你也太小气了！"一口气就灌掉了半杯，结果差点呛到，我没料到这酒这么辛辣。

还剩半杯，待要再喝，周与深已经一把夺走了杯子，"够了！"

他将杯子往茶几上一放，拉着我走出了包间。

我也没有反抗，任由他拉着走出门，一直走到了走廊的尽头才停下。

那酒的烈性有点大，后劲也厉害，我又被周与深拖着疾步走了一段路，停下来之后就呛得咳了几声。

周与深的脸色难看到不行。

我有点不服气。是唐佳君挑衅在先，又不是我要搅乱他的生日聚会的。"我没要进去，是你那个叫丁明辉的朋友硬把我拉进去的。你也看到了，是唐小姐挑事在先，我被逼着喝了那么烈的酒，我可是受害者。”

说这么多话，显得像是在掩饰自己的心虚。我本以为我不会心虚，但是我此刻面对着周与深，却是忐忑而紧张的。

他沉默地看着我，他的脸上隐隐泛着一点赤红，靠近点，还能闻到一丝酒气。

他面无表情的样子看起来也有点可怕，尤其是在我已经无法对他理直气壮冷漠以对的情况下。我从来就不习惯向别人道歉，我多希望他能够看出我的不自然，而选择先后退那么一小步，给我个台阶下。但他当然不可能知道我内心的想法，他更有着他的傲气和脾气。

他冷冷地说：“既然说了彼此都离对方远一点，那你也不要这样跑到我面前晃悠。”

我瞬间有种一盆凉水当头浇下来的感觉，脸上的血液也仿佛一下子抽离了，心情跌落到了谷底。不只是难堪，还有压也压不住的委屈一直往心口上涌。

刚才丁明辉拉我的时候，我并不是真的没有机会挣脱推辞掉。也不知我是哪里来的自信，以为曾经一度对我表现出了宽容态度的周与深，这一次一定还会那样对待我。我到底是有多天真，才会允许自己生出那一丝期待的情绪？

周与深没有再看我，转过了身，说道：“我刚刚喝了酒，不能开车送你。你自己打车回去的话，不要逗留太晚了。”

说完这些，他就转身走掉了，留下我一个人，站在空荡的走廊里，呆怔良久。

走廊虽然空荡，四周包间里的唱歌声说话声却闹哄哄地传了出来，震得我的太阳穴隐隐作痛。

是我咎由自取，所以应当承受今天这样的结果，谁也不能怨。可是心里的那股酸楚却止不住地翻涌，一口气哽在胸口，憋得我眼泪几乎要流出来了。

只有不相干的，不上心的，不在乎的，才不会为之牵动情绪。反之，就说明已经开始变得在意。

周与深只是变回了他冷漠的态度而已，但是从什么时候开始，我竟然已经无法面对他这样的态度了？

我伸手按住胸口，气息依然不顺，憋闷得厉害，难受得我很想立刻找个地方躲起来。可是思思不在身边，这一刻我是真正孤立无援的，连个投奔逃避的地方都没有。

像是又回到了当初阿婆离开我的那个时候。我坐在病房外的走廊上，身边也有别的病房里别人因亲人离世而传来的号啕声，但是我却怎么也哭不出来。身边都是人，我心里反复盘旋的却只有一个念头：这些人，没有一个是跟我相关的。今天，这样的感觉又再次出现了，真糟糕。

更糟糕的却是，我已经没有办法去阻止它的蔓延。

第十章　我对你的温暖，有了贪念

虽然情绪一连几天都处于低落状态中，班却是要照常上的，生活也是要过的。

在婆婆面前，我也努力装得若无其事。我不想让她心生疑虑，从而生出更多的事情要去应付。

周与深以出差外地积累了一堆工作待办为借口，对婆婆提议的聚餐一拖再拖，连面都不曾露。婆婆理所当然地察觉出了不对劲，电话里问不出周与深的真话，就关切地问我。我不知该怎样跟她解释，毕竟是我理亏了，一时就只能强作笑脸地说一切都好。

不知道现在周与深心里是作何种打算，如今连应付的表面功夫也不愿意做了。

想想也是，是我太自以为是，以为所有事都能按着我的意愿来。对周与深而言，愿意配合我，或者不愿意再应付我，都只是随他高兴而已。不愿意的话，便是连他母亲这边，也可以不必再继续应付。

一团乱麻，无法解决，我心里越发烦躁不安起来，却没想到会在这个时候突然接到江少仪的电话。

她在约我去咖啡厅见面，并未细说是为了什么事情。

我跟她原本谈不上有何交情，但因为之前有过见面寒暄的交情，且因她和陈家扬的关系，所以我有些好奇她找我的理由是什么。

下了班，准时赴约。

咖啡厅里客人不多，江少仪已经先我一步到了，她选了一处靠窗的位子。

天气热，她穿一件藕色连衣长裙，长发微卷，蓬松披散着，远远坐在那里，看似是不显山不露水的温柔，那气场却绝非别人轻易就能模仿来的。

不得不承认，她真是一个美丽的女人，说她已经年近四十，谁也不信。

尽管我进门就已经看到了她，服务生还是尽职尽责地在前面为我领路。

我走到近前，江少仪抬头看到了我，微笑着起身，跟我打招呼。

一番场面化的寒暄之后，各自落座。

江少仪笑着道："今天约周太太来，其实也没什么要紧的事，只是想把恭贺你和周先生新婚的贺礼补上。"

她说着，从身旁的袋子里取出一个丝绒面的小小首饰盒。她将盒子推到我手边，继续道："你和周总举办婚礼的时候，我正在Y市出差。这是我在当地求来的一对婚戒，这戒指据说传了几代人，也能算得上是个古物了。"

我有些意外，并未想过她还会额外再送一份礼物，还是这样一份颇显心意的礼物。

她和周与深仅是生意场上的应酬关系，婚礼时也包过红包了，已经算给足了诚意。对戒这样的礼物，不应该是关系亲密的朋友或亲人之间才可以送的吗？

不过看她表情诚恳的样子，即使我心中有一些疑虑，面上却还不能表现出来。“江小姐都已经包过礼金了，这份礼物我不能再收。”

江少仪却微笑着，将盒子又往我面前推了推，说：“准备这份礼物，原本就是为了送给你和周总的，你若是不收，我也无他人可以转赠。”

她见我仍然面露推辞之色，就说：“你总不能让我直接送给周总吧？你也知道，我若是去找周总，就难免会被怀疑是有商业上的目的。这礼我送得诚心，可不想受那样的冤枉。”

她说得像玩笑话，我却懂得她话中的含义。

很多建材商想跟周与深求合作，江少仪当然也不例外。但是她此刻既然这样坦荡地说出顾虑，我也就没有理由再怀疑她的真心。

以她的身份，以及她和陈家扬的关系，我还以为我会像电视里演的那样，对她心生嫉恨，难得遇上机会，必然要明里暗里刁难她一番。可是我并没有，她身上有一股同性也会欣赏的恬静气质，她说话做事的方式，都让人觉得很舒服，很容易让人对她产生亲近和好感。面对这样一个笑容温和的人，我甚至觉得我们能够做朋友。何况她话都说到这个份上，我也的确找不到拒绝的理由。于是道了谢，收下礼物，放进背包里。

喝着咖啡，我们两个开始聊起天。

一聊才知江少仪竟和我是同乡，虽不在同一个镇上，却都是从县城一中毕业的。

这样的巧合，让我觉得和她颇有缘分。

聊得兴起，江少仪约我同进晚餐，我也没有拒绝。实在是因为咖啡厅里，地道的东西是咖啡，附带的餐点味道却是不敢恭维的。

我们正商量着去哪里吃饭，门口并肩走进来的两个人，让我瞬间变了脸色。

江少仪察觉到我的变化，顺着我的目光看了过去。

唐佳君看来十分喜欢桃红色，白色T恤配桃红色超短裙，钻光闪闪的细跟凉鞋，妩媚而耀眼。她正和周与深一同步入咖啡厅。

而我和江少仪所坐的位置，是他们往里走的必经之路。

他们二人尚未走近，江少仪已经微笑着站起了身。

这样的场合遇到，她同周与深打招呼是情理之中的事，无论她是否已经听烂了那些关于周与深和唐佳君的传言。

我坐在位子上没有动。这种时候，摆出那种若无其事的姿态，已经很困难。结婚之初的那副没心没肺的姿态，现在我已经演不出来了。

两人终于走了过来，停下脚步，站定。

江少仪面带着笑容，打招呼道："真巧，在这里遇到两位。"

唐少君自然也是认识江少仪的，她没有看我，仿佛注意力全被江少仪吸引去了，笑着寒暄道："江总，你可是大忙人，工作占了生活的大半时间，今天怎么有空来这里喝咖啡呀?"

江少仪笑容温和，回道："我是偷得浮生半日闲，不像你跟周总，下了班这是还在处理公事吗？这样看来，唐小姐实在辛苦。”她接着将目光转向周与深，半是玩笑地说：“先前见周总你和周太太伉俪情深，若是为了工作冷落了太太，那可是不应该的哦。”

江少仪的话说至此处，我已经能听出几分话音。她当然不会是对我们的状况一无所知，她明显是在故作不知，倒像是无意有意地站在我这边。

周与深淡然一笑，维持着他惯有的风度和距离，“公事在身，早点处理掉，才能早点回家陪太太。”

我有些意外他的回答，忍不住抬头看了他一眼。

以我跟他此时的境况，他竟也没有忘记，为我在江少仪面前维护生活幸福的假象。

唐佳君大概是没料到他会这样回答，以他们二人的衣着来看，怎会是来谈公事的？明眼人都看得出来。

但是周与深话都这样说了，她自然不能当面反驳，于是就笑了笑，说：“跟周总在一起久了，彼此都有了默契，所以很多场合总是少不了我来张罗，累也是没办法的。不像周太太，什么事都不用理会，只管坐享清闲就行了，让人羡慕。”

我抬头看了看唐佳君，回了她一个微笑，说：“唐小姐说得我有点愧疚了，周家的事，怎好意思一直辛苦你来操劳，耽误了大好年华，岂不是与深的罪过？所以我一直在考虑，要不要辞了现在的工作，到我先生身边去做一名贤内助，担下唐小姐的工作，也让唐小姐不用再这样辛苦，多些时间过属于自己的生活。”

唐佳君听到我这样说，脸色微微变了一下。

我看了看周与深，他仍是惯有的态度，身为罪魁祸首，也不站出来救一下火。

我会说这些话，不过是回敬唐佳君的挑衅，效果达到就够了，当然没有付诸行动的打算。所以我对她笑了笑，接着说："唐小姐别当真，我只是开个玩笑而已。那么重要的位置，能力不够的人怎能随便胜任？就算我有这个想法，也要量力而行，何况与深也不会同意的。"

唐佳君看了看周与深，他置身事外的态度，明显惹得她有点不高兴。

周与深只是简单对江少仪说了句："我们赶时间，失陪了。"又对我说了句："吃了饭，早点回去。"

只这一句话，让不知内情的人看了，会觉得我与他之间一切如常，是一对感情甚好的夫妻。

公开场合，想不到他仍愿意维持着假象。可我却已经不敢自作多情地认为，他是为了我才会如此的。他先前冷漠以对的样子，我还历历在目。

他说完就走了，唐佳君随后而去。

我看着他们并肩而去的背影，心中百味杂陈，先前的好心情也不复存在。

江少仪往我的杯子里添了点咖啡，她的笑容看起来温和而平静，仿佛刚才那样针锋相对的场面，她也完全没有看出其中的异常一样。

可是她接下来说的话，却出乎我的意料。她说："婚姻也是战场，途中少不了会遇到一些插科打诨的角色。但那又怎样，能地位稳固地笑到最后，才是最重要的。就像我这样。"

我很意外她会说出这样的话。她与我并无深交，即使是亲近密友，如她那般的经历，只怕也不愿随便向人提起的。

江少仪看出了我眼中的疑惑，笑了笑，说："想必我的故事，你也听说过。我先生去世的时候，多少人等着看我笑话，可是我偏不让那些人称心。自己想要的东西，自己去争取，自己来守护。无论以何种手段，都不重要，人们只关心结果。只要你站在了高处，谁还敢随便嘲笑或轻待你？"

我心里清楚，江少仪今日的身份地位，自然不是靠单纯如天使一样的脾性就能得来的。能在残酷境况中胜利生存下来的人，都有着属于自己的本事，一如她说的那样，使用了任何手段都不足为奇。

而她能坦荡说出这些话，这样的性格，就足以让我欣赏。与她相比，我所缺少的，正是这种勇敢面对的勇气。

"江总，谢谢你跟我说这些话。"

江少仪摆摆手，笑道："别绷着脸说这种一本正经的话，我最怕应付这种场面了。我只是觉得跟你很投缘，才会冒昧地对你说了这些话，你没有被吓到才好。"

我也笑了，平复心情，动手收拾东西，一边轻松地说："说了要去吃地方菜，我饿了，我们走吧。咖啡你请，吃饭必须我请，回头你可别跟我抢着付钱。"

她哈哈一笑，说："好，没问题。"

靠借口来回避面对长辈，到底是撑不了太久的。

孙征在F市投资的酒店举行开业酒会，邀请了我和周与深一同前去。这样的场合，不必婆婆发话要求，周与深碍于情面，也是推辞不掉的。

距离上次和他在咖啡厅碰见已经有一个星期了，这期间没有任何联系，我们之间又回到了结婚之初的相处模式中去。唯一不同的是，那时候久不见面我才倍感自由自在，如今却几日不见，心里却隐隐有些失落。

周与深打来电话的时候，我刚洗完澡，头发还没来得及吹，衣服也没有换。他比约定的时间来早了，而我至少还需要半个小时才能动身。犹豫了一下，我在电话里问他："你要上来坐一下吗?"

居所在六楼，我从阳台往下看，能看到他的车就停在绿化带旁边的露天车位上。

说起来，新居他只在结婚前来过一次。他总是推托工作忙，说装修的事由他母亲一手打理就行了。装修的过程我虽然全程参与，但唯一需要做的不过是在婆婆弄完每一处的时候，点头称好。房子本就不是我的，所以我不会费脑筋去指手画脚。

问完我有一点忐忑，也不知心里到底在七上八下些什么。

周与深倒是答得简单干脆，说："好。"然后挂断电话。

等他上来的几分钟里，我做了几件事：迅速换好衣服，梳理整齐。我觉得这只是出于人前应当保持礼貌的考虑，与其他心思无关。

周与深其实有钥匙，但他还是敲了门。

我给他开门，有点生疏地给他引路。一直都是我一个人住着，我亦不懂得如何在家里招呼别人。

"到沙发先坐一下吧，我吹干头发就可以走了。"

他面色淡然地"嗯"了一声，走过去坐下。

我走到卫生间，关了门，开始动手吹头发。

吹风机的轰鸣声似乎能驱散一些尴尬的气氛，有了声音的掩盖，我至少可以肆意地长舒一口气而不必担心被听见。

一直以来我都很自私，只顾着过我想要的生活，并且理直气壮。此时因为心境发生了一些改变，我才开始懂得反省，也开始真正意识到，我跟周与深之间的相处，其实存在不少的问题。

我们只是空有一纸结婚证书的名义夫妻，如果现状不改，我跟他是否就真的能够以这种形同路人的相处模式，一路走至终老？

我决定结婚的时候，真的没有认真想过这个问题。

头发吹干了，客厅里的人还在候着，我不知该如何才能自在地去面对他。但是该面对的事情，躲也是躲不掉的。

待我回卧室整理完毕，提着包走回客厅，周与深也站起了身。

我想到礼物的事，问他："既然是上门道贺，是要送礼的吧，礼物你准备了吗？"

虽然不久前的那次碰面，他对孙征的态度看起来有所改善，但并不代表他已经完全解开了心结。所以跟他讨论和孙征有关的话题，总让人觉得有点不安，就怕他心情一变，随时又翻脸。

周与深微微扬眉，看神情对礼物并不特别上心的样子。"以孙叔的境况，好的东西不缺，但别出心裁的礼物，我们也没有。"他看了我一眼，继续说，"他看起来跟你挺投缘，我想只要你人到场，他应该就很高兴了。"

他的话，听起来似是有几分道理，但正是因为孙征一直对我们表现出关心包容的态度，身为晚辈却没有一些表示，合适吗？可是我又找不到足够的立场来继续和他讨论这件事。

说到底，那是和他母亲相关的一个人，和我却没有太大的关系。于是我也识趣地不再继续纠缠这件事，在玄关处穿好鞋子，出门。

站在楼道里等电梯的时候，周与深突然又冒出一句：“听说孙叔没有女儿，也许在他眼中，你就是他女儿吧。”

我并不明白他为什么会突然这样说。孙征是他母亲的情人，就算表面上看起来是对我和善，但归根结底，不还是因为想讨好他，才会先来关照我的吗？没有他的身份，又何来我在孙征那里的身份。

“他也想拿你当儿子看，如果你愿意接受的话。”我说。

周与深没有再说话，正好电梯上来了，于是这个话题就此打住了。

电梯安静下行，周与深的神色看起来平静如常。喜怒不形于色的人，总是很难让人窥见他内心的真实想法。

也许是我的话太过直白，戳得他心里不痛快了，只是他没有表现出来而已。我相信道理他都懂，事实他也都清楚，不过是不想面对，讨厌被拆穿罢了。周与深的心思比我深，所以由不得我来开导他，想不想得通，依照他的脾气，那明显只能由他来决定。

比起这件事，眼下我更应该想一想，该如何应付接下来的场合。

但愿现场人多到孙征无暇顾及我们，而我们只需要礼貌地出席，再默默地顺利退场就行了。

酒会设在酒店的西餐厅，端着托盘的服务生来回穿行。我们抵达的时候，会场中已经聚集了不少人。

孙征正和几名领导模样的人站在一起说话，见到我们进门，就搁了香槟杯子，朝我们走过来。

我换上笑容，向他致意："孙叔，恭喜恭喜！"

孙征微笑回道："F市对我来说有特殊意义，其实我在很多年前就已经动了开业的念头，只是一直忙于别的事，分身乏术。如今商机成熟了，自然不能再错过机会。"

周与深站在一旁，态度虽不似我这般寒暄姿态十足，但也算温和有礼。他问孙征："孙叔是否打算在F市定居了？"

虽然他的语气听起来很正常，态度也温和，但我的第六感告诉我，他其实是话里有话。孙征若真的决定要定居F市，那大半的理由肯定离不开我婆婆。

孙征笑了笑，答得坦荡，"我如今孤家寡人一个，F市有我在乎的人，所以我倒是真有这个打算。"

周与深也笑了笑，没有再说话。

我担心气氛会僵，就岔开了话题，问道："怎么没有看到婆婆？"

孙征说："她打电话跟我说，临时要处理一件事，晚点就到。"

我的这个话题问得也没什么技术含量，理所当然草草就结束了，眼看着气氛又要再次僵掉，幸亏此时有人端了香槟走过来找孙征寒暄，我便对周与深使了个眼色，打算趁机躲到一旁去。

放眼望去，大厅里站满了人，而我在工作中虽常常应付这样的场面，但骨子里其实并不愿意扎堆在人群里。我习惯躲在一个无人留意的角落，那样让我觉得比较有安全感。

我四下看了看，找到了一个让我觉得满意的角落，问身旁的周与深："我要去坐一下，你呢?"

"我看到了认识的人，去打个招呼。"他说。

今日出席的多是本城商界里的领头人物。孙征看似初来乍到，但雄厚的商业实力就是最好的名片。有钱人想结交有钱人，那是再轻易不过的事。对方看不中你的友谊，也会看中你可能会带来的商业利益，光这一点，就足以让孙征在最短的时间内，迅速在F市站稳脚跟。

何况他也并非真正的初来乍到。这些年他与婆婆断断续续地联系着，时不时就来F市待一段时间，并趁机结交了不少朋友。

不过这些与我都没什么关系。这样的场合，总让我有一种在工作的错觉。而此时我心中最大的期望，就是能早点结束，回去休息。

我在角落的位置坐下来，闲着无聊，目光就下意识转到周与深那边去了。

他在外人面前，总是一副温文尔雅的完美姿态。与人说着话，偶尔抿一口酒，嘴角挂着浅淡的微笑。在他身旁来去的那些人，无不是衣着光鲜。而他连领带都未系，只穿着一袭藏青色西装，气质却是丝毫不输半分的。

不知我几时已经形成一种习惯，安静时就会下意识去观察他。其实我也并非真的想从他身上窥出什么秘密来，不过是在下意识里，已经将他视作了与我有关系的人。

我一个人安静地在角落里坐着，打量完周与深，就开始在心里盘算着，要待到多久离开才不会显得失礼。我想至少要待到婆婆来吧，总要向她打声招呼才是。

我本以为不会有人留意到我，更不会有人来找我搭讪，但是身后传来的声音，破坏了我想独处的愿望。

“姜小姐，好久不见。”是一个男人的声音。

我扭头看过去，跟我说话的人四十上下，西装革履，身材微胖。我蹙眉想了想，一时并未想起他是谁。

对方见我困惑许久，就语带嘲弄地说道：“姜小姐如今嫁给了有钱人，也不去绝色酒吧唱歌了，实在让人觉得很可惜啊。”

我愣了一下，随即反应过来，想必是我在绝色酒吧唱歌时认识我的客人。

只是这件事对如今的我来说，已经远得好像发生在上辈子。被人在这样的场合认出来，对我来说可不是什么值得高兴的事。何况我只是觉得他眼熟，并不是真的认识他，自然也没有与他寒暄的打算。所以我就只是客套地笑了一下，也不回话。

但是对方却没有转身走开，见我不理会他，反而有了纠缠的架势。他用冷嘲热讽的语气说：“哟，嫁了个有钱人，别的毛病没学会，翻脸不认人的薄情样儿，倒是马上就学会了嘛！当年为了那点钱，哭着求着我的事情，这么快就忘记了？”

听他这么一说，我也随即想起了当年的事。

他口中的当年，就是阿婆病重的那一年。我求助无门，束手无策，为了筹钱面子都放下了。酒吧里的客人，但凡能攀上点情面的，我都厚着脸皮开口，希望他们能够借点钱助我渡过难关。这个人，大概就是当年我求助过的人之一吧。

我真是不走运，怎么在这样的场合里，被这样一个人给认出来了？我心里迅速思索着脱身的办法。

“事过境迁，时间久了，有些事也就不记得了。”我敷衍地笑了笑，站起身打算离开。

怎知对方竟然手一伸，一把拉住了我。

这个人未免太奇怪了，来出席今天这样的场合，再看他的衣着打扮，想必也是个有身份地位或起码有些身家的人。在别人的地盘上做出失礼的事，难道他就不怕引起围观，丢了面子吗?

我把脸色一沉，严肃地说道：“这位先生，你我都是受邀出席，在别人的地方，还请放尊重一点。”

对方冷冷一笑，扣在我手腕上的手，却丝毫没有松开的意思。

我冷眼看着他，看了几秒之后，见他不为所动，就干脆使力挣脱。只是彼此力气相差悬殊，一时竟怎么也挣不开。

“你到底想做什么?如果有话要说，你就说，不要动手动脚的!”

“姜小姐，不，现在应该称呼你为周太太。我真是有点好奇，你是使了怎样的手段，竟然能虏获到周与深，让他为你鞍前马后，做尽坏人。”他说着话，一脸怨气。

他的话，让我听出了一点端倪来。是否是他跟周与深之间存在矛盾，而我这个外人眼中的新任周太太，自然不会放过，翻出我的旧事来嘲笑，好让周与深脸上无光?

不过他不找周与深而只是来找我，也许是不敢当面为难周与深，想必是觉得我更好欺负吧。

“如果你是跟我先生有过节，他人就在那边，有问题的话，你找他当面解决是不是更合适?”

对方听完我的话，冷笑了两声，没有说话，却忽然又抓住了我的左手。我还没反应过来，他已经翻起了我的手腕，蜈蚣一样的疤痕露了出来，看得我心里一怵。

这疤跟了我这么久，平时我一直不敢仔细去看，因为它不只长在我的手腕上，也像一根刺一样，一直生在我的心里。

而我这些年形成的习惯是，任何会触碰到我既成习惯的东西，我都选择用逃避的态度来面对。

这个疤也一样。

“还没想起来？”对方冷笑的声音，刺得我的太阳穴隐隐作痛，“当年跪在我脚边求我的时候，可不是这副嘴脸。”

我再仔细去看他的脸，当年很多被我刻意遗忘的事情，开始像倒带的电影画面一样，跳转着从脑子里闪过。

对了，那杯掺杂着鲜血的酒，当年就是送给眼前这个人的。只不过当年的他徒有色胆而已，被我三两下就吓跑了。

我只是一直试图忘记那些事，主观上选择忘记，却并不是真正就忘记了。

这个人戳人伤疤，对他来说到底有什么好处呢？为何不能放过我？

“拿开你的手！”周与深的声音从我身后传来，他的出现，让我稍稍镇定了一些。

他的声音听起来平静，却自有一股压迫性。我不必回头，也能想象出他此时阴晴难测的表情。

对方松了手，然后耸耸肩，无辜地说：“我只是跟周太太叙了几句旧，周总不会小气到连这样也要生气吧？”

周与深走到我身边，看看我，又看了看我被捏红的手腕，突然一拳挥了出去，重重打在对方的脸上。

对方吃痛，连连后退几大步，嚷道：“周与深，你别欺人太甚！当年老子被你整得至今都没翻身，别以为你真能一手遮天！一个破鞋还娶回家当宝，笑死人了……”

周与深又要冲上去动手，我死死揪住他的胳膊，对他摇头，“我没事，别在这里动手，只会让人笑话……”

他回过头来看我，脸色难看到不行。我从未见过他这样怒不可遏的表情，我也有点被吓到了。

这边动静闹得这么大，已经引起了很多人的注意。

孙征迅速走了过来，见状也变了脸色，挥手招来服务生说：“叫保安来，请这位先生出去！”

周与深见到孙征过来处理了，才转过身来，面对着我。

我看着他眉头紧蹙的样子，感动的情绪又开始冒泡了。已经不是第一次，在我无助的时候，他像这样站出来维护我。

“我没事，我没事……”我的脑子一定是短路了，就只知重复这一句话，揪着他的手也没有松开。

他伸出手，盖在了我的手上，低声说：“玉林，你在发抖……”

我在发抖吗？好像有一点。围观的人太多了，气氛沉闷得让我倍感压迫，我只想马上离开这里。

我听到孙征对周与深说：“你先带她回去吧，等我处理了这边的事，就跟你联系。”

身边闹哄哄的，耳边都是窃窃私语声。可是我已经无暇去留意那些，我的脑子一片混沌，只记得周与深半搂着我的肩膀，将我带离了会场。

夜里有点凉，我已经连打了几个喷嚏，可还是开着车窗，一路吹着冷风。路上并没有堵车，周与深直接将车开到我们的新居。

一向尖牙利嘴的我，此时却像完全失语了一样，什么话都说不出来。

脑子有些混沌，情绪有些低落。这几年来，这样的情况偶尔还是会发生。通常在我预感到情况不妙的时候，我都会第一时间打电话给思思，让她来陪我。她即使人不在F市，也会陪我聊很久的电话，直到我情绪低落的时间段过去。

今天思思不在我身边，我也不想打电话给她。她自己的那些问题，已经足够让她焦头烂额了，我不能再依赖她。

庆幸的是，此时有另一个人陪在我身边。而我出于本能，就将依赖的情绪转移到了他身上。

周与深一路送我回到居所，进屋，陪我在客厅的沙发上坐下，近得我一伸手就能触碰到。这让我觉得安心。

客厅里只开了一盏昏黄的壁灯，我们两个人就安静地坐在沙发上，也不知道坐了多久，身旁的人终于有了动静。

他站起了身。我以为他要走，马上伸出手，拉住了他的袖子。

周与深转过身，低头看着我，柔声说："我不走，我是想去倒杯开水给你。"

柔声细语，目光温和，是我从未见过的温柔态度。

他素来以冷淡面孔示人，原来他温柔的样子，是这样的让人觉得踏实安稳。

我拉着他衣袖的手指松了松，但仍然不肯松开手。

"家里没有开水。"我小声告诉他。

他有些好笑，又有些无奈，“我去烧。”

我这才放开了手，放他进厨房去找出电水壶，动手烧水。

我安静地看着他，对他的依赖感，我已经能够清晰地感觉到。这种感觉是从几时出现的，我并不清楚。也许他在酒吧里救了受伤的我，送我去医院起，我在潜意识里，就已经对他有了一定程度的认可和亲近。

虽然我们的婚姻起初存着很多功利的原因，但此时认真想一想，以我的性格，至少也是在心里认为他不是一个坏人，不会真正伤害我，所以才敢跟他结婚吧。

周与深很快就回来了，重新在我旁边坐了下来。

我又揪住了他的衣袖。

他与我冷战了这么久，难得他终于缓和了态度，即使他可能只是看我可怜，一时起了怜悯心才留下来陪我的，我也仍然觉得开心。

周与深看看我拉住他衣袖的手，笑道：“你这又是换了什么招数?”

我不理他的揶揄，固执地说：“你这个人的性格太阴晴难测，我怕我一不小心万一说了句不招你待见的话，你又生气跑掉了。”

“什么叫‘又生气跑掉了’？我几时生过气，几时跑掉了？不要随便给人扣帽子。”他反驳道。

居然抵赖。之前他不但生气地跑了，还小气地把机票也改签了，这才几天前的事情？他倒忘得挺快的。

“周先生，请将记忆倒带一下，那天在酒吧，你黑着脸说话时的样子，多吓人啊，知不知道。”

他沉默了片刻，才说：“那天酒喝多了，说的话你不用太当真。”

我也不知道自己是怎么了，听他说着话，感受着眼前这难得的和睦气氛，心里明明是暖暖的，胸口却又像是被什么堵住了，突然觉得酸楚难挡。我于是说道：“也不知怎么回事，我突然有点想哭。”

“肩膀可以借给你。”他说。

“真没诚意，为什么只是借肩膀，就不能借个温暖的怀抱什么的？”

本来只是跟他开玩笑的，我完全没想到，他会真的将手一伸，突然紧紧抱住了我。

他的怀抱很温暖，我听到他低低的声音在我头顶方向传来：“好了，现在可以哭了。”

我被他搂在怀里，看不到他脸上的表情，但是他一本正经的语气，反而让我觉得他是在故意逗我。我得承认，他和善待我的态度，已经让我低落的情绪消散大半。

“周与深，”我认真地说，“虽然你可能并不愿意被我拖住，但还是谢谢你，在我心情不好的时候，你没有像个陌生人一样，丢下我走掉。”

他沉默良久，才说：“玉林，你习惯了封闭自己，才会常常看不清身边的一些人和事。你潜意识里不愿意与人有牵连，不愿成为别人的负担，所以总抢先一步与别人划清界限，让别人主动远离你，然后你就能心安理得地摆出冷漠的态度来保护自己。我知道你害怕什么，可你却从不好奇我心里的真正想法。”

他剖析得太一针见血，我不知该作出何种回应才好。

是继续插科打诨躲避他，还是果断勇敢面对他？一时间，我心里也没有答案。

可是他难得一见的温柔，却还是让我心生出了“恨不能将这份温暖无限期地延长下去”的想法。

人在脆弱的时候总会习惯性地去抓紧身边的救生物，我亦如此。很难信任别的人，可一旦信任了，就会掏心掏肺又无比依赖。

我甚至差点就想对他说：“周与深，怎么办，我好像对你身边的位置，开始有了更多想法……”

虽然我有名正言顺的身份，可是我却没有理直气壮的立场。而他身边的位子上，那里一直都待着一位真正合适的主人。

这又令我开始纠结。

所以我有些违心地说：“我并不想知道你心里的真实想法，如果你是出于一份对婚姻的责任，那么也请你不要在这个时候告诉我。肩膀借给我十分钟就行了，等我的元气恢复了，你再摆回原来的态度，对我冷眼以对。”

我听到了周与深的叹气声。

“玉林，我心里的真实想法是什么对你来说不重要，你只要知道，如果你需要我，我就会站到你身边，这是我能够给你的承诺。你不必管我的态度，你只需要弄清楚自己的真实想法，然后给出你的态度，就行了。”

我无法用很清晰的思路去探究他真正的意思，一时也并不想去细究，因为我的确连自己的心意都还没有完全清楚。患得患失是我最大的问题，因为惧怕失去，所以宁愿远离。

可是今时今日，也许我真的应该好好想一想，我未来的人生到底应该怎样走下去。

人生本就是一路修正再前行的过程，如果我曾经的一些认知错了，那适时发现，及时修正，也不是什么坏事。

“周与深，不管怎样，谢谢你。”我诚挚地说道

我知道，我对周太太的身份已经有了贪念。

我对周与深，也有了贪念。

第十一章　山雨欲来

虽然跟周与深还是几天不见一面，但因为关系已经缓和，所以我的心情也恢复得差不多了。

连带着给思思打电话，也是一贯的轻松语气。

思思在那边用嫌弃的口气故意说："像你这么招人恨的一个人，周与深怎么这么随便就原谅你了，也太没有毅力了吧。真应该多晾你几天，好让你能够更加深刻地反省一下自己。"

"我本来就不是什么十恶不赦的罪人，他冷眉冷眼地对了我这么久，已经很小心眼了好吧？"

"哟，还学会矫情了……"

"哼！"论斗嘴，我当然不是思思的对手。她常年与各色人等打交道，而我只是一个名义上的公关部经理而已。

这些年，应酬上的大事小事，几乎都是婆婆出马，我其实清闲得很。原来不曾细想过这件事，如今想想，婆婆对我的宽容，实在是不同于寻常人的。记得我跟周与深的婚事定下来后，她有一次对我说："我跟你很投缘，我没有女儿，心里其实早就将你当作女儿看了。"

我其实还算有点运气吧，才会遇到这样的婆婆。

思思见我半天不说话，于是说：“小心眼，吵不过我就打算来个沉默抗议吗?”

“是是，您老说的是。你那边的情况怎么样了?”

“老样子，江晨的戏快拍完了，公司前几天也联系我说，新的经纪人已经找到了，只等着我们回去就能安排工作交接的事。”

“你真的决定好了?”我其实有点担心她，思思在对待感情问题上，是一个很死心眼的人。我不太相信她能这么快就整理好了一切。

思思却回答得很肯定：“嗯，决定好了。结婚生子的生活，更适合现在这个年纪的我。”

我不知该怎样劝她，尽管她说得轻松，我却能想象出她脸上落寞的样子。

“思思，早点回来吧，我有点想你了。”见了面，再和她好好聊聊。

“真肉麻，你就别恶心我了，这种台词完全不适合你。”

“难得说句假话，你就不能装着信一回吗？要听真话那还不简单，真话就是：我十分想念你做的饭，所以赶紧回来给本宫做顿好吃的!”

思思打趣道：“是是，主子，这边一结束立马就动身回去，连杀青酒我都不喝了，总可以了吧?”

我哈哈大笑，几日来的低落心情完全消散。

又跟思思闲聊了一会儿才挂断，刚放好话筒，就听见有人敲门。

接待员小李站在门外说：“玉林姐，有位陈先生找你。”

陈先生？一时倒真想不起是哪个客户。

“哪位陈先生?”我问。

小李答:“他说他叫陈家扬。”

我愣了一下。陈家扬突然来找我,是要做什么?

我其实并不想去见他。因为不只会尴尬,也担心情绪会复杂难控。我们连朋友都不是,他心里应当和我一样清楚才对。

“就跟他说,我正在忙,一时恐怕无法去见他。”身份特殊的不速之客,还是不理的好。

小李看了看我,用试探的语气说:“陈先生说,他猜到你可能不会见他,他会一直等到你忙完为止。”

陈家扬倒是真了解我的性格。

也是,毕竟几年情分,分开之后,记不住对方的好,也会记住对方性格的缺点和弱点。

比如之前那次开业酒会,事后我冷静细想,觉悟到他就是吃定了我自尊心强和爱死撑的性格,才会四两拨千斤地用唐佳君来引我上钩,然后坐看我生硬演戏的笑话。

当初我先提出分手,对他造成了伤害,这件事足以让他耿耿于怀到绝不要看到现在的我过得轻松自在吧?

这一次,又打算对我使什么招呢?

我承认我又被激起了斗志。如今都已有了各自的生活,我早不愿再与他有什么牵扯。但倘若他还记着仇,登门寻我的笑话,那我也没有回避躲闪的道理。

我对小李说:“知道了,那就让他先在会客室里等吧,我忙完了手边的工作,就会过去。”

小李领了话,带上门走了,我继续忙我手边的工作。

二十分钟后,我走到了会客室。

陈家扬坐在沙发上，看起来平静自在，与我想象中的状态一样。我们都很了解彼此的性格，他的性格内敛多思，算计都放在心里，向来是十分沉得住气的，但仇怨却从不肯轻易忘记。

我走进去，他起了身。

脸上仍是那副从容而自信的笑容，说："我还以为要等到下班时刻呢，不过二十分钟，看来我今天的运气会不错。"

他心思深且直觉准，在我面前一直显得那样理直气壮又自信，是觉得我至今仍无法冷静面对他，缘自我对他仍存有感情吗？

也许曾经是那样没错，但今时今日，我已能心境平和地来见他，是否也说明，我对他的那份回忆，终究是放下了？

时间，一直是治愈旧伤，淡化记忆的最好良药。

我走到他对面的位子上坐下。

"不知道陈先生执意要见我，是有什么重要的事？"我停顿了一下，继续慢条斯理地说，"对了，如果是关于我先生和唐小姐的事，就不必特意说了。一来我还未嫁进周家时，他们就已经认识；二来，我有我稳固的身份，这对我来说，才是最重要的。"

陈家扬笑了笑，不作正面回应，反而还有心思调侃："既然愿意招待我，为何连杯茶都没有？"

我皱起眉，实在讨厌他这样的态度，拐弯抹角不过是在浪费彼此的时间。"陈先生，我还在上班，你有话就直说。"

陈家扬收了脸上的笑，转了认真的态度，"玉林，虽然你可能觉得我莫名其妙，但今天我来，是想求你帮忙的。"

求我帮忙？这倒的确让我有点意外。

他和我一样，都是自尊心非常强的人。他又是爱记仇的一个人，会是什么事严重到他要放下自尊心跑来求我？我有点好奇了，不过还是说：“陈先生没有找错人吗？我既无权势也无财富，虽然名义上是嫁了个有钱人，但你总不会认为，我挂着周太太的名，周家那些钱就理所当然已经转进了我的户头吧？”

陈家扬苦笑了一下，说：“玉林，时过境迁，你我如今都有了自己的稳定生活，我们又何苦要摆出一副‘老死不相往来’的态度呢？”

“好吧，说说看，是什么事？”

“商业上的事。”他说。

原来还是为了钱。

“我很负责任地跟你说，周家的存折长什么样，到目前为止，我也没见过。”

陈家扬面色有些凝重，“你误会了。其实今天，我是为了公司的事而来。我们不缺钱，只缺一个合作的机会。”

我渐渐听出一点端倪来。

“少仪这些年虽然坐镇公司，但日子并不好过。撇去运营上的那些难事，公司元老和她婆家亲属的刁难，都让她越来越难以应付。”

我终于明白了，原来他是为了江少仪而来。

若是在以前，我听到他这样说，大概只会觉得心情不爽，不加倍刁难就算我厚道了。可此时我却想起了不久前，江少仪约我见面，送我的礼物，还对我说出那些贴心的话，我觉得她是一个好人。所以如今听到陈家扬这样说，我心里抵触的情绪已经减退大半，取而代之的是对江少仪的同情。

我忍不住问：“所以呢，你希望我为你们做什么？”

“周与深的公司有个即将上马的‘锦熙园’小区，我们公司希望能成为这个工程的建材合作商。”

他一提，我有了点印象。不久前在辉风广场的开业酒会上，江少仪就曾试图想跟周与深合作，不过却被周与深轻描淡写地拒绝了。

所以即使抛开我跟陈家扬之间的恩怨，从现实情况来看，想必周与深是不愿意吧，否则也不会逼得陈家扬几近慌不择路，跑来向我求助。

我在心里权衡了一番之后，对陈家扬说：“如果你只是单纯寻求金钱上的帮助，我还能稍微理解一些。但周与深公司的事，我从来没有关注过亦不会插手去管，我没有这个权利。所以我只能说，你真的找错人了。”

陈家扬的脸色看起来有些凝重，叹了口气，“玉林，跟你说实话吧，其实少仪不让我来，但我还是觉得哪怕有一分希望，我也想试试。少仪担着负责人的名义，公司里的许多事却已经不能完全由她做主。做一单漂亮的业绩，是为了稳定军心，也是为了稳固地位。”

外人看到的，都是何等风光。而风光的背后，甘或苦从来就只有自己清楚。我想起那次在咖啡厅见面江少仪给我的印象：衣着光鲜，气质高贵。若非陈家扬说出来，外人又怎么可能看得出她身后的那些艰难。连我也只觉得，她坚强且有手段，是个厉害人物。此时一联想，便越发有些同情她了。

可是实际情况我心里同样有数。我连生活都是和周与深分开的，何况是彼此的工作。我根本没有任何资格去干涉这件事。

“对不起，陈先生，我真的帮不上忙。”

陈家扬看看我，眼神失落，良久才开口道："看得出来周与深很在意你，所以无论如何，还是希望你能帮这个忙。你不用急着拒绝我，认真考虑一下，过几天再给我答复吧，我会再联系你的。"

我没有说话，没有答应，但也没有直接拒绝。

他在离开之前，转过身又说了句："玉林，你也知道我的性格，要不是真的快走投无路了，我是不会来找你的。"

我不知道还能说些什么。

帮还是不帮？帮的是陈家扬还是江少仪？我又究竟有没有这个能力来帮呢？

我还是认真考虑一下再说吧。

我考虑了一天之后，给周与深打了个电话。

不过我当然不会傻到在电话里就直接向他挑明。一路相处下来，他的性格我也算基本了解了。看起来是性格冷淡，常常爱摆冷脸，总让人觉得是不能随便触怒的样子。但实际上我没少惹他，而他最狠的回击，也不过是上次在酒吧里那样摆出冷漠的态度，说出绝情的话，十分伤人。但前几日人家却又说了：酒喝多了，不必太当真。

这样总结下来，也许我态度委婉地找他谈谈，商量余地还是有一些的。

"周与深，有时间吗？我请你吃个饭吧。"

我也知道这话说得毫无技术含量，与"我有事求你帮忙"基本上属于同一个意思。但是拐弯抹角我又不太会，万一绕得太远，周与深没有耐心听我转回正题就把电话给挂了，那样岂不是更惨。

果然，他在那边非常直接地回了句：“有什么事求我?”

“就不能心血来潮，单纯请你吃个饭吗……”虽然被他一语戳穿，我还是打算迂回一下。

“依你的性格，如果只是有事找我，不会请我吃饭。必然是有事求我，才会以说请我吃饭为诱饵。”他不客气地拆穿了我的小算盘。

“不管怎样，你来不来，就给句痛快话吧。”关系恢复了，态度也就回去了。好言好语装温柔这一套是不适合用在他身上的，用了也是浪费，人家明显不吃这一套。更正，是不吃我来耍这一套。

“时间地点。”

我想了想，为显诚意，做了一个看似大胆但明显不太靠谱的决定，“来家里吧，我下厨。”

他沉默了几秒，说：“你确定?”

语气里是毫不掩饰的怀疑，是有多不相信我的厨艺？小看人。

“我提前下班，去超市采购，你下了班就来吧。”

不理他，今天要不露两手给他瞧瞧，他就忘了我是在餐饮业地界上混的人了。

挂了电话，心里开始盘算如何将我的厨艺首秀弄得像样一点。

不知道现在去餐厅厨房找大师傅临时抱一下佛脚还有没有用。不管有没有用，先偷个师再说。

花了半个钟头听厨房大师傅传授功课，然后跟秘书打了个招呼，拎着包提前下班了。

还未到下班时间，超市里没什么人，我一个人推着车，悠闲自在地慢慢逛。

周与深给我打来电话的时候，我正站在调味料货架前，研究着生抽酱油和老抽酱油的区别。他在电话里说："我也提前下班了，你现在在什么地方？"

我有点意外。他自然要比我忙碌得多，竟然会提早下班？

不过他出来得太早，对我来说可不是什么好消息。我这边东西都还没买完呢，更别提能给他一进门就有一桌美味佳肴恭候的待遇了。

我老实告知行踪："我正在超市买东西，你出来得早了，要不你先回去？我买好东西就走。"

可是人家竟然不接受我的好心建议，只问道："你在哪家超市？我开车刚出公司，可以接了你一起回去。"

我看了看已经装了半车的东西，想着有人来帮忙提袋子，倒也不错。于是就把地址报给了他，然后继续买我的东西。

周与深来得还挺快的，二十分钟之后，他已经站在了我面前。

他看了看我身旁的购物车，虽然看起来面色不改，但我想他心里想的一定是，自己应该明智地接受我的建议，回去等我就行了。

购物车塞了大半满，装袋的话，怎么也得有个三四大包吧。从超市拎到车里还要走上一段路，可不轻松呢。

我无辜地撇撇嘴，说："我是好心建议过的，让你不要过来。”是他自己偏要来的，可就怨不得我了。

周与深轻描淡写地回了句：“还差什么没有买？”

装淡定，心里会不会已经憋出了内伤？我在心里不厚道地笑了一会儿，接着推着车，转战蔬菜区。

周与深的风度向来是维持得很好的，来了之后，就主动接手了推车的工作。

我走在他旁边，看他还是一身工作中的西装革履模样，推着购物车多少显得有点突兀。可是，这样的形象却也难得一见。以他的身份和他的性格，有生之年不知可曾逛过几回超市？他外形出众，气场也足，家庭煮夫的形象实在不适合他。

站在蔬菜货架前，我手一挥，豪气地说：“周先生爱吃什么菜，自己选吧！”

周与深看了我一眼，不太给面子地说：“我觉得，不是我说爱吃什么菜，而是先问你会做什么菜吧？”

我大言不惭地说：“周先生未免小看人了，我好歹也是在餐饮行业混迹多年的人。”

他微微挑眉，看起来似乎要相信我的话了。

我觉得海口夸大了，情况有些不妙，心虚之余，含蓄地补充了一句：“但是也要考虑一下家里的厨房设施条件，太复杂的菜做起来比较麻烦。”

周与深蹙着眉，认真地思考了一会儿，开始点菜了，“红烧排骨？”

我撇了下嘴角，不说话。

他看看我，又认真地想了一下，继续说：“酸菜鱼？”

我继续不看他，假装在研究货架上的蔬菜，就差没把我能烧的菜直接明指给他了，但是他非常没有眼力地继续在那里认真点菜，“板栗烧鸡?”

我不客气地指正他，“你怎么只喜欢吃肉，多吃些蔬菜比较好。”

抬头却看到周与深眼中有笑意，我才反应过来，他根本是在逗我玩呢。

我用鄙视的眼神回敬他。

他不以为意，只说：“我看还是打包一些熟食回去好了，我可以当作是你烧的。”

我则很有原则地否定了他的建议，“做人要讲诚信，诚意和信用，一个都不能少。”

周与深明显是不打算相信一个夸了海口又找诸多借口的人，不过他还算厚道，只是问：“那你说，什么菜是你能够接受的?”

我假装思索了一下，从身边的菜架上拿起一个番茄，为了让他对番茄有一个非常好的印象，我还特意在他面前抛了两下，然后用无比诚恳的眼神看着他说：“你不觉得番茄炒蛋是个既经济实惠又营养丰富的完美选择吗?”

明显看到了他眼中流露出来的嫌弃之色，不过他既然没有出言反对，我就当他是答应了，立马兴高采烈地选了好几个，不忘对他说：“如果有剩的，还可以整个番茄蛋花汤出来……”

拿着东西去过秤，周与深的声音从身后幽幽传来：“虽然好像不应该这样说，但我还是很想问一句……”

我笑脸相迎地回头看他：“什么?”

他慢吞吞地把话说完：“真的能吃吗?”

我努力控制自己，才没有随手将一个番茄砸过去。

我发现，买了土豆回来是个错误的决定。

因为厨房的大师傅跟我说，酸辣土豆丝是一个非常简单的菜。土豆切丝，放上最基本的调味料，再放点醋进去，基本上就算搞定了。但是我忘了一件事，我根本不会切土豆丝。至少不能把我切出来的条一样的东西，称之为土豆丝。

周与深原本坐在客厅的沙发里看电视，结果我正对着菜板发愁的时候，就看到他不知几时已经走到了厨房门口来，斜靠在门边，双手环胸，看着我也不说话。

我心想，其实也不用再装了，是个人都看得出来，我的厨艺实在差得不能称之为厨艺。所以我索性理直气壮地跟他说："要不就放弃酸辣土豆丝这道菜如何?“

我的话仿佛早在他的预料之中，他甚至连眉都未皱一下，只问道："你遇到了什么问题?"

我对他挥了挥手上的菜刀，老实回道："不会切。"

他站直了身子，开始动手挽衬衫的袖子。

我有点怀疑地说："你不会是一个厨艺高手吧，随手就能整一桌满汉全席出来?"

周与深挽好了袖子，走进厨房来，接手了我的工作。对于我的质疑，他慢条斯理地说："你想多了，我不过是在十几年前我妈还在摆摊做生意的时候打过下手。菜也只是会能做熟的程度，绝对不会出现你所期待的那种场景。"

虽然说是这样说，但他的刀工明显比我好太多了，至少切出来的东西，已经可以称之为丝。

我觉得既然都到这个份上了，索性自觉一点，将厨师的身份让贤比较好，起码还能保证一下彼此的健康，不会吃到半生不熟的菜。所以我用无比诚恳的态度，加一点崇拜的目光，在旁边说：“周师傅太谦虚了，菜切得真不错，要不就索性接下厨师的工作吧。”

谁料他马上把刀一放，义正词严地说：“那算了，还是出去吃好了。”

我连忙阻止他：“哎哎，我来烧我来烧，您老人家只负责把菜切得漂亮点，总可以了吧？”

难得今天一路相处下来，气氛一直不错，我可不想惹毛了他，前功尽弃。

勉强弄了四菜一汤上桌。卖相和味道就不说了，怎么说也费了我一番辛苦劳作，诚意至少是十成十的。我在心里先说服了自己，待会儿如果周与深露出嫌弃的表情，我就拿这话来堵他。

周与深倒是没有嫌弃，落座之后，夹起一口菜，淡定地嚼了嚼，咽下去，眉头舒展，一切平静如常。

我暗暗松了一口气。

他这人总爱冷着一张脸，让人感觉很严肃，所以在亲和力上，明显是要打折扣的。但大多时候，其实周与深都算挺好说话的，只要不触及他的原则。

他的原则这四个字让我惊醒，我想起了之前罗浩的事情。

想着他不仅能够放弃他的原则，甚至还能无视陈家扬的特殊身份对他出手相助，这根本只是一个妄想吧？

想到这里，换成是我皱起了眉头。

周与深看了我一眼，并不知道我此时心里的想法，只调侃道：“也没有难吃到怎样，你不必摆出一副自我嫌弃的表情吧?”

我看看他，在心里衡量了一下，试探着道：“周与深，问你件事。“

“说吧。”

我顿了顿，才说：“之前听唐小姐说，你们公司跟她公司又续签了合同?”

周与深放下了筷子，脸上还是轻描淡写的随意之色。他是很能沉得住气的一个人，即使我主动提起了唐佳君。

“是又续签了一年。”他甚至都不问我，为什么我会突然提这件事。

“唐小姐对你们公司来说无可取代吗?”我问。

周与深没有立刻回答我，只是淡淡地看了我一眼。不过我想他即使脸上表现得很轻松随意，心里却肯定疑惑我说这些话的原因。

他沉默了一会儿，说：“是的，以工作上的身份来说，她的确帮过我们公司不少忙，也掌握着许多和公司来往的人脉，所以比较重要。”

我用半开玩笑的语气继续问：“那我之前说的，假如有一天我辞了职去你的公司，发挥唐小姐所起的作用，这样看来，也是不可能的了?”

周与深脸上的轻松随意之色不见了，取而代之的是常见的严肃，问道：“你确定你真的有这样的打算吗?”

“其实，我只是好奇我去你们公司，是否就有机会和权利插手你公司的事。”

周与深是否公私分明我不清楚，但我至少清楚，真要靠近他，被他认可，那待遇也就不同了。想从他那里谋求些什么事，想必也更容易一些吧。

周与深看着我说：“我也很好奇，你心里是否已经有了一个清晰明确的决定。你想要什么，你真的清楚吗？”

别的事也许仍然未完全想明白，但起码我知道，去他身边，端着算计的心思，时时刻刻试图从他那里谋求些什么，这样的生活肯定不是我要的，我才不要傻到给自己找累。

“我就是随便问问，想看看名义上的周太太，到底具有多少实际的权力。”我半真半假地说，恭顺地为他杯子添了点红酒。

周与深却不肯轻易让这个话题翻过去，追问道：“你想要怎样的实际权力？”

我说了，他会怎样？是嘲笑我异想天开得寸进尺呢，还是打算放权给我？答案明显更倾向于前者。

“想跟谁合作就跟谁合作，想帮谁就帮谁……”我开玩笑地说道。

他却扬起半边眉梢，突然道：“陈家扬来找过你了？”

我心里一惊，他怎么会知道？

不会又是像之前罗浩那样，先找他，他那里说不通，才又换到我这里来诉苦吧？不过既然他都提出来了，想必我的那点心思也瞒不住他了，所以我索性说了：“我只是有点同情江少仪，她一个女人扛一间公司，挺辛苦的。如果你的公司的确有合适的项目可以合作，是否能够考虑一下她的公司？”

在我说出江少仪名字的时候，周与深微微皱了一下眉，“我不知道，你几时跟她也有了交情？”他语气中有几分怀疑。

“谈不上交情，只在上次吃过一顿饭，觉得她人还不错。”

“是陈家扬来拜托你的?”

不是因为陈家扬。我真正的初衷，还是因为江少仪之前对我的和善，才会让我心有不忍。至于陈家扬，若真是他个人的事情，我只怕没有这样的风度和气量。我是这样认为的，但是周与深似乎并不这样想。

所以当我再次说明我是因为江少仪的缘故，他只回了一句：“在我看来，帮她还是帮陈家扬，性质都是一样的。”

也就是说，他的原则仍摆在那里，他拒绝了的事情，基本就再无转圜的余地。

不过我冷静想想，也知道这件事我原本就没有立场。虽然我试图试探一下他的态度，抱着那么一丝侥幸心理，但明显是异想天开了。想通归想通，心情还是受了些影响。

周与深却不一样，他严肃地跟我谈完这件事后，就又气定神闲地继续吃东西了，甚至还好心提醒我：“热的还凑合着吃，等下凉了就真要对你的自信心造成更大打击了。”

还有心思说笑，看来他并没有因为我提起这件事而不愉快。

“我还以为你会扔了筷子拂袖而去呢。本来菜就难吃，我又给了你一个翻脸弃吃的机会，你怎么也不知道好好利用一下?”我唉声叹气，说得无比认真。

他看着我，笑说：“这些菜也是花了钱的，我都没嫌弃，有你这么嫌弃自己的吗?还是只想坐实了不会做饭的事实，从此之后就能名正言顺地远离庖厨了?”

“周先生把勤俭节约的优良品德发扬得太好了，听说公司挺挣钱的，一日三餐不都应该是五星级餐厅伺候着吗，怎么就看上了我这拿不出手的手艺了，让人想不通啊。”

插科打诨斗嘴这种事，他敢向我挑战，那我哪还有隐藏实力的道理？

果然，周与深看了我一眼，聪明地选择了鸣金休战，没有再回话，低头继续吃他的东西去了。

我拨了拨碗里的饭粒，此时的心情其实并不似表面这样轻松。

心不在焉地吃着东西，脑子想的却是陈家扬来找我这件事，周与深究竟是从何处得知的？已经不是第一次了，他总像是有先知的本事，总像是什么事都瞒不过他。

陈家扬说过几天会再联系我，我倒不想等到那个时候了。因为我很想知道，他是否也是先跑去找了周与深谈判，就像当初罗浩那样。

如果是，我则想问问他，他凭什么觉得能倚仗到我，就能和周与深谈条件或者是求交情。也许在他、罗浩甚至很多我以为是朋友的人眼中，我不过是一个可以随意拿来利用的愚蠢角色。所以才会有这样的事情重复上演，我却还固执地守着一份自以为是，以为自己是个对朋友十分仗义的人。如果他们就只是想利用我，那我的那份所谓仗义，不要也罢。

这样看来，也幸而是周与深，他的性格让他从不会任人予取予求，更不会轻易向谁妥协退让。也许，我还应该谢谢他的这份固执。

无论怎样，我会从陈家扬那里找到我想要的答案。

第十二章　波澜再起

实际上，我的速度还是没有陈家扬快，他先来联系我了。

他在电话里说："无论你肯不肯帮忙，我们都见一面吧。"

我正好有话要问他，所以在电话里什么都未多说，只爽快选择赴约。

又是约在了一家咖啡厅。我其实并不喜欢这样的地方。

咖啡这东西，闻着虽然香，喝起来却苦苦的，不知为何会有那么多人爱喝。这种认知导致的结果是，平日里咖啡厅我几乎是不去的，偶尔到过几处，多是看似中西合璧实则不中不西的装修风格，白天也要拉着厚重的帘子，深色的贴花壁纸，灯光幽暗昏黄，只让人觉得压抑凝重，待上几小时，抑郁症都快要发作了。

加上又是要面对不想面对的人，所以满怀着挑剔抵触又有点兴师问罪的心情，赴约而来。

陈家扬已经先一步到了，服务生在前面为我领路，他在位子上见到我来，站起身示意。

这份礼貌客套的态度，好似迎接贵宾，陌生而疏远。我对他，又何尝不也是早就变作了陌生的姿态和心境。

对面落座，服务生立在一旁，陈家扬将餐牌推到我手边，说："想喝什么咖啡，你来点吧。"

我直接推挡了回去，抬头对服务生说："给我一杯柠檬水就行了。"然后对陈家扬说："我不会待很久，咖啡我也不爱喝。"

陈家扬看出了我的抵触和敌意，就随意点了杯咖啡，好让服务生早点离开。

我直接开门见山："在找我之前，你是不是去找过周与深了？"

陈家扬听完一皱眉，疑惑地道："没有啊，你怎么会这么问？"

我冷眼看了他一会儿，我试图用我曾经对他的了解，来判断他有没有在说谎。得出的结论是，除非他这些年性格大变说谎的功力也大为精进，否则我一时倒真无法从他无辜的目光中看出他是在说谎。

不过，我并不会单凭直觉就打消对他的猜疑。周与深连过上几回合的机会都没有给我，就直接说出了陈家扬的名字，以他对于不相干之人不理会的态度，怎么会出现这种情况？

"是吗？可是就在我试图发善心，为你向我先生讨个人情的时候，他却未等我开口就已经猜中了事情的大概，你觉得这又是怎么回事呢？"我神情冷淡地看着他。

陈家扬眼中不见慌张，只有莫名其妙的无辜和一丝委屈后的愤怒。

"这种情况，你不是应该问你先生才对吗？与我有什么相干？我到底有没有去找过他，你不是向他一问便知，又何必多此一举跑来问我？"

说得倒是没错。

那天周与深拒绝之后，我没敢继续再追问下去。我和他之间难得一见才出现的和睦气氛，我不想因为旁人的事而破坏掉。

所以，如果陈家扬没有撒谎，那我就有些想不通了。周与深从何处得知的呢？或者，是江少仪去找的他？

虽然一时想不通，但陈家扬既然给了我一个答案，我今天来的主要目的也就达到了。

我对陈家扬说："看在江少仪的面子上，我已经尝试过向周与深讨人情，结果是他不答应，所以这件事我也帮不上忙了。"

简单说完这些，我打算起身离开。

陈家扬坐在沙发里没有动，情绪有些低落，幽幽地道："人家都说，尽人事听天命，也许这些都是命中注定的。不管怎样，还是谢谢你。"

我已经站起了身，听到他这样说，脚步还是顿了一下，沉默了几秒，说："代我向江总说声抱歉。"

自己的路自己选择，自己的选择自己承担，谁也无法悖逆这样的规则。

我往门口方向走去。

心情多少还是受了些影响，以致在心不在焉的状态下，在门口和两个人迎面遇上时，险些和其中一个人撞到了一起。

下意识抬头想要道歉，话到嘴边，却生生哽在了齿缝里。

怎么又是唐佳君和周与深？又是这样的不期而遇。

我的脸色瞬间沉下来，连试图掩饰都来不及，完全出自下意识。

周与深的态度也有些不同。他的目光冷得几近严厉，蹙眉看着我，问道："你怎么会在这里？"

我呵呵一笑，先前那一瞬间的失态，我已经藏好了。“和你们一样，来约会的。”脸上虽然挂着笑容，语气却是怎么听都有几分酸溜溜的味道。

我只是忽然有些生气，气我自己，在这个时候竟然想起了那日在新居，周与深将我揽在怀里时说的话。他说：“如果你需要我，我就会站到你身边，这是我能够给你的承诺。”也许那天他只是因为同情可怜我，才随口说这样的话来安慰我，完全就不应该当真的。

这样的场面真是尴尬，吧台就在大门旁边，吧台里好几名工作人员，已经对我们投来了打量的目光。

虽然灯光昏暗，我仍然能看得清唐佳君脸上的微笑，大方得体，恰到好处。

我觉得喉咙的地方像是突然被什么东西给封住了，胸口却又有一股莫名的气息在往上翻涌，让人无比难受。

周与深的嘴唇动了动，像是打算说些什么

我却赶在他之前开口抢白道：“我约的人在那边，不打扰你们了。”

我知道我这种赌气的举动很幼稚，可是管他呢，能逞一时之气也是好的。

我原路折返。

陈家扬什么话都没说，可见已经看到了所有事情。他只问道：“要点一壶咖啡吗？我们可以在这里坐一会儿。”

我笑了笑，说：“点吧，这里环境不错，坐着聊聊天还是很有情调的。”

说这话的时候，周与深和唐佳君正好从我们身边走过。

周与深停了脚步，目光停在陈家扬身上。陈家扬对他微笑致意，看起来随意而自然。

而我不想与周与深在这种地方起争执，现在也不想和他多说任何话。反正都是各因各的理由而来，他对陈家扬似乎也不太有好感，既然如此，连虚伪的招呼都不必打。所以我微微扬起头，将笑脸转向周与深，说：“我们各忙各的，就不必刻意地互相寒暄了。”

他却一直板着脸，冷眉冷眼的样子。

这样看来，他的道行还不如我呢。虽然我心中已经十分不爽，起码还能笑脸相迎，给彼此都留足面子。他也不见得多有理，有什么立场在这里摆黑脸给我看？

唐佳君适时地插话道：“与深，我定的位子在那边。”

我已经收回了目光，只看着对面的陈家扬。

周与深最终什么话也没说，跟在唐佳君身后走了。

虽然座位离得不算近，但怎么都是在一间咖啡厅里，目光稍微偏转一寸，就能看见他们那边的情况。

我不知道我赌气留在这里的理由是什么，这种时候既然看不下去，不应该是索性火速离开才对吗？

咖啡送上来了，装在精致的小壶里，用烛火温着。

真香，可惜入口就知是苦的。

陈家扬说：“玉林，你后悔选择现在的生活吗？”

我不知道他为何要这样问，装作知心大哥来开解我，还是实为看我笑话？但不管怎样都不重要了。我跟周与深看似亲密和实则生疏的关系，再迟钝的人也看得出来。

“有什么可后悔的，对我来说，最坏也坏不过当年我在酒吧唱歌的那段日子。现在有吃有喝还有大房子住着，人总要知足。”

不知道为什么会对陈家扬说这些话。也许是因为，他在我的心中，已经真正成为一个无关紧要的人，所以他嘲弄与否，对我来说也没什么关系了。

“不管怎样，你有名正言顺的身份，如果你真不退让，别人也未必就能欺到你。”

不愧是和江少仪一条心，连说的话都差不多。

只是此时这样的话并不能对我起到安慰和指引的功效，事情当前，人总是无法做到足够的理智和冷静。

我起身说：“我去一下洗手间。”

洗手间也是灯光昏黄，洗手台前的玻璃镜子照出我的脸，平静，黯淡，全无光彩。

身侧传来脚步声，唐佳君的脸也出现在镜子里。

她永远化着恰到好处的妆，穿着美丽得体的衣服，五官精致，双目闪亮。对比之下，我看起来实在很普通，容貌普通衣着普通气质也普通，与她完全是两个世界的人。

我跟她没什么话好说，但很明显，她是特意为了找我而来的。所以我也没有立刻走掉，等着她来开口。

她对我笑了笑，说道：“最近连着几次都和周太太你碰上，真是有点巧啊……”

我打断她：“我们之间还是不要说这些废话了，有什么话要跟我说就直接说，我的朋友还在等我。”

唐佳君从镜子里看着我，嘴角的笑容已经带上了几分嘲弄之色。“其实我想跟周太太说的话有很多，一时倒真不知从哪件开始说了。”

我冷冷一笑，说：“我可以给你一分钟，一分钟能说完哪件事，你就说哪一件吧。”

唐佳君却说：“如果你知道我要说的是什么事，只怕花一个小时听也愿意。”

“还剩半分钟。”不说我就走了。

“我在想，从哪一件说起比较好呢。是从周与深跟你结婚的真正目的开始，还是从婚后周与深对你的态度开始，或者是……”她故意停顿了一下，“从他为什么对你身边发生的所有事都了如指掌开始说。”

我脸上的笑容不见了。

前面那些，也许我还可以忽视，当作是她在信口开河，但是最后一句，她切中了我心里的要害。这正是我此刻困惑的，由她口中这样说出来，让我心里不生怀疑也难了。撇开周与深那边先不说，单是她竟然也知道这件事，本身就已经很可怕。

唐佳君笑盈盈地问我：“周太太想先听哪一件？”

我回道：“最后一件。”

她笑笑，说：“这件最没什么好说的了。一个人想对另一个人的所有事都了如指掌，那还不简单，花点钱找个人盯一盯就是了，完全没有技术含量可言。”

这个完全没有技术含量可言的答案，却让我惊得心脏直接往下一沉。

她的意思是说，周与深暗中派人在监视我？为什么？

唐佳君敢说这些话，不像是在撒谎，何况谎言是无法长久的。

我从镜子里看到唐佳君的笑，冷漠而讥嘲。

“你一定想问我为什么。”她对着镜子理了理头发，说，“这得结合前面两件事的答案，才能有答案。可是一分钟早就过了，周太太想必也没有耐心再听，还是等以后有机会了，我再和你细说吧。”

未等我再说话，她已经转了身，轻快地走掉了。

很显然，她今天就只打算告诉我这些。她的目的达到了，自然走得一脸得意。

我的脑子里开始不停地旋转着一句话：周与深在暗中监视我！

理由是，他跟我结婚有他真正的目的。

那些包容，宽厚，危急时刻站出来保护我的种种，此时套上目的二字，听起来是那样的让人心惊。

不管是不是真的，怀疑的情绪一旦产生了，它就会不停地蔓延下去，再无恢复平静的可能。

我是否应该去寻找答案？

其实在回走的路上，我还没有做好决定，但是在经过周与深和唐佳君身边的时候，我的脚还是不受控制地停了下来。

我相信此刻我的脸色一定十分难看。我对周与深说：“周先生，还是家务事，和我谈谈吧。”

周与深看了我一眼，站起了身。

唐佳君和善的笑脸和刚才在洗手间里的样子判若两人，但伪装的和气却又那么的明显，“周太太想必平时也不太常见到与深，既然有重要的事情，那你们谈吧，我可以先走一步。”

我拦住她正要起身的动作，说道："你不用走，这里的环境我不喜欢，我们走就可以了。"说完，我就转身离开了。

周与深沉默不语，随后而来。

他的脸色实在有些难看。今天这样的情况，倒不知他在生什么气。

一路无话，直到坐上车，车子行驶上路，走过了两处红绿灯，仍然是谁都没开口。

今天是大雨天气，雨下了半天，虽然有变小的趋势，但不停摆动的雨刷，仍然未能顺利挡走迎面冲击而来的水流。

车子开得不算快，车里的气氛一直僵持着。

也许他就是要等我先开口，他向来沉得住气。也罢，原本就是我先找他的。

"路边停车。"

周与深什么话都没说，方向盘往右一打，猛地一个刹车，车子就停下了。

我决定开门见山。"我找你，就是想知道，在陈家扬来找我之前，他有没有去找过你?"

周与深的眉心微微一蹙，"没有。"他也回答得简洁了当。

我感觉我的心在缓缓地往下沉。这种时候，如果继续问他，为什么对我的行踪了如指掌，他会怎样回答呢?

他会承认，他的确派人在我身边监视，进而将他所抱着的目的全盘托出吗？应该不会吧，不能为我所知的目的，怎么可能会直接告诉我呢?

"我的问题问完了。现在你有什么话要对我说，说吧。"

他侧过脸看了我一眼，我则是面无表情地看着前方。

“周先生别看我，应该看一下后视镜，你会发现你的脸色比我好看不到哪儿去，兴师问罪的态度都摆在脸上了。”

他脸色阴沉，也问得直接：“为什么跟陈家扬见面?”

这就是他一路黑脸的原因吗？我跟我的旧情人见面，和他有关系吗？他不也带着自己的情人，光明正大地出双入对？

“为了那天跟你说的事。我拒绝了他的请求，当然，也是因为我本来就没有帮助他的能力。”我不觉得有什么需要隐瞒的。

可是周与深却忽然冷嗤了一声。我皱眉看他。

“真想拒绝的话，一个电话就够了，需要特地约在这样一个隐蔽又有情调的地方?”

怎么还倒打一耙了？“信不信随你，我觉得没必要解释什么。”

“原本是没必要向我解释，我只是有点好奇，不久前还拉着我演戏给他看，表现出一副和他水火不容的样子，这么快就和好如初了？为了他的事，鞍前马后地忙着，兴致倒是高得很。”

我气极，反而冷笑了出来。真是小看周与深了，原来竟还有这样的好口才，嘲讽指责别人的时候，一句就切中足以让对方难堪的要害处。我当初求过他，所以理所当然就要承受今日他对我的嘲讽。

“周先生自己都从未将已婚身份放在眼中，恐怕也没有立场来要求我。我们各会各的情人，互不干涉，也都无权指责对方。”

若是在以前，这种争执几乎不会发生，因为周与深从不跟我多费唇舌，但是不知为何今天却不同，他明显有要继续纠缠的态势。

“说的也是，你我之间的婚姻，在你眼中只怕形同儿戏。你又几时真正记住过自己已婚的身份？”

他转过脸来看着我，目光里透着几分失望之色，然后嘲弄一笑，不像是在笑我，更像是在自嘲。停顿了一下，他才将话说完：“也许从一开始，决定结婚就是个错误。”

竟然说我们的婚姻是个错误，已经说到这个份上了，我还有什么可说的呢？

我不愿相信唐佳君的话，但前后联系起来一想，就觉得她的话已经不像是谎话。

这就绕回了我当初的疑惑，儿戏一样的婚姻，周与深凭什么要答应，对母亲尽孝吗？此时看来是多么薄弱的一个理由。若他真的已经孝顺到没有原则，那又为什么一直没有为了母亲而接纳孙征？

当年我虽然跟陈家扬在一起谈过恋爱，但学生时代的感情都过于简单，我其实并不具备鉴别一段感情的能力。我甚至无法分辨，周与深几次温柔待我的情况，它属于哪种感情的范畴。也许，换作是任何人，但凡窘迫成那样，他都会出手相帮。

其实我们的婚姻也不算错得太离谱，因为它不过是一段名义上的婚姻而已，谁都没有真正投入多少感情，又有什么立场在此时摆出受伤的样子？

我已经再无话可说，只打算推开车门下车走人。

可锁是由中控控制的，周与深不开门，我就走不掉。

我不看他，只说：“既然话都说到这个份上了，再说下去也只是话不投机半句多，开门，我要下车！”

他像没听见一样，动也不动。

我只好回过头去，看到他一双手附在方向盘上，捏方向盘的手指骨节发白，脸色也几近铁青。

“好好一辆车，不会是要逼着我砸烂车窗吧?”我威胁他。现在是威胁，但如果把我逼急了，我也许真做得出来这种事。

嗒的一声响，车锁开了。

车外的雨还在哗哗地下，雨伞落在咖啡厅里了。不过我也顾不上会淋雨，此刻就只想离开车子和车子里的那个人。

如果他对我所做的一切，都只是出自一份目的下的假装，那样对我来说，他也太可怕了。

跑进雨里，跑过一处红绿灯，才看到路边的建筑。

在跑去屋檐下躲雨的这一段路程里，我只觉得胸口窒闷，有一口气哽在那里，憋得我鼻子发酸，几乎要掉下眼泪来。

但矫情的事情我通常不喜欢做，也不会给自己矫情的机会和借口。事情发展至此，不过是一切退回了原点，不过是让我生出的那一点悸动的心思被打回了原形。我最初不过是想求一个栖身之所，一份衣食无忧的生活，仅此而已。任何额外出现的感情波动，都是本就不应该存在的东西。

所以，真的没什么大不了的。

都说感冒不算病，不吃药扛上七天，差不多也就自己好了。

抱着这样的念头，我鼻涕眼泪横流地扛过了两天，到第三天早上醒来，发现自己头昏脑涨，浑身烫得厉害，已经没办法坐起来。此时才隐约感觉到，身体状况有点不妙了。

尽管脑子晕乎乎的，我还是没忘记打个电话到店里，让助理帮我请假。

那天淋了雨，回家后就开始打喷嚏，但我完全没当回事，开水都没多喝一杯。年纪轻轻，平时体质也不算弱，想着总不会被一个小感冒给打倒。事实证明，我实在太高估了自己的体质。现在后悔也晚了。

唯一让我有点担心的是，我现在这个状况，却是连个能帮我买药的人都找不到。思思还在出差中，除了她，我的手机联系簿中，再找不到亲近至可以一呼即来的人。心里多多少少还是有点难受的，做人做得这样失败。

去不了医院也没有药，但愿睡过一觉之后，症状会稍微好一些。我抱着这样的念头，昏昏沉沉地陷入沉睡中。

不知道自己睡了多久，感觉是被人给摇醒的。

眼皮很重，我努力撑了很久才撑开，模糊的视线中，我看到了婆婆的脸。

她俯身看着我，脸上尽是焦虑和担忧之色。

“玉林，你烧得太厉害了，我们马上送你去医院！”

我们？不知还有谁在。我已经没有力气去理会这些事，眼皮又不受控地合上了。

意识陷入昏迷之前，我感觉到有个人将我从床上扶起，然后打横抱了起来，迅速走出门去。

这个人，应该不是婆婆。

听婆婆说，我高烧四十多摄氏度，送到医院后，昏睡了一天才醒过来的。

这是一家私立医院，住院费应当不便宜，这些都体现在了病房环境和设施上了。

一间独立的病房，光线充足。早晨的阳光透过窗户的百叶窗照射进来，应该是个不错的天气。

我睡了太久，此时身体恢复了一些，也就睡不着了。于是半坐起身，将电视打开了，翻到一个早间新闻节目，脑袋放空地看着。不是想看电视节目，只是想让安静封闭的病房里有一点声音。

婆婆进来的时候，我还维持着半躺的姿势没有变。

她手里提着一个保温盒，走到我身边来，笑容温和。“醒啦，我在家熬的稀饭，给你带来了。”

她将东西放在床头柜上，我正要回话，却听到她惊叫了一声，然后伸手按下我床头的呼叫铃。

我抬头去看，才发现原来是吊瓶里的药水已经没有了。

婆婆已经等不及护士来，自己拉开门跑出去找人了。

很快护士就提着药水瓶小跑进来，迅速动手开始更换。

婆婆随后而来，黑着脸，看起来十分生气，“你们也太不负责任了，承诺说半个小时就来看一次，现在药水瓶都空了居然还是我来发现的！如果我媳妇睡着了，或者我没有这个时候赶到，出了事情怎么办？谁负责？让你们院长过来！”

护士被训得面露愧色。私立医院，收费高自然也要保证服务质量，何况这件事的确是他们失职了。

不过，我却不是特别在意这件事，反正那个坏的结果并没有发生，过去就算了。

我只是看着婆婆维护我的样子，心里一软，鼻子也忍不住一酸。

除了阿婆和思思，她也是真正在关心维护我的人。不知道这种感觉，是不是就是妈妈维护女儿的感觉。

结婚之后，我虽然改口叫她“妈”，可是这个称呼在我眼中，不过是一个不带感情的字而已。我病在床上无人可以求助，不知她是怎样得知了消息，匆匆赶来，送我到医院。她也有很多事要忙，却依然抽时间来照顾我。我开始有一点懂得，“妈妈”这个称呼所承载的重量。

婆婆还是不依不饶，坚持要护士把院长叫来。我伸手，拉了拉她的袖子。

她低下头来看我，紧张道：“你怎么了，是不是哪里不舒服，怎么哭了呢?”

我吸吸鼻子，说：“这两天医院照顾得挺好的，今天这个情况应该是意外，算了吧。您别追究这些事了，我现在肚子好饿，想吃东西。”

婆婆听我这样说，注意力被转移走了，开始动手给我布置。

护士换好药水，悄悄地走了，她也没有留意。

等给我铺摆好，看着我开始吃了，她才笑着说：“你这孩子，再怎么饿还能给你饿哭了……”

这应该就是妈妈的感觉吧。就像当年阿婆一样，将我推出油烟熏腾的厨房，假斥一句：“你这孩子，怎么用手就直接吃起来了……”

都说人在生病的时候容易脆弱，然后放任自己矫情自怜。所以不能再想了，再想下去，掉进粥里的眼泪大概会把白粥的味道都变成咸的了。

婆婆在床边坐了下来，一边看着我吃东西，一边道：“与深晚一点会过来。那天他和我一起把你送到医院之后，就被公司的电话给叫走了。我已经训过他了，工作再重要，也没有家人重要。”

我知道单凭婆婆一个人是没办法把我弄到医院来的，原来那天抱着我的人是周与深。

其实想想，除了他，还能有谁呢？在当时那样的情况下，婆婆既然得知了我的病情，当然只可能通知周与深。只是我有点担心，婆婆看到我是一个人独自卧病在家，不知是否已经发现了我跟周与深分居的事。但是看她现在的语气和态度，又像是什么都不知道。也许那天她来得匆忙走得也急，并没有机会去留意这件事。

吃了东西，人就开始有点犯困了。

婆婆说：“你睡吧，我早上不去店里了，我会等到与深来，下午换他陪着你。”

我听到这句话，原本混沌的思绪一下子清醒了不少。

周与深来病房里陪我，这样的画面单是想想，都觉得别扭无比。前几天才闹翻的，甚至我会淋雨感冒，他也是半个祸首。不欢而散的两个人，此时只怕谁都没有那个本事，可以假装什么事都没发生一样地面对对方。

我对婆婆说：“您和与深工作都忙，这里有护士照看着，就不用特地来陪我了。”

婆婆根本不同意，“刚刚才发生那样的情况，让我怎么放得下心。你好好休息，其他事就别管了。医生说，过了今天就可以出院回家去养着，所以也耽误不到什么。”

她很坚持，我也不知道该怎样来说服她，一时也听之随之了。

不知道这瓶药水里是不是有安眠的成分，我躺下之后，很快就进入了睡眠中。

不知道又睡了多久，意识模糊中，隐约听到有人在说话。

是婆婆和周与深的声音，压得很低。

我没有立刻睁开眼睛，好奇心驱使我选择继续装睡。

然后我听到婆婆在说话，语气里带着几分责备，“我当初跟你说过，如果结了婚就不要想离婚。既然愿意结婚，为什么又弄成现在这个样子？”

周与深沉默了一会儿，才说：“妈，有些事你不清楚，我也不想解释。”

婆婆的语气听起来很冷，“自从我跟孙征重新在一起之后，你就再没有真正听过我的话，我也几乎没有再过问过你的生活。我知道我没有立场来干预你的决定和选择，我只希望你能对自己的决定负责。不要三十多岁还犯三岁小孩任性的毛病，你一旦做出一个错误的决定，可能会毁了很多人原本平静安稳的生活。”

婆婆的这些话，让我十分意外。

之前我从来没有怀疑过，周与深愿意跟我结婚，是出自对母亲的妥协，至少一大半的原因是源于此。如果不是因为这样，那到底是因为什么呢？接下来，他们是否就会谈及周与深愿意跟我结婚的真正原因了？

唐佳君口中的“真正目的”，竟是真的存在的吗？可是很遗憾，这个话题他们没有再继续说下去。

婆婆只是说：“结了婚却不住在一起，你们打算就以这样的状态过完一辈子吗？既然如此，为什么还要结婚？现在还闹得玉林生病，你自己的生活也乱七八糟……”

原来婆婆假装什么都不知道，什么都不跟我拆穿，只是因为她其实什么都知道，早就心里有数了。

周与深的声音听起来有些自嘲，淡淡地说道：“结婚，是因为这桩婚姻能让很多人称心如意，不是吗？”

他口中的“很多人”里面，是否也包括我？

可能是我还在病中，思绪不够清晰，所以听完他们的对话，我觉得头更晕了，无法理清这其中所透露出来的信息。

如果周与深和我结婚的目的，是让“很多人”称心如意，那么他呢？我有点想知道，他的想法又是怎样的。

周与深说的这句话听起来有点噎人，所以婆婆沉默了一会儿，才说：“既然想让大家都皆大欢喜，就不要生出现在这样的事端来，只会伤人伤己。”

我不过是感冒发烧而已，并非什么大事，何须如此责难？转念一想，婆婆既然对很多事都心中有数，也许对唐佳君的事她也十分清楚，所以责难的，并不只是今天这件小事而已。

听到了窸窸窣窣收拾东西的声音，然后听到婆婆说：“我先走了，医生回头会再来检查一下，如果没什么状况就可以回家了。你一个人能行吗？不然我处理完店里的事情再过来……”

周与深说：“不用了，我会安顿好所有事的。”

婆婆拉开门走了。

我闭着眼睛，继续装睡。

而装睡其实是一件很有难度的事情，尤其身边还有一个自己不愿面对的人，只会越发让人觉得心里不安。

尽管如此，我也仍然要找一个合适的时机，假装醒来。

枕头旁突然响起的手机铃声帮了我这个忙。

我睁开眼睛的时候，就看到周与深将手机拿起来，正打算关机。

他见我醒了，就把手机递给了我。

我伸手接过，神情平静，太平静的反应，反而显得有些不自然。一觉醒来，陪在病房里的人换了，我多少应该表现出一点意外的样子来才对。果然不是演戏的料。

手机上显示的名字是江少仪。

我非常意外。她怎么会在此时打电话过来？难道是陈家扬出面找我没有结果，她迫于形势，终于还是忍不住自己来找我了？

我随手按下接听键。

江少仪的声音依旧温柔悦耳，她在那边笑着说："就不叫你周夫人了，显得生分。玉林，这次真的很谢谢你能帮忙……"

她似乎十分开心，只是我一时未能听懂她的话。

"我想请你和周总到家里吃个便饭，务必要赏个光啊……"

请我和周与深吃饭？

我愣了一下，随即反应过来。她口中的"帮忙"既然和周与深有关，那就是说，周与深答应了合作的提议？

怎么会？

我的心思已经不在接电话这件事上了，简单应付了几句，将电话挂断，然后抬头去看周与深。

他站在床前，神色平静，眼神中也没有任何情绪泄露出来。

我看着他，说："是江少仪打来的电话。"

周与深只是淡淡地挑了下眉梢。

我接着说："她说十分感谢我的帮忙，然后想请我们吃个饭。”

“她以低于市场价许多的价格和我签约，所以不过是商业上的互惠互利。感谢就算了，吃饭更是不必。”

他说得平淡且疏远，但此时在我看来，那却只是他惯有的性格在撑着，不愿接受别人的感谢，否则会让他不自在。真是个别扭的人。

我心里对他生出感激，这种情绪一时占据了我的思想，以至于之前发生的许多事，我也暂时给抛到了脑后去。

我暗想：也许是因为他想通了，明白我跟陈家扬之间根本不可能有什么，我不过就是出自对一个故人的同情而已。和之前很多次一样，周与深总是看似强硬，但对于我提出的要求，他几乎都在最后让我达成了心愿。

“不管出自什么原因，因为你的帮忙，也算是让我少了一桩心事，所以我要谢谢你。”

他没有再接我的这句话，我已经了解了他的别扭性格，自然也就不会期待他会给出一个矫情的答复来。他用一句简单的话将话题转走了：“现在身体感觉怎么样？”

我愁眉苦脸地说：“如果你给我摘了这个吊瓶，我立马下地跑三圈给你看。医院条件再好也不是什么好地方，一场感冒弄到住院两天这本身就已经是件很离谱的事了。”

总结起来要表达的意思很简单：我要回家。

周与深当然听得懂，不过他还是说：“先不要着急下结论，还是等听了医生怎么说再决定。”

第十三章　如果我们没遇见

医生再次给我检查了一遍身体，觉得没问题了，同意我出院。

办理了出院手续，周与深开着车将我送回家。

我站在客厅里，看着他将从医院带回来的东西分类放好，然后动作自然地拿着他的公文包，走进旁边的客房去了。

客房里虽然一切设施齐备，但因为从未住过人，所以连床单都没有铺。

可是门打开之后，我看到的却是已经铺好床单的床和堆叠整齐的被子。什么情况？

周与深放好了东西，走出来。

对于我一脸愕然加疑惑的表情，他只是简单地解释道："妈发现了我住在外面的事，就下了道懿旨给我。"

"婆婆……"

"我说了是我的问题，她不会因为这件事来问你什么的。"

我担心的并不是这个。我只是在想，他就这样搬回来住了？更正，是搬进来住了？

虽然他有风度地将行李搬进了客房，但眼下的情形却是我从来都未想象过的。几个月前，他不还是见我就冷脸，路遇都恨不能绕十米开外去吗？怎么就演变成今日同一屋檐下的境地了？是不是也应该先问问我的意见啊？

周与深心思敏锐得吓人，他见我半天未说话，就继续道："只是做个样子给妈看，我不会住在这里，你无须担心。"

他这样一说，又让我感觉哪里不太对。

我想起了今日偷听到的他和婆婆的对话。

婆婆说："你们是否打算就以这样的状态过完一辈子？"

可是，如果要改变状态，那么首先需要改变的，是不是他和唐佳君的关系？

我又想起了那天在咖啡厅的洗手台前，唐佳君冷笑着对我说的那番话。

我看看面前的周与深，他的情绪向来藏得很好，心机也是，别人根本看不透他，连看懂几分都难。在他看似冷淡的面孔和看似体贴的行为背后，到底藏着怎样一颗心呢？

"一直看着我，你是想说什么吗？"周与深疑惑地道。

我回过神，掩饰一笑，说："我就想说，几顿都是吃稀饭，我饿了。"

周与深撇了一下嘴角，双手环胸，一脸无奈地道："上次出于善心帮你切了个土豆丝，看来我是给自己挖了个坑。"

我打趣道："周先生，请看开一点，照顾病人也是美德。"

周与深不满地冷哼了一声，然后还是卷卷袖子，转身进厨房去了。

我在客厅的沙发上躺了下来，提高声调，开始和厨房里的人说话："江少仪很有诚意地要请我们吃饭，你既然忙都帮了，接受一下感谢也没什么。要不你再考虑考虑?”

厨房里没有飘出半个字。

我安静了一会儿，又说道：“周总，你不要这么别扭嘛。做了好人，为什么却害怕被人知道呢？撇去商业上的互惠互利，多交个朋友也不是坏事呀……”

周与深那边终于有了动静，他端着一杯热水走了过来。将杯子放到我面前的茶几上，说：“吃药吧。”

我坐起来，动手拆药包，继续满眼期待地看着他。

他一步开外站在那里，个子又高，让我不得不仰视他。

他嘴角又扬起了惯有的嘲弄之色，话说得却一点不像是在开玩笑：“玉林，我只能说，你习惯了爱憎分明，就以为全世界的人全和你一样，非黑即白。你不知道吗，对很多人来说，‘好人’这个称谓是贬义词。”

我笑不出来了，因为他说得一脸严肃。

“今天因为我接受了江少仪的合作提案，你就觉得我是个好人。但如果有一天，我辜负了你的期望，是否就会变成你眼中的坏人?”

我很认真地看着他，试图从他的表情和话里，寻找出一些有用的信息。可是理所当然找不到，他和唐佳君一样，话都只说自己想说的，完整的答案根本不在话里。

“水要凉掉了，把药吃了，去床上躺一会儿，饭做好了我会叫你。”

我乖乖遵从，不仅因为他的话有道理，也为我的身体早点好起来着想。

但是进卧室之前，我终是没忍住，转过身问他道：“周与深，你能告诉我，你到底是怎样的人吗？”

以前我毫不关心，因为他与我并不相关。现在，我却已经开始想知道，他不愿展示给我看的那一面，那里藏了怎样的秘密。

他笑了笑，神情莫测，“也许这一刻是好人，下一刻就变成了坏人，谁知道呢。”

这句话是否已经透露了一些信息？

我望着周与深，他已经转身进厨房去，嘴角挂着笑容，眼中却是难掩的冷淡之色。我对他有很多疑问，他却显然不会给我任何答案。如果我无法阻止自己对他的好奇，那么答案也只能我自己去寻找了。

没有再说话，我也转了身，推上了房门。

一病之后，才察觉到自己的体质非常差。病虽好了，身体恢复却需要一些时间。

已经回到了店里上班，工作量却是一减再减。婆婆仍然不放心，最近对我的身体和生活都密切关照着。

今日早早就被告知，要我下了班和周与深一起去她那边吃饭。她知道我爱喝汤，所以下午就不来上班，早早买好食材回家熬汤去了。

周与深同之前一样，临近下班的时候来店里接我，然后一起去婆婆的居所。

进门就看到了孙征。

天气一天比一天热了，他刚洗好了一盘水果从厨房里走出来，看到我们温和一笑。

我回了一个笑，又偷偷看了一眼周与深。

周与深仍然是礼貌的态度，谈不上亲近，也不会显得失礼。

让他像对待亲生父亲一样来对待孙征，看来是不可能的事情了。反正也不会同一屋檐下面对面地生活，可以维持着眼下这样的礼貌，就已经很不错了吧。

周与深进了客厅，我则直接进了厨房。

婆婆已经切好了所有的菜，只等着开火下锅。一旁的电焖锅里炖着汤，香味扑鼻而来，瞬间勾起了人的食欲。

“好香。”我发自内心地称赞。

婆婆笑说：“我看你是饿了吧，这只是最普通的排骨汤，已经熬得差不多了，我先给你盛一碗好了。”

小时候倒是经常有这样的事。毕竟那时候年纪小，嘴巴馋，阿婆如果做了什么好吃的，总是没等上桌我就先吃上了。家里就我一个孩子，家庭环境再坏，所受的宠爱却是十足的。

现在，也许是时间隔得太久了，所以已经不太习惯再受这样的宠爱。所以我拒绝说：“不了，还是等吃饭的时候，大家一起吃吧。”

婆婆却已经动作迅速地盛好了一碗，不由分说地递给我，说：“没有他们的份，你病刚好，今天的菜都是挑你爱吃的买的。”

我想起那日在病房，她和周与深谈话时冷冷的语气，再看着眼前的她，目光温暖，面容和善。她是真的将我视作了亲生女儿，才会将如此温暖的笑容给我吧。

我接过碗，端着往客厅里去。

周与深坐在沙发里，侧目望着我，目光停留在了我手中那一碗香气四溢的汤上。

我得意地对他一笑，故意说："这是我才有的特殊待遇，你就算心里羡慕嫉妒，为了形象，也请务必不要表现出来。"

他没好气地瞥了我一眼，反驳道："我在家里，要什么形象?"

瞧他那样子，像一个被抢了糖果的小气鬼，我险些笑喷，端的汤碗差点摔出去。

孙征坐在周与深对面的沙发里，看着我们，笑得慈祥而满足，好似我们都是他的孩子一样。

我对孙征的事情了解不算多，只知道他原来有家庭、有一个孩子，许多年前已经离婚，孩子随母亲去了国外，他单身至今。

也许是我们与他的孩子年纪相仿，让他想起了往事，所以心中才会充满温情吧。

想一想，成功如他，也抵不过生活带来的遗憾。没有家庭没有亲人，钱再多也无用。

我坐在餐桌旁，喝着汤，太烫了，因为失神，舌头被狠狠烫了一下，疼痛中恍惚回神。

除去我信任的人，曾经我只认定钱比人要可靠。可是从什么时候起，我竟不知不觉改变了观念，生出这种与当初截然相反的念头来?

人的心真是一个奇怪的东西，变化与波动，大多时候都不受理智控制，导致的结果就是，人们所做出的选择很多时候是盲目的。

我将目光转回客厅里，电视正播着一档本城收视率极高的民生栏目。孙征和周与深似乎看得都认真，然后突然听到孙征说："与深，是你的公司……"

周与深的公司也上电视？打广告吗？可是分明播的是一则民生新闻。

在好奇心驱使下，我的注意力被吸引了过去。

周与深坐在那里，远远地看了我一眼，神情已不见先前的轻松之色。

我还对他笑了笑，见他神色异常，只当他是怕我看完新闻，回头要不厚道地借故调侃他。可是听了几句，我就笑不出来了。

我推开椅子，走到客厅里去，只为将电视里所播放出来的讯息，一句不漏地听完整。

只听记者说：“我们了解到，‘锦熙园’工程是‘东华置业’今年的重点工程，此时工程尚在初建阶段，却被曝出所使用的建筑材料存在严重质量问题，对此我们联系到了该公司的负责人……”然后周与深的脸出现在了屏幕里。

我隐隐有了一种不祥的预感。是哪里出了问题？

对了！锦熙园，国华建材，江少仪的公司……

周与深熟悉的声音通过屏幕传来，显得那么不真实。屏幕里的他，面色严肃而凝重，说：“我们公司一直秉承着‘信誉为本’的宗旨，承诺给购房业主怎样的房子，就一分折扣都不会打。虽然国华建材以次充好，将劣质的建筑材料卖给我们，但我们既然已经发现问题，就算承受损失也绝不会掩盖事实。发生这种事，我们自身也有责任。当初选择国华建材，是看重他们一直以来在业界的口碑，却没想到会出现今天这样的事情。不过我在此向广大业主郑重保证，所有从国华建材输送来的材料，我们都尚未投入使用。我们也接受监督，确保给业主一个与承诺相符的家……”

说得义正词严又承诺满满，树立了一个多么正面的形象。他得过省里经济人物奖，是年轻有为形象良好的企业管理者，他的公司所开发的房产在本城一直以来都有很好的口碑。且不论这件事究竟是哪里出了问题，才会走到今天这样的地步，但是凭周与深和他公司的形象，他说出这一番话，就足以将国华建材打得毫无还手之力，再无翻身之地了吧？

后果，无法想象……

我的脑子有些乱，我试图整理出整件事的前因后果。

周与深仍然平静地坐在那里，他在等我向他发问，他明显已经做好了应对的准备。

“为什么？”我听到自己的声音有些发颤。

他神情自若地回答：“就是采访里说的那样，国华建材以次充好的行为，被人发现并举报给电视台。若非及时发现，我们公司也将受到巨大的损失。”

如此冠冕堂皇的话。他是忌惮着长辈在场，所以不愿我追究真相吗？

我努力压抑住胸口躁动的气息，对他说：“如果真话只能在只有我们两个人的情况下说，那走吧，我们出去说……”

周与深动也没动，他的目光却染上了一抹寒色。他用讥嘲的语气问我：“现在，我是不是又变成你眼中的坏人了？”

我被他堵得许久都未说出话来。

对于那天我问他的问题，这才是他给我的答案吗？

也许我不应该如此冲动，我至少应该搞清楚事情的前因后果。周与深不愿给我一个明确的答案，那我就先去听听陈家扬那边怎么说也行。

我拿了自己的背包，转身就往门外走，甚至都忘了跟孙征打招呼。

婆婆听到动静，从厨房里跑出来，正好在门口拦住我。

“怎么了这是？发生什么事了……”

我简单地对她解释说：“妈，我有点事，先走了……”

婆婆拉住我的手不肯松开，一边质问周与深：“怎么搞的，是不是你又惹她生气了？”

周与深冷冷地说：“她有重要的事要处理，重要的人要去见，妈，你别拦着，让她去。”

我僵了僵，挣开婆婆的手，动作迅速地开始穿鞋子。

周与深的声音再次传来：“忘了跟你说，这种节目都是录播，已经是两天前发生的事了。这两天里，想不到你的那位旧识陈先生都没有给你打电话。按理说受了这样重的创伤，又和你有直接关系，不是应该第一时间打给你吗？”

我咬了咬牙，忍住不去反驳和争执。真相未明之前，我一定要保持足够的冷静。吵架是最低端的解决方式，尤其还有长辈在场。

婆婆不知情由，又见我面有怒色，急匆匆要走，她也急了，冲着周与深责怪道：“你比玉林大，怎么倒像个小孩子一样不懂事？”

我已经穿好了鞋子，拉开了门。

周与深的声音里，是毫不妥协的冷漠，“就是因为你们没有原则的纵容，才会让她的任性和孩子气至今没有褪去，只懂得随自己高兴。如果不让她栽个跟头，她永远不会知道自己所坚持的东西有多幼稚可笑，她所认定的所谓的自我，有多自私……”

婆婆慌忙呵斥："住口！你在胡说什么……"

我从来没想到，周与深竟会对我说出这样的话。我停下脚步，转过身，看着他说："我没想到，你对我竟还有这样的成见。我原以为你我不过是为了应付形式才勉强相处的两个人，既然说了，还有什么话，索性一并说了吧。"

周与深却已经不愿再和我多纠缠，只冷嗤一声，说："说再多也是废话，你心里从来只相信自己的判断，真相是什么，对你来说没有任何意义。去找你的那位陈先生吧，看他会给你一个怎样的答案，老实说，我也有点好奇。"

我咬住嘴唇，迅速转过身，走出门来。

我鼻子发酸，心像是被什么东西剜了一块去，身体发冷，呼吸困难。

看刚才的情形，周与深像是对我积怨已久，不过是在等一个时机将心里话宣泄出来。那些温和的体贴的面貌，到底是在怎样的一种心理下维系出来的？真心还是伪装？我根本无从分辨。

我只知道，他所说的话虽然严厉却几乎句句都戳中了我，他所指责的那些，我完全无法否认。

陈家扬来求我帮忙，现在却发生这样的事。我的第一反应觉得错在周与深，这种态度对周与深来说本就不公平。如果真是陈家扬那边的问题，那么周与深此刻的盛怒难平，则完全是在情理之中的。

我迅速翻出手机，调出了陈家扬的号码。

无论如何，我要先听听陈家扬怎样说。

我没想到，陈家扬约见的地点会是医院。

入夜之后的医院显得更安静，白炽灯亮着，走廊里看起来空荡而清冷。

我推开病房的门，看到了睡在床上的江少仪，和坐在床沿的陈家扬。

电话接通之后，陈家扬什么都没有解释，这已经让我在心里认定，他要对整件事负责任的。所以在来的路上，我是怀着责难的情绪来的。

可是在推开门的这一瞬，眼前的情景让我纵使有再多的话，也都压在了心里。

江少仪熟睡着，陈家扬安静地坐在她身旁，看着她，目光温柔。

原来一度认定陈家扬跟江少仪在一起，不过是出自功利的目的，而他也承认过。可陈家扬看江少仪的眼神，里面流露出来的感情再真实不过，我知道随着时间的推移，他是真的爱上她了。

我没有敲门，在门口站了一会儿，陈家扬发现了我。他没有请我进房间去，而是自己起身走了出来。

病房外的走廊上有椅子，我们隔着一个位子，坐了下来。

本来有很多话要说的，到了这样一个环境里，又面对着眼前这样一个仿佛已经受尽打击身心俱疲的人，我发现我什么话都说不出来了。

还是陈家扬先开口了，他什么都没有解释，只对我说："玉林，对不起。"

简单一句话，一切都已经清楚明白。我却不愿相信这一切。

"为什么?"我在向每一个人问为什么，因为他们都是直接丢了一个结果给我，我有权利找他们要一个理由。

“不是走投无路，也不会做出这样的事情。少仪夫家的人处心积虑地要弄垮我们，我们想改变却无力挽回。那些材料积压着，公司已经到了崩溃的边缘。我只是想为少仪求一条活路……”

陈家扬说他们将有问题的建材混杂到给周与深的货品里，这种事情，只要将直接负责相关工作的人打点好了，蒙混过去其实很容易。

我强忍住怒气，问他：“你是从一开始就揣着这样的打算，才来找我帮忙的？”

“周与深的公司实力摆在那里，这点损失对他来说不会有多严重的后果，但对我们来说，却已经是死里逃生……”

我终于没有忍住，扇了他一个耳光。

陈家扬挨了一巴掌，许久才抬起头。他眼中有歉意，却没有悔意。

打了他，我的手也一直在哆嗦，“你说得可真轻巧！不会有多严重的后果？那些有问题的材料建成了房子，即使短期内不会出现问题，但谁能担保以后？你们是求得了死里逃生的机会，后果就让那些无辜的人来替你们承担。陈家扬，你怎么会变得这么可怕……”

陈家扬笑了笑，这个笑容里有嘲讽之色，不知是自嘲，抑或是在嘲讽我，说：“根本不会发生那样的事，周与深根本就不可能允许那样的事发生。”

“什么意思？”我听不懂。

“玉林，虽然已经过去很多年，但你在心智上仍然不够成熟，你至今仍和大学时代没有什么分别，太过单纯，看人看事也过于简单。你真以为，周与深是个轻易就能糊弄过去的人吗？他若真的这么好对付，只怕公司早就不存在了。”

“既然如此，为什么你还要这样做？”走投无路，所以才选择孤注一掷吗？

陈家扬再次抬起头来看着我，这一次我看得很清楚，他嘴角那一丝嘲讽的笑，是给我的。

“你问我为什么变得这么可怕？不，你错了，真正可怕的人不是我，是你的先生。我们公司的事情，在业内算不得什么秘密，我认为他既然愿意跟我们签下合约，就是默许了这件事。你觉得电视台这么巧赶在了正式施工前曝光这件事，是周与深走运吗？当然不是，因为从头至尾，这一切都是他导演的戏码，所有桥段都是由他一手炮制的。假意签下合约，再找人曝光我们，最后他站出来大义凛然地表一番态度，除了赚足了名声，也赚足了广告效应……”

我惊愕到失言，已经完全说不出话来。

陈家扬哧哧一笑，有些后悔地道：“以周与深的行事作风，我早该知道，不要妄想从他那里讨得什么便宜。一般人躲他都来不及，我是自己送上门，也怨不得别人。只是他实在也真够狠的，若是真不愿帮忙，大可不加理会，却何苦非要把我们逼到今天这一步？对他来说，又有什么好处……”

陈家扬苦笑的样子，看得我脊背发冷，他所指责的每句话，听得我心底发凉。

他们纵然有错，也不过是绝境中求生的可怜之人。周与深若不愿施舍同情他们，从一开始就完全可以选择置身事外，为什么却要如此狠绝地将人逼至这般田地？

我脑子里一片混乱，事情发展到今天这个地步，已经完全超出我所能想象和承受的范围。商业上的尔虞我诈，我一点都不懂。

我唯一听明白的，是周与深才是整件事的真正操控者。他有给别人生路的能力，也有给别人活路的机会，但是他却毫不留情地选择了将对方毁灭。

我一直天真地以为，他的冷淡不过是性格使然，他的内心还是温和敦厚的，也会因为我的请求，一次又一次地妥协。

可是此时来看，他并不会因为我的请求而选择妥协，所以至少能证明一件事，我对他来说，也许没那么重要。甚至，根本就不曾真正重要过——如唐佳君所说的，他跟我结婚的真正目的，是存在的。

想不到连陈家扬也会这样说，他口中的我过于单纯，说直白一点，实际上就是愚蠢。

从头至尾，所经历的种种，对罗浩也好，陈家扬也好，甚至是对周与深而言，我所扮演的角色，最终所处境地，除了被利用，好像就再无任何价值。

我不太记得自己是怎么离开医院，又是怎么回到住处的。

心里纵然有诸多念头横生滋长，一时却又觉得茫然。去找周与深吗？我能对他说什么？指责他，再让他将所有事都摊开来说清楚？我既然已经看清事态，就觉得事已至此，他也许再不会对我展露体贴的面貌了。

心里沮丧又难过，这种时候，只想一个人躲起来冷静一下。

可让我没想到的是，推开住处的门，就看到客厅里已经亮着灯，周与深坐在沙发上。

他前些日子虽然搬了些东西回来，但那不过是做样子给婆婆看。他本是不愿意踏足这里的吧，之前在婆婆家，他气成那样，此时不知又有怎样的一番阵仗在等着我。

我关上门，换了鞋子，放下背包，走到他对面的沙发上坐下。

看着眼前的人，思绪忽然空了。我所接触的这个人，也许从来不曾以真实面貌示人。而他那些我不曾看到的面貌，偶尔一见，只让人觉得有些可怕。我不敢再对他轻易下定论，所以此刻唯一能做的，大概就是努力摆出平静的态度，以不变来应万变。

“周先生这么晚了还在等我，是有什么话要说吗？”

“我还以为，是你有话要对我说。”他的样子看起来冷淡而疏远。

“我没有什么可说的，真要说，肯定也不会是什么好话。”

“以你的性格，没有一进门就给我一个耳光，已经让我十分意外。”他轻轻一扬眉，嘲弄之色尽显，“所以再难听的话对我来说，恐怕也没什么杀伤力。”

我并不想吵架，可是周与深看起来却斗志满满，今晚的事，若没有一个定论，他是不会轻易让整件事翻过去的吧。

我有点赌气地说：“怎么会呢，周先生是我名义上的丈夫，实际意义上的金主，我除非向天借个胆子，才敢那样造次。”

他笑了起来，目光却很冷，“看来陈家扬讲故事的能力不错，我猜他不用特意编排我的错处，就已经让你恨不得立刻撕了结婚证，和我离婚吧？”

我也笑，心却慢慢变凉。陈家扬的事，我唯一做错的，是向他求助。他也没有真的因为这件事而让自己受到损失，既然如此，为何还能理直气壮地摆出指责的姿态?

“你错了，他不过是让我看清楚了，我有多么的愚蠢可笑。以为是帮朋友，原来不过是被人利用；以为是受宠，原来还是一场利用。”

周与深嘴角的嘲笑收了起来，可他的脸色更难看了。

我却还在笑着，这种时候还能怎样呢?尽管心痛得几乎快要不能呼吸，我也不能让眼泪掉下来。这种示弱的行为，矫情又无用，我绝不会允许自己在这种时候，做这种自取其辱的事情。

“陈家扬利用我，你将计就计。你们之间的恩怨纠葛，发展到今天这样，跟我已经没有任何关系。陈家扬自己技不如人，落得今天这样的地步，也是他自己的责任。而你……”

我看着眼前这个我名义上的丈夫，我几乎就要对他动心的男人，只觉得他竟然如此陌生，也许我从来就不曾真正接近过他，更别提了解。

“如果你不愿意应付我，就不要做出温柔体贴的假象，也不必假装答应，最后却又以这样的方式来让我难堪。像当初那样高高在上，冷眼看人，话都不和我多说一句，其实那样挺好的，至少你我还是以真实面目相对。做出虚情假意的样子，事情一旦被拆穿，只让我觉得很可怕，对你来说也为难，何苦呢?我们原本就是两个毫不相干的人……”还有话未说完，我却在周与深寒至极点的目光中，下意识停住了。

“虚情假意?”他目光极冷，却问得极轻。

我看着他，咬紧嘴唇，气势上不愿认输。

“虚情假意的人到底是谁，姜玉林，你摸着心口想一想，再给我一个答案如何?你认定的人，哪怕对你做了再过分的事，也都是情有可原的。而那些真正对你好的人，你却理直气壮地一再无视甚至伤害。谁是真谁是假对你来说，没有任何意义，你永远只相信自己愿意相信的东西。别人伤害我，就是理所当然，我出手还击，就是罪大恶极，是吗？”

他的话，像针一样刺进我的心里。

“我从未见过像你这样自私的人，你敢说，这些年你面对我母亲，每一次的笑容都是真心的？你也许要说，能怪谁呢，是你们自己主动送上门的，我没有义务一定要接受。”他说至此，又冷冷笑了起来，“是啊，都是自己犯贱，自作自受，怨不得别人。”

周与深对我的了解超乎我的想象，他指责的，我都承认。

我语塞良久，才艰难地说道：“你说的，我都承认，你我的婚姻，原本就不是建立在感情之上的。你指责我从未付出过真心，你又何尝将我们的婚姻放在眼中？陈家扬这件事，你不愿帮忙就算了，也不必出此狠手，非要将他们逼到无法翻身的境地。我会向你开口求帮忙，是我愚蠢，事已至此，互相指责也没什么意义了。也许正如你所说，从一开始，这场婚姻就是个错误，更是个笑话……”

他冷冷地打断我：“听这语气，是要打算跟我离婚了？”

我看着他的眼睛，心痛难忍，却仍故作强硬地说：“如果已经走到了这一步，我没有意见。”

他停顿几秒都没有说话，那样的眼神让人心生寒意，我避开他的目光，不想再看他。

“当初玩笑一样的开始，不代表我就会接受一个玩笑一样的结局。不想玩了，就打算离婚，只怕没那么容易……”

我不是真的想离婚，也不是想就此恩断义绝。可是话都已经说到这个份上，情势也走至这一步，还有什么理由再继续维持这段婚姻?

“周与深，那你告诉我，你到底想要什么?”

他明明隐藏了很多事不让我知道，从头至尾只凭自己意愿行事，但如果那些事和我相关，利用也好，算计也罢，如果不愿离婚，他为什么不告诉我呢？明知我没有安全感，明知我对所有人都缺乏信任，明知我一受动摇就容易想法极端……

“我想要的东西，可能我根本就不会得到。如果当初我再理智一点，也许我们就不会走至今天这一步……”

他说着这些话，嘴角的嘲弄之色忽然让人有些不忍。

“说到底，是我做错了。”他神色阴郁，从沙发里站了起来，居高临下，目光冷冷地看着我。

我以为他要说些什么了，可他只是看着我，苦涩一笑，终究什么也没说，就那样离开了。

我不知道自己在看到他转身离去的背影时，那股想伸手拉住他的冲动从何而来，但我到底没有足够的勇气，将这份冲动付诸行动。只知道事情走至这一步，谁对谁错于我来说，已经没有一点兴趣想知道了。我此时只觉心酸难忍，难过得想找个封闭的地方躲起来，逃开这令我感到难过的一切。

周与深关门的声音听起来那么刺耳，一直在空荡的屋子里回旋着，久久不散。

我呆坐良久，终于落下泪来。

第十四章　不可能错过你

我跟周与深之间的联系，就这么断了。且他若有心避开，我们就再难有碰面的机会。

连婆婆也联系不上他。电话打去公司，只回复说出差了，去国外谈一个项目，联络不便，归期未定。这些当然都是借口，婆婆去他的公司找过人，理所当然也是无功而返。

我病过之后，气色一直也未大好，她心中纵然有再多疑问，也不好向我细究些什么。

班还是照常上，生活也还是照旧过。也不知是怎么回事，好好的日子就过成了今天这样。

这段时间，我也冷静下来了。细想前后这些事，是陈家扬先揣着坏心在先，周与深虽然狠，但说到底仍属于自我保护。如果陈家扬不去招惹他，他也不会有这个下狠手的机会。

我真正介意的，并非是周与深这一次的利用，而是他冷漠利用这件事的背后所持有的态度。这个态度，就是他对待我的真正态度。

原来害怕答案，现在却只想弄清楚答案。

他指责我自私不愿付出真心，其实我已经想付出真心了，也在努力尝试着以真心面对他。可有什么用？事情还是变成了现在这个样子。

下班的时候，有电话打进来，竟然是江少仪。

她在电话里说："我想见见你，你能来一趟医院吗？"

国华建材的事过去已经有半个月。那天我跑去医院的时候，她还在昏迷当中。我甚至都没心情问陈家扬，她得的是什么病。后来虽然认定我被他们利用，对于江少仪，我却怎么也恨不起来。

就像陈家扬说的，她在我的心中，只是一个可怜的女人。

如今她主动找我，我也很想去听听她会对我说些什么。

她住的只是普通病房，那天我来的时候，旁边的病床空着，此时已经住上了人。一间房里三个病人，加上各自负责看护的亲属，老远就能听到里面闹哄哄的说话声。

我推开门，没有看到陈家扬，只看到了江少仪一个人安静地躺在那里，眼睛盯着墙上的电视，也不知有没有真的看进去。

但她真是一个气质很好的人，尽管此时发丝凌乱，脸色苍白，身上也只穿着最普通的病号服，但偌大的病房里，闹哄哄十来个人，她却仍然具有独特的气场，与别人看起来就是有那么一点不同。

我走到她的病床前，放下手里的水果篮。

她看到我，淡淡一笑，好像什么事都没发生过。

"你来啦。"她说道。

我无法挤出一个笑容给她，只低低"嗯"了一声。

"陈家扬呢？"我问。

她笑着说："回家做晚饭去了，还没有来。他说外面的东西没营养也不卫生，非要自己做。”

我的话哽在喉咙里，终究没有问出来。我其实想问她：那就没有别的人来替补一下吗？但想一想，如果有，又怎会放她独自一人躺在这里。此时的她和陈家扬，看起来有点相依为命的味道。

江少仪坐起了身，对我说：“我有些话想和你说，这里有点吵，我们去外面说吧。”

她还打着吊针，坚持要出去，我只好为她取来挂吊瓶的架子，然后帮忙推着出了病房。

走廊的长椅都空着，我扶她坐了下来。

她左手的手腕上缠着厚厚的绷带，我一直忍不住朝那里看。她大约也留意到了，将手腕伸到我面前，说：“割断了几根筋，还好家扬发现得及时，才帮我捡了条命回来。”

我头皮一麻，只感觉到手腕的伤疤处也隐隐一凉。

她笑着说：“当时喝了点酒，一时犯了傻，清醒之后我后悔得要命。伤口不是一般的疼啊，以后还要留疤，大概也不能再穿短袖衣服了。”

她此时的状态，看起来是已经恢复过来了。或许如她所说，她原本就不是真心求死，只是一时冲动而已。

可是我却比任何人都能体会她那一刻的感受，不是绝望到极限，怎么敢对自己下那样的狠手，像她说的，多疼啊。

江少仪顿了一下，又说：“玉林，是我对不起你，我也不期望你会原谅我，但我还是想很认真地向你道个歉。”

此时的我，对她没有责怪，只剩同病相怜的同情。

“事已至此，你自己的生活更成问题。我并未真正帮到你的忙，也没有理由接受你的道歉。”

她却摇摇头，看着我，有些难过地说：“不，我应该向你道歉，因为我当初主动接近你，其实是抱着想利用你的目的。”

我不太相信，“陈家扬说，是他一个人的主意……“

“不是他。他那时候想以在商言商的态度，直接去找周与深试试。是我阻止了他，我觉得他那样冒失地去找，根本没有胜算，所以我决定从你这边入手看看……“

我看着她，说不出话来。江少仪的眼中有歉意，更多的却是坦然。她对我已经没有欺瞒，生死都面对过了，所以不论我作何反应，她也都能心平气和地面对了吧。

“人在绝境的时候，什么事都做得出来，何况只是利用一下你人，也不会对你造成什么实质的伤害，所以我那时虽然犹豫，却还是那样做了。只是没想到，周与深会以这样的方法来回应。不过不怨他，是我们自己错在先，落得今天这个地步，也是我们自己的报应。”

我沉默许久，才艰涩地说道：“陈家扬说得对，我看似精明，其实十分愚蠢。以为自己工作中接触到形形色色的人，就是接触到了社会百态，事实上最简单的招数，就能搞定我。周与深对我生气失望，话虽然说得难听，却句句都被他说中了……”

江少仪也陷入沉默，许久才接着说：“玉林，你可知我当初为什么会找你作为突破口吗？那是因为我看得出，周与深对你的在意。你还记得那次在咖啡厅，我对你说的话吗？那次见面我虽然心里存着目的，但对你说的那些话却是真心的。你应该想通一件事，无论他身边有没有别人，他肯和你结婚，对你来说才是最重要的。不知道你和他有没有因为这件事起争执，只希望你们之间的关系不会因此而受到影响。”

其实她说的这个问题，我也认真想过。我只是不敢确定，事情是否会如她所说的如此乐观。这一切，也只能等到周与深回来后，肯见我时，才能找到答案。

要说的话都说完了，我起身准备离开。留意到江少仪的吊瓶快空了，就说：“我帮你去叫护士来，你的药水快输完了。”

江少仪的声音自身后传来：“谢谢。”

我的身体僵了僵，没有回头，也没有回应她。我和她是不可能再做朋友了吧。其实我早该觉悟的，她是陈家扬身边的人，单是这个身份，就已经注定了我们没有做朋友的缘分。所谓事过境迁，不过是理想化的想法。放到现实生活里来，只是在强人所难。

走到电梯前等了一会儿，电梯终于来了，我踏进电梯的同时，看到陈家扬从旁边的电梯里走了出来。

他也看到了我，愣了一下，停下了脚步。我却没有和他打招呼，直接按上了关闭键。

所谓时过境迁，于我来说，真正的注解应该是，再不必相见。

周与深消失已经有一个月了。

这期间，思思回来过一趟，可是很快又走了。

江晨另一部戏接档开拍，这一次去的地方也不远，就在邻省。思思之前说新的经纪人已经到位，结果中间却出了点状况，一时之间她仍然无法脱身。问她江晨的近况，她并没有细说，只说行程满档，十分忙碌。因为忙碌，所以几乎所有的心思都放在了工作上，倒是没有提及她恋爱的事情。

思思不愿多说，我也不好多问。何况我自己尚有一堆问题没有解决，也心烦得很。

我还是一个人混混沌沌地过着日子，下了班就回家，简单做些吃的，开着电脑，看着棉花糖一样的连续剧。

偶像剧里正在演着，有钱的男主角因为女主角和他有类似的童年经历，一眼就对她心动了，从此包揽了她的学杂费和生活费，末了连她父亲的住院费也一并交了，却半点回报也不求。而且男主角又帅又有型，却洁身自爱放着美女怎么都不动心，就等着有一日女主角对他撤去敌意，两人双宿双飞，圆满结局。

这样的故事，你可以从里面挑出一百个漏洞，但是一个理由就足以让人选择欢欢喜喜地看下去——它是个童话。因为是童话，知道它几乎不可能发生在生活里，所以你期待它有一个圆满的结局，这个结局用来自欺，自欺之后，才能对生活产生那么一点寄望，从而生出一些正面的情绪，引导自己积极地生活下去。

就是这样的剧，让我看得津津有味，也打发了许多无聊时光。

正看着，手机响了起来。看了一眼名字，是何斌打来的。这才想起来，我也有很长时间没去酒吧了。

他的声音听起来有些急，只说："玉林，你现在能来酒吧一趟吗？"

我不知情由，随口问："有什么事吗？电话里也可以说……"

他沉默了一下，才说："周与深现在在我这里，他酒喝多了，可是又不肯让我送他回去，也不让我找人来接他。我想了想，觉得还是应该给你打个电话。来不来，你自己决定吧。"

我愣住，非常意外。

周与深什么时候回来的？一点消息都没有。

婆婆说，昨天还打电话去他的公司问过，并没有听说他要回来的事。

不管怎样，到底是回来了。

我没有犹豫，直接说："你先照顾一下，我这就过去。"

打车赶到了绝色酒吧，客人不算多，何斌站在吧台后，对我挥了挥手。

我走过去，问他："周与深在哪里？"

"还在包间，喝多了，现在睡着了。"何斌从吧台里走了出来，领着我往包间走。

可是待走到人少安静的地方，他却突然停下了脚步。

我疑惑地看着他，"怎么了？"

他一副欲言又止的样子。

我有点急了，说道："我们认识也不是一两天了，你有什么话就直说。"

他沉默了几秒，说道："其实我也不知道什么话该说，什么话不该说。周与深曾经很认真地叮嘱过我，什么都不要告诉你。可是玉林，你跟周与深走到今天这个地步，我作为好朋友实在很担心。"

我没料到何斌突然会对我说这些话。一直以来，他于我而言都是不近不远的朋友身份，可是听他刚才的这一番话，他明显是知道关于周与深和我的一些事情的。

"你知道些什么？挑你能说的告诉我吧。"

他看着我，叹了口气，说："我答应过周与深，不会对你说出来。有些事，也许周与深亲自对你说会更好。虽然对你有所隐瞒，但你只要知道，我们都是为了保护你才这样做就行了。"

保护我？

我当年的状况，何斌是清楚的。对我隐瞒，是因为怕我再受刺激，从而再受到伤害吗？

"你跟周与深很熟吗？"

"很熟。"

看样子，他和周与深是比我想象中还要亲近的关系。

他停顿了一下，又道："所以我站在朋友的立场，对于你们两个的事情，想说一句公道话。玉林，你信我一句，嫁给周与深，是你做得很正确的一个决定。他为你做过的事，比你想象中要多得多。"

说完这句话，他就转了身，在前方领路。

我心里虽有千般疑问，此时却更加担心醉酒的周与深，只想快点看到人。

我跟在何斌身后，走到了包间门口。

何斌透过门上的玻璃朝里面看了看，才叹气说："平时很少见他喝酒，几次喝醉，都是因为你。"

听得我心里一悸。

何斌离开之前，不忘说："玉林，都说当局者迷，很多事，总有一天你会明白的。"

我没有时间细想他的话，此时我更担心里面那个人的情况。没有迟疑，我轻手推开了包间的门。

房间里的灯光很暗，因为隔音效果很好，关上门之后，就几乎再也听不见别的声音。此时我只听得见自己的呼吸声和心跳声，心跳嘭嘭作响，不知为何突然觉得很紧张。

茶几上的酒瓶空了，酒杯也空在一旁，周与深就那样安静地躺在沙发上，也不知是不是真的睡着了。

我放轻脚步走过去，站在他身旁，低低唤了他几声，没有回应，看来是真的睡着了。

一直不知道他的酒量如何，也不曾见过他醉酒的样子。看起来他的酒品算是不错的，喝多了也只是安静睡觉，如果是发起了酒疯，只怕我来了也无济于事。现在这样，起码我能守在一旁，直到他醒来。

有一个月没见了，说人瘦了有点夸张，不过可能因为胡楂冒出来了，所以他的样子看起来有点憔悴，头发也长了一些。

这未见的一个月里，我想过很多种再见面时的场景。

想过他怒目相向的样子，想过他淡漠以对的样子，甚至想过他拂袖而去的样子，不管是哪种样子，我都做好了应对的准备。可是却没有想过，最终会是眼前的这个样子。

时间的确是个好东西，一段时间的分离，才能让人冷静下来，想清楚一些事。我被动的性格导致我不知该如何打破我和周与深之间的僵局。如果不是今天这个特殊情况，我大概也不会主动来见周与深。

可也幸亏来见了，到此刻我才清晰感觉到，原来我是多么害怕前一次的争执会导致我们之间真正决裂。

我曲着腿，在沙发旁的地毯上坐了下来。

看着眼前的人，我想起了刚刚何斌说的那些话："他为你做过的事，比你想象中要多得多。平时很少见他喝酒，几次喝醉，都是因为你。总有一天你会明白的。”

明不明白还有什么关系。我只知道，抛开所有的恩怨，眼前的这个人，他已经牢牢牵住了我的情绪。

心里虽然难过，却又像是松了一口气，五味杂陈。然而想着想着，到底没能忍住，鼻子一酸，眼泪就落了下来。

哭着哭着，眼睛就模糊了，所以周与深是几时醒的，我并不知道。

我只听到他微微一叹气，好像有点嫌弃地说道：“你哭什么？你自己想想，倒是做对了什么……”

我擦掉眼泪，让视线恢复清晰。看了他一会儿，然后认真地说：“起码我做对了一件事。”

他问：“什么事？”

我仍然很认真地说：“跑到你面前哭。”

周与深不说话了，坐了起身。房中灯光幽暗昏黄，他目光灼灼地看着我。

我也勇敢直视他的眼睛，习惯躲避的我，能够这样直视他的眼睛，对我来说已经是需要付出很大勇气的一件事。可是这个时候我如果不把心里的话说出来，我肯定会后悔。

“只有这样，我们两个才不会就这么完了。”我下意识握紧了拳头，打算将心里的话倒出，“不管你心里是怎么想的，会给我怎样的回应，我只想把我的想法告诉你。周与深，我不想我们之间就这么完了。”

他看了我良久，也不开口说话。这样的沉默只让人觉得心里没底，我有点紧张。

“你能确定，你真的想清楚了吗？”他终于问。

“是，我知道自己在说什么。”

“你想要的到底是什么，你也弄清楚了？”这个问题，周与深已经不是第一次问。原来我自己并不知道，所以我无法给他答案。现在我清楚了自己的心意，我也不想隐瞒他。与他吵架，我的心情会很糟糕；和他分开，是我不愿意接受的事情。所以，我对他说：“至少我知道我不要的是什么，我很确定，我不要我们之间就这么结束了。”

也许何斌刚才说的那番话对我来说很及时也很有用。我进到包间后看着周与深的睡脸，想着他就这样再次出现在我的生活里，瞬间冒出来的踏实感足以说明太多事情。我已经想通了，唐佳君是外人，与其受她那番没有根据的话困扰，为什么不能选择相信朋友对我的劝告？像我这样一无所有的人，会有什么理由足以引得周与深费尽心思来假意讨好我？根本说不通，不是吗？而这一路以来的相处，他对我的种种好，若都是做戏，那演技也真是神了。

他又不说话了。我有点不知所措。

“不是你说的吗，想离婚也没那么容易……”还是一段时间未见，他改变主意了？

“是没那么容易，因为婚姻不是儿戏。”他说，神色平静，态度不明。

“所以你现在是什么态度？给个痛快话好了。”

我已经做到了自己的极限，再多的手段，我也使不出来了。总不能因为不愿接受分开这件事，就跟他哭闹吧。

周与深皱了皱眉，有点伤脑筋的样子，“还能什么态度，有人把话都说成这样了，再下去会不会一哭二闹的戏份就要出来了？我可受不了……”

“所以?”话也不说个清楚明白，我仍然有些不敢确定。

周与深这次没有再说话，而是手一伸，抱住了我。

我未料到他会有这个突如其来的动作，条件反射地挣扎了一下。

他故意调侃道：“既然都来主动示好了，难道就没想过需要投怀送抱这件事吗？抱一下都不行?”

我乖乖站着，身体还是有些僵硬。之前那一次拥抱，更多的是为了汲取温暖，而这一次心态不一样了，他的拥抱也比之前更紧，我实在不太习惯。

“不是，只是不太习惯……”

他轻轻叹了口气，说：“我知道，那么久都等了，我会继续等，等到你慢慢改变，慢慢习惯。玉林，只希望以后无论发生什么事，你都能冷静一点，不要因为一个错误而去否决全部。”

最后那句话，我没有听懂。在这种时候，我理所当然能听进并记住的，只有他前面那句话。

“好。”我有点晕晕乎乎地回答。

直到后来我才想起来，原来他其实是话里有话的，只是我当时不知道而已。

周与深以出差的名义消失一个多月，如今回来了，婆婆那边究竟怎样交代的不得而知。只知道婆婆还是一如既往的态度，欢天喜地地让我们回去吃饭。

不过我下午跟一个客户约了见面，希望下班前能顺利脱身。

约在一家咖啡会所见面。我一直都不喜欢这样的地方，但谈业务约见面，好像也只能来这样的地方。

客户来得迟了一些，那时候我正坐在位子上，用电脑将合作方案重新看一遍。其实不过是最普通的一单业务，客户公司十周年庆，想包我们的一间旗舰店来举办庆典餐会。

虽然案子普通，但因为给的报酬很可观，所以这单业务我还是很上心的。

正打着字，听到有人在叫我："姜经理，不好意思，我们迟到了……"

客户方的领导是男的，此时听到的却是一个女声，而这个声音熟悉到让我瞬间皱起了眉。

抬头，果然就看到了唐佳君。她站在一名中年男子身旁，此人对我露出微笑。

"姜经理你好，我是方明德。"

是客户方的负责人没错，却不知为何会有唐佳君陪伴在侧。

我压下心中的疑惑，站起身，客套地回道："方先生你好，请坐。"

各自落座，唐佳君就坐在方明德的身旁。

服务生上来，她轻车熟路地为方明德点了杯咖啡，看起来对他的喜好十分熟悉。

她将菜单递给我，"姜经理喝什么？"

我推开，笑着说："我不太喝咖啡，喝水就可以了。"

她又露出那种嘲弄的笑，半真半假地说："瞧我这记性，又给忘了。姜经理虽然工作应酬也多，但是听闻从来不喝刺激性的饮料，周宁女士对你可是保护得很呢。"

我笑了笑，不回话。

方明德在一旁说："我找到你们店合作，是因为唐小姐的推荐。有了她的保证，把所有的事情交给你们来负责，我也就没什么担心了。"

这倒让我有点意外。竟然是唐佳君极力促成这次合作的？

不过随即就想通了。她愿意出手帮忙，应该也是看在周与深的面子上。只是她跟周与深认识那么久了，曾经有很多机会做这样的事，但是她从来都没有做过。因为有我在，所以这本是她不会涉足的一块领域。如今改变了态度，是做着怎样的打算？

合约的细节我都列好了，一一向方明德做了说明。他其实听得并不上心，大约是十分信任唐佳君的缘故，应付了一下之后，让我将相关文件发到他的邮箱，又留了他的名片，然后说还有事情要办，寒暄几句，就离开了。

我才明白过来，今日的见面，让我见方明德不是主要的目的，唐佳君要见我，这才是约见的真正目的吧。

唐佳君坐在对面，气定神闲地喝着咖啡。

我开门见山地说："唐小姐找我有什么事，请说吧。"

她放下咖啡杯，纤细修长的手指上隐约有一抹银光闪烁。那是一枚分量很足的钻戒，足以让很多女孩子艳羡。

"唐小姐，你今天来见我，不会是想告诉我，你已经结婚了吧？"

唐佳君娇俏一笑，好似我说了一件十分可笑的事情。

"姜经理你太可爱了，谁说戴了戒指就是结婚了？你手上什么都没有，难道就能说明是未婚吗？"

这倒也是。但是她故意将钻戒现给我看，难道不是在刻意让我有这样的认知？

“好吧，那说正题吧，唐小姐找我有什么话要说？”

她摆弄了两下戒指，才说：“我上次就说过，有很多话要跟你说，只是因为太多了，反而不知道从何说起。”停顿了一下，她接着说道：“我上次同你说的那些事，你就没有一点好奇吗？”

“好奇是好奇，但是如果答案是对我不利的，不知道也罢。”说是这样说，不过想也知道，今天唐佳君显然是抱着目的来的，不会轻易就放弃。

“你不想知道，可是现在我却很想说呢。我的原则是，我若是无法获得幸福，那么摧毁一下对手的幸福，也是一件颇有成就感的事。”

说得这样直白，倒是真的提起了我的几分兴趣。

“我们就按顺序，一件一件来聊聊吧。”她托着腮，假装思考，“从何说起呢？”

装得有点假。今天的碰面，谈话内容只怕她早在家里打过数遍草稿，明显是有备而来的。不过我还是很配合地提醒她：“就从周与深跟我结婚的真正目的开始说好了。”

她抬起眼睛，目光停留在我的脸上，细细打量了很久。那目光里有着毫不掩饰的敌意，敌意过盛，便显出几分嫉妒之色来。

“你知道吗，这个世界真是从来就没有公平可言。抛开所有因素，只需要一个因素，就能决定一个人的人生，那就是出身。”

她怎会谈到出身？若真论出身，我前二十年的那些经历，曲折得都够写半本书了。

“你从小被父母遗弃，被收破烂的老太太收养，日子穷得叮当响。贷款上大学，为了凑学费，跑去酒吧里唱歌。为了凑药费，差点就当了坐台小姐。”

她冷眼看着我慢慢变掉的脸色。我承认我很震惊，再装不出淡定的姿态。她怎么知道这些?

“姜玉林，你想过你的父母吗?你恨不恨他们?”

他们从来不曾在我的生活里出现过，我从何恨起?连个恨的对象都没有。

“你……怎么会知道这些?”

“我的确很觊觎周太太的位子，可是你出现了，轻易就抢走了我为之努力的东西。既然是对手，我了解你难道不是正常的事吗?所以别怀疑，不是周与深告诉我的。”

“所以呢，我的身世，跟周与深有什么关系?”

“别急，故事还没讲完呢。”

“在你最悲惨的时候，你的父亲出现了。他委托了自己亲近的人，开始暗地里照顾你。但你的父亲已经是一名事业有成的人物，当年的万般不得已，今日只想用金钱来弥补，只要自己的良心能够过得去，这样就足够了。”

我的父亲?

“其实这种事也谈不上什么原谅，如果是我，就只管理直气壮接受他的馈赠就好了，因为这原本就是我应得的。而你父亲所委托的那个人，可不是周与深哦。”

“是周宁，对不对?”我艰涩地说。

“没错。”

“为什么……”

“为什么抛弃你吗?”唐佳君挑了挑眉，“这个我可不知道，你应该去问他本人。”

“撇开周宁女士平日里对你的诸多照顾，单是她对你和周与深的婚事如此坚持，你难道就不曾怀疑过吗？这个世界上，真的会有一个人无缘由地去对一个外人好？只能说，你实在有点天真……”

已经不止一个人对我说，我很天真，天真得愚蠢。我曾经也怀疑过，可是因为实在找不到理由。那时只知自己一文不名，根本没有东西可让别人谋求的。

我原本已经做好准备，听唐佳君添油加醋的故事，那些故事无非和周与深相关。我可以判断出哪些是真的，哪些是假的。可是我完全想错了，怎么也没想到她跟我说的，竟会是我的身世！

因为震惊，我只想找到更多的答案。

“所以周宁才以各种方法逼得周与深同意和我结婚，这是你要给我的答案吗？”

唐佳君嗤笑了一声，“你把事情想得也太简单了。你的父亲既然可以委托周宁女士，为什么不可以委托周与深呢？只不过，当时周与深并不肯接受委托罢了。”

竟然连周与深的出现都不是偶然？

“动之以情的委托不行，许之以利的协议，却是可以的。周与深是商人，诱人的利益摆在面前，自然没有装清高舍弃的道理。”

所以，娶了对方的女儿，也就理所当然继承了对方的公司、家业。即便不能全部继承，想必能获得的利益，也是非常可观的一笔数目。

我根本无法相信这样的事实，但我又有什么理由来说服自己，他只是因为喜欢我，才那样对我的？我脾气古怪，性格差，做人自私，还有很多缺点，随便列一条出来，他都不可能会喜欢我。

混乱的情绪汹涌而来，自我怀疑的念头怎么也抑制不住，而此时，唐佳君所说的话，无疑给了我最无情最狠绝的一击，“你不用怀疑，因为周与深的身边一直有我存在，就是最好的证明。”

我被她击得心情低落到几乎要落下泪来。我还以为我已经拥有了很多，现在只要学习着去珍惜，我未来的生活就不坏。可是一切也可以像泡沫一样，吹一下就破了，一点也不牢靠。

我深受打击的样子，唐佳君看得很痛快，这应该就是她想要的结果。

“知道我为什么要对你说这些吗？因为周与深前几天竟然要跟我做一个了断，因为你的缘故。不过我可不认为他是要跟你好好过，应该只是为了稳定你的情绪，避免节外生枝吧。你也知道，他是一个商人，还很成功。作为商人，利益永远是最重要的，感情那东西，对他来说一文不值。所以当我成为他的阻碍，他就会毫不留情地放弃我。而你，并非是赢了我，不过是出身比我强，有一个有利可图的爹罢了。如果你假装不知道所有真相，你完全可以自欺欺人地幸福生活下去。”

她又动了动她的戒指，脸上是不服输的神情，“也许我在周与深身上的投资失败了，但不代表我会就此认输。能够助我成功的男人，可不止他一个。”

我立刻明白了，那个男人也可以是方明德。

“戴一颗豪华钻戒的手，和没有钻戒的手，究竟有何分别？”我问她。

她冷嘲地看着我，“你拥有了一切，当然才会现出不屑一顾的姿态。”

是吗？

当初跟周与深结婚，我的确也是冲着他的钱和一份富足的生活去的。可是当那些东西就近在我手边的时候，我的生活还是那样过。对奢侈品永远提不起兴趣，花钱永远也只花在自己觉得有用的事情上。用思思调侃我的话说：就是一个穷人命。

归根结底，一个人的生活态度，还是由已经成型的价值观决定的。唐佳君身上的斗志，是我所没有的。她所谋求的，谁能说就有错呢？

“你如今知道了一切，不知打算以怎样的方式来面对。我当然期待着，你和周与深之间一拍两散。没有道理所有的好事都让你们不费吹灰之力占尽。我承认我嫉妒你，所以我肯定不会祝福你。”

唐佳君拿了手袋，站起了身，“方明德的这单业务，就当是送给周与深最后的礼物好了。今天对你说的这些事情，我也是花了钱辛苦找人查来的。所以今天的咖啡你请吧，想来我们以后也不会有这种坐在一起喝咖啡的机会了，就算是两清了。”

她说完这些话，转身离开了。

我一个人呆坐在沙发里，脑子里乱得像团麻，根本无法整理出一个清晰的思路来指导我接下来应该怎么做。

从记事起，我的生活里就没有父母存在，他们对我来说，就只是陌生的代名词。谈不上恨也没有想念，我所熟悉的亲人就只有阿婆。我曾经想过有一天若见到他们，也只会像见了陌生人一样，麻木无感而已。

所以，我从未期待过，有朝一日他们真的会出现在我的生活里。

我想起孙征对我格外关注的态度，想起病房里婆婆和周与深说的语意不明的话，想起周与深那次假装无意地说："也许在他眼中，你就是他女儿吧"。所有的细节全部联系起来，许多疑惑也就顺理成章地解开了。

然而现在去想孙征的脸，只是觉得模糊遥远而已，没办法跟亲人联系在一起。

我也不清楚自己此刻的心情是怎样的，意外，震惊，措手不及，所有的情绪混合在一起，让我产生了先躲开再说的念头……

在这种混乱无援的时候，我能求助的人，永远也只有思思。

问清她的位置，简单说了几句，挂断电话后，我就将手机关了。冷静地回了住处，收拾了简单的行李，取了钱，坐上出租车，往机场去。

思思此时所在的城市，离F市并不远。两个小时后，我已经在邻省的土地上。

落地后的第一件事是找了个营业厅，重新买了张电话卡，换好之后，就给思思打电话。

让我非常意外的是，电话竟然是俞哲接的，他说思思出了车祸，此时人在医院。

这突如其来的消息吓坏了我，匆匆在机场外拦了辆车，直奔医院。

病房外，我看到了俞哲，还有江晨。

江晨会在我不意外，可是俞哲不是远在B市拍戏吗，怎么也会出现在这里？

俞哲解释说："其实她住进医院已经几天了，我当时得知消息就赶来了。她送进来的时候有点脑震荡，现在已经好得差不多了。她不让我们告诉你，说不是大事，省得你跑一趟。不过你今天打电话来，挂断之后她就说，你肯定是有事了，才会跑来投奔她。”

思思就是如此了解我，死党之间就是这样互相关心体贴着，当然大多时候，是思思体贴我比较多。

我没有进病房，从门上的窗户朝里面看了看，小声问：“她睡着了吗？”

俞哲说：“嗯，睡之前还一直叮嘱我，你到了就叫醒她。”

我阻拦道：“别吵醒她，我先在外面坐一会儿吧。”

坐下之后，就感觉到了俞哲和江晨之间的微妙气氛。江晨没有精神，俞哲也不说话。

我问俞哲：“怎么会出车祸？”

俞哲看了看江晨。

江晨懊恼地说：“都怪我，我过马路的时候没有留神，她想拉住我，结果自己被车给蹭倒了。”

我注意到俞哲的脸色变暗了。这种时候，也不知该说什么。

有些事也许大家都心知肚明，却不打算拆穿。思思自己也说了，已经决定了要跟俞哲好好走下去，那么江晨对她来说，就只是记忆里的一段插曲了吧。

我玩笑着问俞哲：“之前听思思说，你们两个打算定下来了？俞先生，思思可是个好姑娘，要好好对她。”

俞哲回了我一个笑，看得出来有点勉强。

他继续沉默地坐着，走廊里虽然时刻都有人走过，但气氛仍然十分尴尬。

终于，俞哲说话了。他是对江晨说的：“江晨，有件事，你还是有必要知道一下。因为我不希望思思带着遗憾和我结婚，我希望能获得一份全心全意的对待。”

我暗呼不妙。俞哲这是打算向江晨摊牌了？可是，若非经过深思熟虑，以俞哲的性格，也不会做这种看似冲动的事吧。看看江晨，还是一脸茫然的样子，唉。

俞哲看着江晨，说：“思思喜欢你。”

江晨愣了几秒，眼睛瞪得很大，看得出来他很意外，可是他却什么话都没说。

俞哲继续说道：“她喜欢你，这份感情里究竟掺杂着怎样的情绪，也许只有她自己知道。或许不只是男女之间的那种喜欢，也有亲人间的那种牵挂。你不必担心也不要害怕，如果你不喜欢她，那么她不会成为你的困扰。因为即使她喜欢你，我也会陪在她身边，直到让她喜欢上我。”

我看着沉默的江晨，不知他此时的感想是什么。是震惊、害怕甚至是排斥抵触，都不重要了。因为是存在过的事情，所以俞哲选择说出来，对思思来说，也算了了她的一桩心事。

可是我坚信，人的感情是会变的。也许她对江晨有过超出正常范围的情感，但时间永远是最好的良药。即使是没有感情的两个人，相处久了，也会生出情分。连我对周与深也是如此。虽然他可能从头至尾都不曾真的喜欢过我，但时至今日，我对他动了心却已经是无法逃避的事实。何况俞哲是全心全意对思思好的，人心非铁，怎能不被渐渐打动呢？

我拍拍江晨的肩膀，说：“你是当事人，所以你有权知道这件事。但是俞哲会对你说出来，就证明他已经有了足够的自信能赢得思思的感情。所以，你不必困扰也无须烦恼，只是希望你能成熟一点，放你思思姐去结婚吧。她会过得很幸福，这也是你希望看到的，不是吗？”

思思会幸福的，因为她和俞哲之间，连可能会产生的小波澜都被俞哲解决掉了。谁都不喜欢折腾，因为太伤神了，平淡才是福，所以我很羡慕她。

思思睡到半夜醒了。

我睡在她旁边的床上，听到她小声地叫我。

这里是单人住的病房，有俞哲在一旁细心打点，自然一切都是挑好的。

床头灯亮着，我翻了个身。

她问我：“你什么时候到的，怎么也不叫醒我？”

我无辜地说道：“我叫了啊，不只叫了，还使劲摇了，是你自己不肯醒，能怪谁。不信你问俞哲，你抱着枕头流口水的睡相可难看了。”

思思冷哼了一声，显然不相信我的话。不过她安静了一会儿，幽幽地说：“真好，你在这个时候来了。虽然我不想给你打电话，但是我住院之后，有点想你呢……”

我赶紧打断她：“别煽情，你这招应该对俞哲使去……”

思思瞪了我一眼。看起来精神头很足，足见身体确实已无大碍，我放心了。

“既然不让煽情，那就来个审讯吧。你突然跑来是想干吗？又是情路遇阻了？”

如果只是单纯感情上的事，也就罢了。我将唐佳君说的那些事，告诉了思思。思思也非常意外。

“所以你也没有去找他们当面问清楚，就这样跑了？”

“我心里太乱了，即使见了面也不知道该说些什么，所以想先躲开一段时间，也许冷静了之后，我会有一个清楚的决定。”

思思说：“玉林，你骨子里是渴望亲情的。否则照你以前的做派，大概会冷笑着对你父亲说：‘有你这么有钱的老爸，挺好的。认亲有点难，把遗产继承书拿来就行了。’”

她学着我的语气，十分生动，我被她逗得心情也好了一些。

若是在以前，我大概真的会这样做。可此刻当我真正面对这件事的时候，我发现自己根本做不到冷漠以对。

思思又说道：“还有一件事，你必须承认。你已经喜欢上周与深了，否则唐佳君的一番话，不会这么轻易就逼得你逃走。如果你不在乎，那么真相是什么对你来说，没有任何影响。你正是因为害怕面对周与深，害怕他真的如唐佳君所说的那样，只是在利用你而已。”

我承认，思思轻易就说中了我的心思。

一直以来我都孤独惯了，不想与人有牵扯，是因为害怕有朝一日会失去。亲情这东西，因为自阿婆去世后就没有了，所以就假装根本不在乎。可是一旦感受到了，如果再失去，对我来说无疑是一个打击。

婆婆一直对我很好，周与深也对我表现出那么一丁点在意的情愫，我多不希望这从头至尾的相处，里面当真一点真心也没有。想得越多，心里就越乱了。

我有些羡慕地对思思说：“你比我幸运得多，都说被爱的人更幸福，你不必像我一样，患得患失，不停揣测，无法踏实下来，丝毫安全感都没有。只要你愿意，点个头，你就会得到更多的幸福。”

思思却沉默了，沉默了很久，才低低说了句：“可是你不知道，点个头，说服自己说我愿意其实有多难。”

生活里有太多人，因为情势选择将就，虽然生活过得平顺，但遗憾终究是遗憾，每每想起来，都会觉得意难平，感怀伤心。

我懂她的心情，时至今日，我以为她已经想开了，原来心里的疙瘩还是在的。也许还是时间不够，待到真正分开了，过上了新的生活，她才可以真正走出来吧。

我看着思思，昏黄的灯光照在她的脸上，有眼泪从她的眼角滑了出来。

她一哭，我心里也一酸，眼泪瞬间也止不住了。

气氛有点伤感，思思是在缅怀，眼泪中有着对生活和现实妥协的那份委屈。而我是因为难过，难过我傻傻踏进婚姻，却不知身边的每个人，都怀揣着一份难猜的心思。只有我，还以为自己获得了幸福。

尽管我也一直在哭，却没忘记劝思思：“你别哭啊，你还在生病呢。人家说眼泪是靠血长出来的，你哭多了伤身体……”

思思看着我，又哭又笑，“你自己还不是一样，眼睛都哭肿了，本来长得就一般，现在更难看了。”

我不理她的调侃，很认真地说：“希望哭过了，从此之后，你能过上很幸福的生活。”

思思却说：“尽管你现在受这样那样的事困扰，但只要你愿意，我相信你的未来也会过得很幸福。”

我在医院旁边的一间酒店住了下来。

江晨回剧组拍戏去了，听说为了赶进度，几乎没有时间睡觉，所以就更没有时间来医院探望了。

不管这是不是他因为尴尬而觉得无法面对，对思思来说，这其实是好事。已经决定了要分开，早分开好过一直拖泥带水下去。

俞哲也是放下工作匆忙中赶来的，我到了之后，思思就让他先回去处理工作，待忙完了再过来。可是俞哲不愿意，也许他心里清楚，这段时间对思思和他来说，是很关键的一个节点。所以我象征性地帮着思思劝了他几句，心里其实是希望他们这段时间能好好相处的。

借口有事，俞哲在的时候，我都不去医院，宅在酒店的房间里看电视，门也不愿出，连吃饭都是打电话订了直接送到房间来。

我来这边已经是第三天，一直用的那个号码仍然处于关机状态。不留一句解释，不知道F市那边现在是怎样一个状况。冷静下来之后，觉得自己的行为的确欠考虑了一点，但愿他们不会去报警。

躺在床上无聊地看着电视的时候，听到有人敲门。

应该是我订的饭送来了。我没有多想，起身走过去，开了门，然后就愣在了原地——门外没有服务生，没有香气四溢的食物，只站着一个原本应该远在F市，此刻却神奇出现在我面前的人。

周与深。

他衣着整齐，形象端正，只是脸色是预料中的阴沉难看，眉头皱得好似是来追讨几百万元的。

我沉默地看着他，脑子里像过电影镜头一样，想起了唐佳君说的那些事。本来应该是生气才对，可是这一刻与他见面了，心里却是止不住的委屈。是那种想找他发脾气，却不愿和他真的吵翻的心情。

我觉得自己没出息极了，原来那副事不关己的冷淡姿态，再也演不出来。

我们两个就这样隔着门站了一会儿，谁也不说话。

到底还是周与深先有了行动。

他手一伸扣在我的手腕上，拉着我就往房间里走，另一只手利落地关上了门。他拉着我的手，将我按在沙发上坐下，他则在我对面的床坐了下来，然后就开始数落我。

“你就算生气、失望，哪怕想分手，也不应该手机一关，让人完全找不到。即使想玩失踪，也请先留一点线索好吗？否则让我去哪里找你……”

我打断他：“那你是怎么找到这里的？”还是在这么短的时间里。

“叶思思打电话给我的。”

我怎么会没想到思思呢，她此时对我和周与深之间有个圆满的结局，是何等的乐见其成。那也就是说，事情的前因后果，她也都跟周与深说清楚了？

“周先生千里迢迢来这里有何贵干？因公出差，休假旅游？我也是外地人，想找导游还是请另寻他人……”

“姜小姐猜错了，我不找导游，我来找我的太太。”

他目光诚恳的样子，让我看着有点想哭。今时今日，哪怕他是在演戏，我也轻易地就信以为真了。

“周先生未免有点咄咄逼人了，我带走的都是我自己的东西，可没有多拿周家一样东西。”

周与深看着我叹气，“玉林，你有理由生气，无论想以怎样的方式来发泄，我都接受。但是，请给我一个解释的机会。”

“你见过唐佳君吗？她说的那些，是真是假？”

周与深的回答是点头。

我的心微微一冷，“包括你和……孙叔之间的协议，这才是你跟我结婚的理由吗？包括你抛弃唐佳君，只为专心对我演戏，是吗？”

周与深看着我，眉头紧锁，长长吁了口气，看起来有点无奈的样子。只是这样的表情，我已无法判断他是不是在演戏。

“唐佳君对你说的那些，一半是真一半是为了报复我才故意说的气话。所有的事，我会一件一件向你解释清楚。只是我希望你能明白，我不会伤害你。我了解你的个性，很难做到对别人付出信任。所以从头至尾我所做的一切，不过是希望你能以你觉得安全的方式，心安理得地去生活，仅此而已。”

我轻轻地点头，愿意听一听他的解释，听一听，在他的故事里，我真正的样子。

第十五章 周与深的日记

我后来也会时常回想，第一次见到她时的情形。

那天是母亲的生日，我提前下了班，去店里接她，说好了晚上一起吃饭。

到的时候已经不早，母亲却仍然在开会。这些年，她的生活里已经习惯以工作为重，我们不常见面，大半的理由，也是各自在忙工作。

我阻止了秘书去通报的打算，坐在会客区的沙发上等母亲开完会。茶几上整齐摆放着几本美食杂志，有一本竟还是母亲做封面人物的。若非今日看见，我平日里并不会留意这些。

外人眼中的母慈子孝，不过是做得漂亮的表面功夫。事实上，从她接受孙征的第一笔钱时开始，我就任性地与她疏远了关系。多年之后，也懂得了自己的年少意气其实很幼稚。创业的钱，是从她手里借的，借她的钱，其实已经是选择了妥协。只是骨子里的疏远多年来已成习惯，面子上是羡煞旁人的家庭和睦，实质上想恢复儿时那样的亲近，已再无可能。

我对美食杂志没有翻看的欲望，取了iPad出来，继续看一份没有看完的企划案，然后就听到有个声音自远渐近地传来：“公关应酬不是让你出去赔笑卖身，遇到这种事还忍，你傻啊你。以后要是再遇到这种事，千万别退缩，揍他个生活不能自理，医药费公司管报销……”

这是一个听起来神采飞扬的声音，如此彪悍的言论，真不像是出自一个女人之口。

我好奇地抬眼望了过去。声音的主人穿一身深蓝套装，扎着马尾辫，脚下却是一双与服装毫不搭调的帆布鞋。个头小小，脂粉未施的一张脸。她的话是对着身边另外一个女生说的，说得兴起，所以虽然从我的身旁经过，却并未留意到我。

服务行业，微笑先行，装模作样摆出好脾气的样子，这是属于职业的基本素质。想不到以规范严谨出名的母亲身边，还有这样的人存在。

对方已经走远，我亦收回打量的目光，将这段插曲翻过去。

原本打算继续专注工作，可是几分钟之后，又有人来了。

对方温声细语的态度，站在离我几步外的地方，放下一杯咖啡，礼貌地说：“周先生，不好意思，员工们都忙着开会，忘记招待您了。”

这声音，隐约有点熟悉——

我抬头看过去，深蓝色套装，马尾辫，帆布鞋，只是恰到好处的笑容和眉眼弯弯的脸孔，与刚才的那个人相差太远了。

我微微一笑，是因为觉得有趣。而她不知内情，只当我是在礼貌回应，所以依旧维持着标准的笑容，对我说：“会议大约还需要持续半个小时，如果您觉得闷，可以看一下这里的杂志。里面有关于我们店的专栏采访，也许周先生您会感兴趣。”

我的目光移向她胸前的工牌：公关部主任，姜玉林。

原来是公关部的，所以如此尽职尽责地向所有人推荐自己的店，对她来说已经是职业习惯了吧。

我微笑回道：“好的，谢谢。”

对于陌生人，我并没有过多寒暄的打算。她也十分识趣，客套地笑了笑，转了身就离开了。

以为此时的一见，是再寻常不过的一个小插曲。直到很久以后，才知这是序曲。

母亲终于开完会出来，于是在一个小时内，我和那位姜玉林小姐，就有了第三次的见面。

这一次，是母亲直接将她介绍给我，以十分热络的姿态。

“她是玉林，我的得力助手，聪明能干，帮了我不少忙呢。”

俗套的介绍词，我却敏锐地察觉到了不寻常的意味。因为这种热情的介绍行为，并不符合母亲的性格和她一贯的行事作风。

面前的人，还是一副端庄大方的模样，微笑问好，态度谦顺。“揍他个生活不能自理”这种话，换作此时，大概谁也不会相信是由她口中说出来的。

本来觉得她是个有趣的人，但因为察觉了母亲的动机，所以那种习惯对着干的心态又冒出来了。刻意介绍，我只会心生抵触，不愿上心，随意地打了招呼，话都未多说一句。

母亲大约也看出了我的不上心，何况今日见面还有正事，所以也未再多说什么，此事算是就此翻过。

再次见面，已经过了一段时间，在何斌的酒吧里。

绝色酒吧后来成了我跟一帮铁哥们的常聚之地。它的前身是另一家酒吧，老板移民转手，何斌就接了过来。连着店里的一切，包括工作人员和乐队，也都照单接收。因为做熟的员工总好过新手，所有工作上手就来，中间也不会有什么耽误。

我跟何斌早就认识了，那会儿他还老老实实遵从着家里人的安排，规规矩矩地上着班。后来跟家里闹翻，辞了职跑来开酒吧，钱是跟一帮朋友借的，没三个月就全还上了。身为家中的独子，爹妈自然不会眼睁睁看着唯一的儿子在外受苦。

他的店开业之后，我因为出差外地，隔了很久才第一次去。

那一趟，就在店里看到了熟人。

酒吧里灯光闪烁迷离，我因为第一次来，图新鲜就坐在了大厅。

离得不远就是舞台，一支乐队下去之后，换了团队。负责演奏的乐手们都摆好了阵仗，歌手才姗姗来迟地登场了。

是个长头发的女生，她的装束也与前面那支乐队不同，人家穿皮衣短裙，她穿格子衬衫牛仔裤。头发确实漂亮，又黑又直，气质清纯得像个学生。

只是在她站到灯下，抬起头的那一瞬间，我微微愣了一下。

这种地方，登台唱歌的无非是专业跑场的歌手和学生，以我对她的了解，她明显两样都不沾边，可是却出人意料地出现在了那里。我确定我不会认错——我母亲店里的那位表面很专业，私底下却有点悍的公关经理，姜玉林。

不知她在此处兼职是公开的还是秘密的。这种地方遇到她，多多少少对她有了点好奇。

歌竟唱得不错，从容安静地坐在那里，明知台下几乎没有人在听，她仍然唱得专注认真。以这样的气场来看，显然也不是初来乍到的新人。

我不知是不是喝了些酒的缘故，理智暂时被隔离到别处去了，看着台上她淡定自若的样子，就起了捉弄一下的心思。

我写了一首歌名，将单子压在小费下面，让服务生送上台去。

一首歌唱完的空当，服务生将歌单送上去，她顺着服务生的指引，抬头看过来。虽然掩藏得不错，但我还是看出了她眼中的诧异和紧张。

我淡淡一笑，将脸转开，装作并未看到她。

何斌过来坐的时候，也许是因为大家都聊得差不多了，一时无话太无聊，我才会向他问起。

“她在这里唱多久了?”我指了指台上的人。

何斌哈哈一笑，“专心工作专心到让人误会你是不是打算光棍一辈子的大忙人，居然也开始关心起异性来了？要开瓶酒庆祝一下吗?”

我不理他的调侃，“说正经的。”

何斌于是问：“你想听简述版的，还是详细版的?”

我睥睨他一眼，懒懒地问：“有何分别?”

“简述版的故事不够动人，但如果你选择听详细版的，难保你不会动情哦……”

我不以为然，只当他夸大其词。“你爱说哪个说哪个。”

何斌不满，“你不是求人吗，还这么横?”

“不说算了。”原本也不想多听。

最后何斌说得很详细，包括她自大学时起，就在这里驻唱，包括她贫困的家境，自强不息得令人佩服的品质。何斌对她的印象一定很不错，虽然是老板，语气里却分明是拿她当朋友看的。

因为家庭环境差，白天正职晚上兼职，这样的理由听起来似乎很励志。我对这样的故事并不怀疑，因为十五岁之前的我，也过着类似的生活。所以虽然别人开玩笑时会说这样的身世是编的，但我知道，其实各种原因下造成的贫困，却是真实存在的。

只是不知母亲为何会对她另眼相待，难道也是因为知晓她的身世，念及当年贫寒时的种种，便对她产生了欣赏之情？那实在太牵强了。

后来再到绝色酒吧，偶尔还是会碰到她登台。只是一直都没有说过话，连假装不识、对待客人的那种寒暄都没有。这样也好，我来不是为了她，朋友间聚会聊天而已。她唱歌也不是只为我，换了种身份生活，总有她这样做的理由。原本彼此之间就谈不上有何交情，寒暄起来，也只会显得虚伪做作。

不过歌听久了，与她之间再陌生，对她的声音却已经熟悉了。连带着，听何斌说起关于她的事也就越来越多了，多到甚至涉及了一些隐私。

比如她是孤儿，是被捡破烂的阿婆收养长大的。这种隐私的事，何斌之所以会知道，是因为几个月前，她的阿婆病危，急等医药费。她那时遍寻求助无果，为筹钱，恨不能用尽方法。向酒吧的前任老板借钱，对方因为要移民，钱自然是不会借的。

何斌那时正和前老板谈转手酒吧的事，说到接手乐队和歌手，就难免说到了这些事。对方只说，这姑娘也是个可怜人，为了筹钱，陪客人喝酒，可是你知道，就算那样，又能筹到什么钱？何况医药费又不是小数目。

何斌说，因为同情，也动过出手帮忙的念头，即使能力不够，帮一点是一点，但是还未等钱送到她手边，她的阿婆就已经去世了。他就装作什么也不知道，只态度诚恳地请她留下了。

这个世界，每天都有各种各样的悲情故事在上演。我少年时也穷过，吃最便宜的饭，穿洗得发白的旧衣服去上学，成绩优异但被同学视作清高自傲的另类。晚上去夜市帮母亲出摊，客人喝醉摔碎了酒瓶，我拿着簸箕一点一点扫，脚被扎破了，回家用冷水冲冲，拿块布一绑了事。

人在穷极的时候，会对眼前出现的曙光产生贪念，所以长大后我已经能够理解母亲，当年为什么会不顾非议地接受孙征的帮助。

我在想，姜玉林低声下气地在客人面前寻求帮助时的心情，是什么样子的。母亲当年的心境，是否也曾经历过类似的挣扎与煎熬？

我也是很久以后才明白，当一个男人对一个女人留意时，心思其实就已经不只是好奇那么简单了。

因为经常来酒吧，对她有了更多的了解，所以慢慢地，对她的留意也就不知不觉变多了。

不过我那时也仍然只当自己是冷眼旁观的心态，既然与她没有交情，就谈不上关心二字。

直到那一次，那几乎算是让我心境发生转折的一次突发事件。

那天我照例和几个朋友约了见面。其实何斌是有专门为我们留包间的，但我基本每次都选择坐大厅，只说听听歌，凑凑热闹，挺好的。久了，何斌也多少看出了我的一点心思，虽然我从未承认。

坐下有一会儿了，也没有看到歌手登台，按照之前的了解，今天这个时间段应该是她的场。

何斌过来了，坐在我身边，放低了声音对我说："玉林被一个客人叫到包间去了。"

我蹙眉看他，"你这里难道不是正经场所吗?"

何斌解释："是原来那个老板在时就一直捧场的客人，玉林自己也认识，我总没有立场去阻拦吧。"

说得是有几分道理。这样一来，错的岂非是姜玉林？听何斌说，她如今已度过了那段穷山恶水的困境，唱歌不过是基于情分玩玩，那为何还要送上门做陪酒这种事？抑或是，我们这些外人，不过是高看了她。也许人家内心里，对这样的声色场所和酒色之事习惯得很呢。

我也不知自己为何会生气，我于她而言只是一个毫不相干的人，是什么扰乱了我的心境?

本想一走了之，但是理智最终没能控制住冲动，在坐了几分钟之后，我站起了身，在朋友的错愕眼神中，朝她所在的包间走了过去。

只是未等我走近，远远就看到她迎面走过来了。包间外是铺着地毯的，走在上面几乎没有声音，她走得有些慢，脚步踉跄，面无表情。

我加快脚步走过去，脸色一定有些难看，因为看到她表情麻木的样子，我下意识皱了眉。我心想，看吧，猜测果然不错，她半分难堪羞愧之色都不见，应是习以为常了。

只是，在站到她面前的下一秒，我就意识到了不对劲。她抬头看着我，哧哧一笑，脸色惨白。就在我下意识伸出手的同时，她昏倒在了我怀里。

我扶着她，试图唤醒她的意识，触手而来的血迹让我震惊得失了声音。她手腕上的血已经流了很多，蜿蜒横布在胳膊上，滴滴答答还在往下落。

我迅速抱起她就往外冲，何斌听到动静，迎面赶来。我冲他喊："有急救药箱吗?"

庆幸真的有。

简单用绷带将纱布绑住，血还是不断地透过纱布溢出来，我已无暇顾及何斌的追问，直接抱着人，冲出了酒吧。

一连串的混乱之后，终于安顿下来。

站在病房外，听着医生跟我说："病人有精神疾病史吗？检查之后发现她严重营养不良，怀疑她有抑郁症的倾向……"

尽管我此刻的心情紧张在意，但我对她全部的了解，也仅仅是从何斌那里听来的那些。我对她的私生活一无所知。

抑郁症？想起第一次见面时，她对自己的员工那副护犊子的霸气样子，实在无法想象。

"对不起，我不是她的家人，对她的情况也不是很了解，我来联系一下吧。"

打了电话给何斌，让他找她的手机，联系她的亲人。

她的朋友很快就赶来了，焦急地询问情况，得知没有大碍之后，就很诚恳地感谢我。

我此时的身份，对她来说只是一个路人而已，所以我也只可以摆出路人的姿态，简单地应付了她朋友两句，就转身离开了。多一句解释和关心都无法说出口，否则只会显得突兀，也不想在她这种状态下，多生事端来打搅她。

我当然不会让她知道，我偷藏了她不小心掉的银手链。且后来待何斌查清了事情的前因后果之后，毫不犹豫地让那个罪魁祸首付出了足够的代价。

何斌当时跟我在喝酒，拍着我的肩膀，语重心长地说：“兄弟，你这是要认真了啊。”

其实后来回想，那时候就已经动了心吧，只是我自己尚未清楚察觉而已。

我那时以为，对姜玉林我是同情大过其他，何况她还是我母亲欣赏的员工，而惩治败类也是一件痛快的事情。即使后来我一直从何斌那里留意着她的伤势、她的近况，私下开始为她张罗和摆平一些事，我也尚未明白，那就是所谓的喜欢。

并未过太久，母亲的行动证明了我之前的猜测。

她私下找我谈话，要将姜玉林正式介绍给我，起先的理由十分冠冕堂皇：容貌清秀，性格温和，聪明能干，宜家宜室。

可是我了解母亲的性格，所以故意说：“这种特点的女孩子有很多，稀松平常，随便就能找到。”

母亲看着我，面色有些不悦，“那就加上一条，我很喜欢她，我希望她做我的儿媳妇。”

我当然不怀疑母亲喜欢她，我只是怀疑她这份喜欢的动机而已。“您就不先问一下，也许我的心中已经有喜欢的人呢？”

这话本是随口说说，怎知母亲却瞬间寒了脸色，说：“你当真跟那个唐佳君在一起了？”

母亲竟然会知道唐佳君？这倒让我有些意外。

唐佳君不过是工作上的合作伙伴，平日里因为工作走得近了些，又都是单身男女，难免会招些闲话。我自己心里清楚，她不会是我感情上的伴侣。

只是此时适合用来反驳母亲，所以我故意不急着否认，只说："如果我的身边已经有人了，您还打算继续为我介绍姜小姐吗?"

母亲的回答，其实并不算出乎我的意料。她说："你喜欢谁和你跟谁结婚，没有必然的关系。结婚，是选择一个最适合你的人。爱情两个字听着动人，不过是三分钟热度的东西，如果你真的有兴趣玩，不要过分就行了。"

她的前半生，经历过太多苦难。一个寡妇孤身带着一个未成年的儿子，什么样的磨难都经历过。因为如此，生活已经磨去了她心里那些柔软的情感。这些年从商，更是将她的性格修炼得世故而冷漠。所以，我不会责怪她冷漠，我不过是想让她给我一个真实的理由。

"您如此钟情于姜玉林的真正原因，还是坦诚告诉我比较好。您也知道我的性格，不允许别人糊弄我。而且真相对我来说，其实并不难求，如果我有心去求的话。"

我说得直白，母亲的心思显然被我说中，但她仅有的反应也只是微微一扬眉，沉吟了片刻，说："她是孙征的女儿。"

这个答案出乎我的意料，难怪她会如此热心执着。所有事只要牵扯上孙征，就都有了理所当然的解释。

孙征的故事听起来并无什么新意，当年的辜负如今想悉数弥补回来，好试图让晚年生活得心安理得。不过他说出于减少对女儿伤害的程度，暂时不打算直接和她相认，待以后时机成熟再说。

只是母亲应该知道，牵扯上孙征的事，我必然不会乖乖就范。我没有任何理由，让一个我不喜欢的人过得舒服自在，所以我对母亲说："您应该知道，我从未打算和孙先生做家人。"

母亲当然知道，她只是不肯放弃任何一个可能缓和我们之间关系的机会罢了。

"撇去身份，玉林也是个不错的姑娘。"

的确是个不错的姑娘，如果没有孙征这一层关系，我大概就会态度坦然地继续关注她，也许某天就正视了对她的那份心，然后和她顺理成章发展下去。

可是，事实发展并不尽如人意，所以我不会随便就给出自己的答案，我需要冷静地想一想，再做决定。

我想过母亲的执着，她必然不会轻易就放弃促成我和姜玉林结婚这个打算，我只是没想到，孙征会来找我。

已经不是第一次见他，只是对他的印象一直谈不上好。撇开他和我母亲的关系不谈，单是他当年娶了富家小姐之后为了巩固家族地位，将出生的女儿换作男孩，能做出这种事的人，本身的冷酷与可怕程度，就足以让人对他生不出丝毫的好感来。

今时今日的孙征，看起来慈祥和善。对外做公益慈善，经常出现在电视里的捐款现场；对身边的人，也善良大方。一个什么都拥有的人，当然有了表现善意的资本。

他知道我对他的排斥和敌意，他也无意外地摆出了毫不介意的长辈姿态，面带笑容，等着我主动攻击。

"您女儿的条件不算坏，如果再加上您的一笔丰厚嫁妆，想必会引来无数求爱者，所以犯不上主动向谁来推销她。"

孙征说："我总要为她谋求一个靠得住的未来。"

我失笑，"您是认为，有了我母亲这一层的关系，所以嫁给我就是一个很安全的选择？"

"虽然不排除这个考量，但我更看重你这个人。"

我该多谢他看得起吗？"为自己的女儿谋求一份没有感情的婚姻，这算是靠得住的做法吗？"

孙征笑了笑，说得仿佛信心满满，"感情有没有，外人不知道，当事人自己才知道。所以作为父亲，出于私心，我只能先为她谋求一些能谋到的东西。"

我冷淡一笑，反问他："我为什么要答应？"

"以在商言商的立场来说，你可以从我这里要走你想要的东西，人脉上的、金钱上的；以感情的立场来说，皆大欢喜，不是吗？"

以利益相诱，这大概也是他真正仅能拿出的东西了吧。

"你们只是想将上一辈的情分，强加给下一辈，不觉得自私吗？"

孙征却回得话里有话："感情这东西，是不能强加的，你若真不喜欢，我们使再多的方法也无用。"

我看着他，如他这样心机深沉的人，说的每句话只怕都藏着深意。其实他是什么心思对我来说已不重要。对我而言，重要的是，我对姜玉林的真正感觉是什么。

虽然我想过以自己的方式，自然发展下去，但此时有一个靠近她的机会摆在面前，我承认我不想放弃。为什么不可以是她呢，因为她是孙征的女儿吗？这个身份也不过是此时才突然冒出来的，而我所留意的，是在此之前的那个她。

她还是她，身上有很多经历，让我想起过往；性格里有很多执拗，让我觉得自己和她很像。尽管心里这样想，却对孙征说："以商人身份而言，面对这么大的利益，我如果选择拒绝，只会显得自己幼稚。"

孙征笑，知道我已答应，说："我只有一个请求，这件事就当是你跟我，男人跟男人之间的秘密。女人们是用来保护的，所有面目可憎的事情，她们都不必知道。"

他的意思是，连母亲那也不必告知太多？不过，的确也没有告知的必要。

我只是对孙征和我母亲的关系无法释怀，态度上自然不愿失了棱角，所以彼此间以交易的姿态来相处，会更自在。

我干脆利落地回答："成交。"

母亲那边我并没有立刻松口，姜玉林此时仍请病假休息，母亲虽然很上心，一时间却也没什么办法。

何斌来找我，跟我说，姜玉林患上了抑郁症，问我可有熟悉可靠的医生介绍。

果然，割腕的事并非一时冲动。她经历那样的磨难，背负那样的压力，还能在外人面前表现得无比正常，其实已经是不太正常的事。

我托人找了医生介绍给何斌，这种时候，由何斌出面照顾一切，当然比我这个陌生人要合适。

她整整在家休息了一年。

这一年时间，母亲对她诸多照顾，想必是受了孙征的托付。生活上的琐事，能照顾到的地方，我也让何斌代为出面打点。总之有许多人，因为各自的原因，都在明里或暗里参与着她的生活，只是不让她知道而已。

她第一次以相亲者的身份和我见面时，已经是第二年的秋天。

穿一件灰色的针织毛衣，在约见的时间出现，在我对面的位子坐下，露出微笑。

依旧是客套有礼，妥帖周到的模样，只是笑容和眼睛里，丝毫看不见暖意。

何斌说，病是好了，可总觉得像是变了个人。你看她天天笑嘻嘻的，实际上对什么事都提不起兴趣，对什么人都不太放在心上。也许真正恢复是需要一个过程的，你打算怎么办？

虽然她骨子里对什么都不放在心上，但她对和我交往这件事，却给足了耐心。

于是在又一次时时冷场的约会中，我问她："你希望和我结婚吗？"

她安静地吃着东西，闻言抬起头来看我，眼中没有丝毫的惊讶之色，只是客气地笑着，用开玩笑的语气说："周先生这是打算求婚吗？才见过几次面而已。"但是过了一会儿，她却收起玩笑的面孔，说："不是希望，是愿意。你的母亲很喜欢我，她希望我们结婚。我想你应当也是愿意吧，否则也不会坐在这里浪费时间。"

一直不知道在她的眼中，我究竟是怎样一个人。也许她从来不曾对我真正上过心，她因为自己的理由愿意结婚，而我不过是可以跟她结婚的一个人罢了，这个人是我也可以是别人。

我对她的感觉，起先应当是好奇和同情，后来介入她的生活久了，感情才变了质。

这些年来，我几乎将所有的精力都放在了工作上，出现这样一个会令我分心的人，这大约已经是我情感上所能允许的极限。在意她的感觉，留意着她的情况，因为是单方面的，所以给我造成的影响和改变并不大。但何斌说，在意，就是喜欢一个人的表现。

喜欢就喜欢吧，也不想再去否认什么。

只是她好不容易才恢复，过去的那些事，对她来说应该全部翻过，绝不能再提。所以我愿意一切按部就班地来，像普通人一样正常地相处，然后顺理成章地走到一起。

可能是我的表现过于冷淡自制，所以在她看来，我们不过是两个为了各自的目的才坐在一起的人。原本也是，并未真正交心相处过，又何来煽情的表现。或许不应该追究这些问题，她愿意的，我既然也不排斥，那么按照彼此的意愿继续下去，也没什么不好。

未来的事，未来会有答案，我们谁都无法预知。只在事情到来的时候，拿出自己的真心去面对，那样就足够了。

我以为一切会按照计划发展下去，我没想到，唐佳君会成为我们之间的问题。

她是我工作上的默契搭档，生活中的朋友。她一直掩饰得很好，以至当有一日我跟她说我可能会结婚，那时候我才知道，原来我一直都是她想征服的目标。

她问我："为什么是她却不能是我，只是因为她有一个有钱的爹吗?"

我很意外，她怎么会连这件事都知道，足见她在我身上下的心思，比我想象中要多太多。而当所有掩饰都拆穿之后，她就无须再顾忌什么。

而我却有太多的顾忌，顾忌太多，便束缚了手脚，以致后来有很多次的状况，都是因她而起。

不过她的存在，也有一个好处，就是一定程度上做了我的掩护，让我的心思不那么轻易就被玉林发现。

玉林看我的眼神里没有感情，仅有的也不过是对待陌生人的防范之色。她封闭着自己的真实性情，获取自己想要的安全感。

我不想吓到她，我不希望她怕我，我可以等，因为我相信终有一日，她会对我撤下心防。

第十六章　携手幸福

思思终于顺利地嫁了，在她三十岁生日之前。

俞哲说，他最近有一部戏赶着拍，原本想拖到国庆节的时候再办婚宴。可是思思认准了要在三十岁之前把自己嫁出去，所以就放了狠话，说如果俞导演没有按时迎娶，就会从此剥夺他的这个机会。

在我这样的外人看来，这样的威胁根本不具有威慑性，开玩笑而已。但是俞哲偏偏被思思吃得死死的，明知是假话也真的紧张起来，想尽办法挪了三天时间，从B市飞回来结婚。

我坐在新娘化妆室里，看着化妆师为思思盘头发，讲到这个话题仍然发笑。

“俞导是不是电视剧拍了一半，跟全剧组的人说，你们稍微等我一下，我去结个婚就来啊？哈哈哈，笑死我了……”

思思气呼呼地说：“本来还说就只能回来一天呢，那不真的成了飞回来走个仪式，然后拍拍屁股扭身就走了？我气得在电话里把他大骂了一顿……”

彼此都有时间的时候，是她自己不愿意结婚。这会儿突然兴致来了，就不管别人的情况了，多少有点任性。不过一个愿打一个愿挨，都是心甘情愿，且俞哲也求了快两年婚了，好不容易获得了首肯，哪里还舍得错失良机。

镜子里的思思看起来明艳动人。所有的新娘都是漂亮的，只要是嫁给那个对的人。

回想当初我结婚时的情形，那时虽然情境类似，心境却与她不同。她是幸福出嫁，满心都是甜蜜。如今想想，我那时也真是鲁莽胆大，不管不顾就嫁了人，还好歪打正着，没有选错。

思思的妆容已经完毕，有人敲门进来，是思思的大哥。他笑着说："车已经到楼下了。"

我拉起思思的手，认真地说："好好过。"

思思有些动容，低低地"嗯"了一声。

我怕她哭，赶忙补一句："早点生个大胖小子，给我当女婿。"

思思果然扑哧一笑，斥道："你自己的娃还不知道在哪儿呢，再说你怎么就知道会生女儿?"

我一本正经地说："因为我想生个女儿呀。如果你先生了个儿子，为了能第一时间锁定这个女婿，我就会努力生个女儿的。"

思思很没有形象地回了个白眼给我。

打趣拖延了时间，门外又传来催促声，我赶紧推着新娘子出门。

俞哲就在门外，一身西装，格外的帅气精神。

我将思思的手交到他手中，退至一旁。

满室的人，喜庆喧闹，我躲在人群里，此时才敢偷偷流眼泪。

肩膀一沉，有人伸手搂住了我，说道："听说新娘子出嫁时要哭一下，你自己结婚的时候，脸冷得像是即将出门讨债的，那时候积攒的眼泪，今天这是打算全部奉上吗?”

我不甘示弱地回他：“周先生你也好不到哪去，结婚的时候，脸黑得像是欠了八百万元不愿还，随时打算跑路的样子。结果，还真跑了。”

“我都解释过了，周太太真爱记仇，心眼也太小了。”

“路是自己选的，人是自己认的，周先生不要到我这里来抱怨。”

他不知从哪儿找来了抽纸，递到我面前，“难得化个妆还哭花了，再丑下去，可保不准真要离婚。”

我恨恨地瞪了他一眼，擦着眼泪，把头靠到他的肩膀上。

一对新人被众人簇拥着出门去了，思思笑得很开心，我知道，她是真正找到了自己的幸福。

江晨来道了贺，又匆匆走了。他如今人气更旺了，行程更满，时间更加不够用。感情这东西，疏远着疏远着，也就真的远了。

他同思思说话的时候，我站在一旁暗自观察，只隐约觉得他眼神里有不一样的东西。也许思思对他来说，到底是不同于寻常人的，只不过缘分是强求不来的。

周与深仍然有一些事没有跟我说，我也不想继续追问。我选择相信他，相信他说的：是你不必知道的事。

我只需要知道，我自己的选择是什么，未来的生活应该是什么样子，就够了。

周与深说：“妈让我们抽个空回去吃饭。”

我想了想，装作漫不经心地回道：“最近忙思思的婚事有点累，过几天再说吧。”

我知道孙征会在，我对他谈不上多大怨恨，也做不到欢喜面对。他在我心中，仍然只是一个陌生人。对他生出亲近感，目前暂时还不可能。至于能否对他产生亲人的那种信赖感和依赖感，还是交给时间证明吧。

周与深也没有多说什么，只语气轻松地说：“走吧，喝喜酒去了！”

我抬头回了他一个微笑，把手交到他的掌心中。

（全文完）